NOS LETTRES ENFLAMMÉES

VI KEELAND
PENELOPE WARD

Nos Lettres Enflammées
Traduit de l'anglais par Alexia Vaz et Valentin Translation

NOS LETTRES ENFLAMMÉES

À tous ceux qui souffrent d'anxiété, vous n'êtes pas seuls.

CHAPITRE 1

Oh, bon sang. Voilà que ça recommence.

J'avançai avec mon Caddie, plutôt que de tourner dans le rayon dans lequel j'avais initialement prévu de me rendre. Mais après avoir fait un pas ou deux, je ne pus m'en empêcher. Je reculai juste assez pour cacher mon corps derrière la tête de gondole et jetai un coup d'œil pour suivre l'action.

Une femme aux cheveux très crépus, et d'une couleur rouge artificielle au possible, reposa un déodorant sur l'étagère et en saisit un autre. Elle ouvrit le bouchon du stick et le renifla, avant de lever un côté de son T-shirt pour en appliquer sur son aisselle, puis elle passa à la suivante. Elle referma le bouchon et examina le rayon pendant un moment, pour finir par choisir une autre marque. De nouveau, elle retira le bouchon, huma, puis appliqua le produit sous ses bras. J'observai, fascinée de voir à quel point elle était sérieuse, tandis qu'elle testait six déodorants différents, avant qu'un employé du magasin finisse par remarquer ce qu'elle faisait. Lorsqu'ils se précipitèrent à deux dans le rayon en criant, je me dis que c'était le moment de bouger mes fesses et de finir mes courses.

Quelques mois plus tôt, j'avais vu un homme *tester* une dizaine de poulets rôtis. Il avait retiré le couvercle en plastique de chacun d'entre eux, arraché une cuisse pour en prendre une grosse bouchée, puis avait reposé la viande à sa place avant de tout refermer. Lorsque j'en avais parlé au gérant, il avait soupiré et avait ordonné à un employé d'aller chercher monsieur Hammond. Faire ses courses à deux heures du matin dans un supermarché ouvert sans interruption avait tendance à me faire croiser des clients spéciaux. *Un peu comme moi.*

— Comment tu vas aujourd'hui, Luca ? me demanda Doris, la caissière, alors que je déposais mes achats sur le tapis roulant.

Elle travaillait déjà dans ce magasin quand j'avais commencé à y venir, cinq ans plus tôt. Une très gentille femme. Je savais qu'elle avait neuf petits-enfants et que le dixième était en route. Elle en gardait certains pendant la journée, ce qui expliquait pourquoi elle faisait partie de l'équipe de nuit. Doris était aussi l'une des seules personnes à qui j'avais expliqué pourquoi je faisais mes courses à plus de soixante kilomètres de chez moi, à une heure aussi tardive.

— Je vais bien.

Elle scanna un sachet de réglisse, suivi par deux boîtes de Pringles et deux paquets de brownies individuels. Ça ne ressemblait pas à ce que j'achetais en temps normal, alors je m'expliquai.

— Je ne suis pas enceinte. Je fais des provisions pour un road trip.

Doris haussa les sourcils.

— Un road trip? La raison doit être vraiment spéciale pour que tu t'enfermes dans une petite voiture pour un long voyage.

— Je dois débarrasser l'appartement de mon père à Manhattan.

— Il est mort l'année dernière, c'est ça?

Je hochai la tête.

— J'aurais préféré éviter d'avoir à le faire. Je préfèrerais me faire crucifier plutôt que de mettre les pieds sur une île minuscule de huit millions et demi d'habitants. Sans parler des heures à être coincée dans les embouteillages pour y accéder. Une vraie torture.

— Tu ne peux pas engager quelqu'un qui s'en chargerait à ta place? s'enquit-elle en fronçant les sourcils.

J'avais engagé quelqu'un. Puis ma propre culpabilité, renforcée par le docteur Maxwell, mon psy, m'avait poussée à accomplir cette tâche moi-même. Mais finalement, j'avais eu des troubles du sommeil à force de stresser en pensant à tous ces gens à New York, alors j'avais recontacté la société. Avant d'annuler. *Encore.* Ensuite, j'avais appelé une autre entreprise, parce que j'étais trop gênée de refaire appel à l'ancienne pour la troisième fois. Et j'avais de nouveau annulé. *On prend les mêmes et on recommence.* Jusqu'à ce que je vienne à manquer de temps, et que, eh bien, le tri soit prévu demain.

— En fait, c'est une chose que je dois faire moi-même.

Doris sembla vraiment inquiète.

— Ça va aller ? Je suis une bonne copilote si tu as besoin d'une amie pour t'y accompagner.

— Merci, répondis-je en souriant. C'est très généreux de ta part, mais je n'y vais pas seule. On part demain soir pour éviter au maximum les embouteillages.

Doris termina de scanner mes courses et je payai par carte. Avant de partir, je sortis de mon Caddie le sac contenant des cerises et un paquet de biscuits au chocolat noir, et le déposai au bout de sa caisse, comme toujours.

— Les cerises sont pour tes petits-enfants. Cache les gâteaux pour que les petits monstres ne les voient pas.

Elle me remercia.

— Fais bon voyage, ma belle. J'ai hâte que tu me racontes ça.

Oui, moi aussi. Ce road trip allait être sacrément intéressant.

— Tu réussirais plus à te détendre si tu me laissais conduire ma voiture. Écoute peut-être les exercices de respiration que je t'ai donnés.

Je posai les yeux sur la Cadillac cabossée du docteur Maxwell qui était garée dans mon allée. Cet homme ne devrait pas du tout conduire. En fait, il illustrait parfaitement pourquoi les personnes d'un certain âge devraient repasser un test pour pouvoir garder leur permis. Me *détendre* serait la dernière chose que je serais capable de faire s'il prenait le volant. Et puis, il savait que j'avais besoin de garder un maximum de contrôle.

Je démarrai le moteur, et mon copilote qui portait un nœud papillon leva ses jumelles pour regarder par la fenêtre. Il me fallait un nouveau thérapeute pour avoir pensé que ce serait une bonne idée de faire ce voyage avec mon psy actuel.

— Vous êtes prêt, Doc ?

Il hocha la tête sans baisser ses jumelles.

— Je ne suis jamais allé à la Grosse Pomme. J'ai hâte de voir quels oiseaux on va y croiser.

— Des pigeons, répondis-je en secouant la tête. Des rats avec des ailes. Voilà ce qu'on va croiser.

Nous nous lançâmes sur le trajet de sept heures reliant le Vermont à Manhattan. Les premières heures se déroulèrent sans incident, jusqu'à ce que nous nous retrouvions dans un embouteillage. Je me mis à transpirer – réellement – et le bout de mes doigts commença à me picoter. *Oh, non. Pas pendant que je conduis.* La peur de la crise d'angoisse imminente était parfois tout aussi terrible que la crise en elle-même. Mon cœur se mit à accélérer et ma tête à tourner. Il m'était déjà arrivé de vomir durant un épisode sévère, et je ne voulais *pas* que ça se produise sur l'autoroute. Je pris la décision irréfléchie de rouler sur l'accotement pour ne pas avoir l'impression d'être coincée entre les véhicules immobiles. La bande rugueuse sur la route réveilla le docteur Maxwell de sa sieste, et il agrippa la poignée au-dessus de sa portière.

— Que se passe-t-il ?

— Rien, on est juste arrivés dans les embouteillages. Mon cœur a commencé à s'emballer et j'ai dû faire un détour.

Seul Doc pouvait être soulagé en entendant mes propos. Il relâcha sa prise.

— Desserre tes mains sur le volant, me recommanda-t-il d'une voix apaisante.

Je baissai les yeux et remarquai que mes articulations étaient aussi blanches que le bord de mes doigts était rouge. J'écoutai son conseil, car même si je ne faisais pas confiance au psy un peu fou pour conduire une voiture, il savait comment m'éviter les crises d'angoisse.

— J'ai essayé un exercice de respiration, mais visiblement, ça n'a pas fonctionné, indiquai-je en hochant la tête.

— Dis-moi ce que tu es en train de faire.

Mes yeux se posèrent brièvement sur lui, avant de revenir devant moi, alors que je continuais mon chemin sur une route latérale.

— Ce que je suis en train de faire ? Je conduis.

— Non. Dis-moi ce que tu as été capable de faire quand tu as senti la panique s'installer.

— J'ai emprunté la sortie ?

Je ne voyais pas vraiment où il voulait en venir.

— C'est exact. Tu as quitté une route pour en prendre une autre, sur laquelle tu te sentais plus en sécurité. Tu peux le faire. Et tu peux aussi t'arrêter et sortir de la voiture à n'importe quel moment si l'envie t'en prend.

J'acquiesçai d'un signe de tête. Évidemment, il avait raison, mais il ne se contentait pas d'énoncer une évidence. Il me rappelait que *je* contrôlais la situation et que j'avais exercé ce contrôle quand j'en avais eu besoin. La plus grosse partie de mon trouble anxieux venait de la peur de me retrouver coincée. Voilà pourquoi j'évitais la foule, la circulation, les transports en commun ou les espaces réduits. Pourtant, j'arrivais à me promener à l'extérieur dans une ville animée. Contrôler les choses pour me sortir de la situation dans laquelle je me trouvais m'aidait à atténuer l'angoisse.

— Prends une grande inspiration, Luca.

J'inspirai par le nez et soufflai longuement par la bouche. Un frisson me traversa, ce qui me rassura. Mon corps devenait moite quand la crise d'angoisse approchait. Une couche de sueur recouvrait souvent mon visage lorsque ma température corporelle augmentait. Ce frisson signifiait que cette dernière redescendait.

— Raconte-moi ton rencard de samedi soir.

Je savais qu'il essayait de me distraire pour que mon esprit se concentre sur autre chose que mon état de panique, mais ça m'allait bien.

— Il est venu avec… *sa mère.*

— Sa mère ? répéta Doc en fronçant les sourcils.

— Oui. Au pique-nique que j'avais préparé.

Peu importait le temps, j'organisais toujours des pique-niques en guise de premier rendez-vous. Ils me permettaient d'éviter les restaurants bondés, tout en restant simple. C'était ça ou chez moi, et le dernier type que j'avais invité à dîner à la maison avait pris ça comme un accord pour coucher le premier soir.

— Pourquoi être venu avec elle ?

Je haussai les épaules.

— Il a dit qu'il lui avait parlé de ce que nous avions prévu et qu'elle avait répondu n'être jamais allée dans ce parc.

Voilà ce que j'obtenais en avouant mes problèmes aux hommes avant de les rencontrer. Des *cinglés*. Mais il n'était pas juste de cacher le fait que je ne pouvais pas me rendre à un rencard comme toute femme normale de vingt-cinq ans. Les hommes avaient tendance à disparaître rapidement quand on leur parlait de soi en utilisant des termes comme *agoraphobe* et *angoisses*. Par conséquent, il fallait faire un sacré tri parmi les mecs restants.

— D'ailleurs, merci beaucoup, déclarai-je en me rendant compte que notre conversation avait aidé à apaiser la grosse crise d'angoisse que j'avais sentie venir. Je me sens déjà beaucoup mieux. Je vais juste aller me garer sur ce parking vide là-bas, pour pouvoir sortir faire quelques étirements.

Il sourit, car il savait que le yoga était l'une de mes techniques d'autorelaxation.

— Ça, c'est bien !

Le reste du trajet fut presque paisible. Il n'y eut pas d'autre détour, et Doc discuta au téléphone avec son amie, le volume réglé si fort que j'entendis cette dame lui rappeler de renouveler sa prescription de Viagra.

J'avais tout planifié pour faire en sorte d'arriver à Manhattan en pleine nuit, histoire d'éviter les embouteillages autant que possible, et j'eus même la chance de trouver une place dans la rue, étant donné qu'il était inenvisageable d'aller me garer dans un parking clos. Mon fidèle thérapeute séjournait dans un hôtel situé à moins d'un pâté de maisons de l'appartement de mon père.

— Doc, réveillez-vous. On est arrivés.

Il se réveilla, l'air confus, et je me sentis mal d'avoir interrompu son sommeil.

— Quoi ? Hein ? Oh. D'accord. Arrivés. Oui. Très bien.

Je l'accompagnai à son hôtel, et attendis devant pour m'assurer qu'il n'y ait aucun problème pendant son enregistrement.

— Merci encore d'avoir fait le voyage avec moi, Doc. Appelez-moi si vous avez envie d'aller prendre un petit déjeuner dans la matinée. Je sais qu'il est tard, alors si ce n'est pas le cas, peut-être un déjeuner.

Il me tapota l'épaule.

— À toi de m'appeler si tu as besoin de moi. Avec plaisir, Luca. Et tu t'es bien débrouillée aujourd'hui. Très bien, même. Je suis fier de toi.

Je savais qu'il était sincère.

Même si j'avais été fatiguée pendant ces dernières heures de conduite, au moment où j'entrai chez mon père, je fus soudain totalement réveillée. C'était extrêmement étrange d'entrer dans le lieu de vie de papa sans qu'il soit présent. Une année s'était écoulée depuis son départ, mais il était impossible de le savoir en regardant son appartement. Madame Cascio, sa voisine, était venue y jeter un coup d'œil régulièrement, en plus d'aller chercher le courrier et de tenir globalement les toiles d'araignée à distance.

Je fis le tour pour ouvrir toutes les fenêtres, car l'air frais m'aidait toujours à me sentir moins enfermée. Des photos encadrées se trouvaient encore sur les étagères de papa, aucune n'ayant été changée pendant les cinq ans suivant le décès de maman. Je soulevai un double cadre photo en argent. Un cliché de moi dans mon uniforme de scout se trouvait sur la gauche, tandis que sur celui de droite, j'étais assise sur les genoux de mon père et me penchai pour souffler mes bougies d'anniversaire sur un gâteau. Je devais avoir six ans. Un grand cadre ivoire accueillait la photo de mariage de mes parents. Je passai mon doigt le long du voile de ma mère. Tout le monde me disait toujours que je lui ressemblais, mais quand j'étais petite, je ne voyais pas la ressemblance. Toutefois, aujourd'hui, j'étais son portrait craché. Il était difficile de croire qu'ils étaient tous les deux partis.

La petite table de la salle à manger était couverte d'une pile de courrier. Je l'avais fait suivre à mon adresse, alors c'était principalement de la pub. Une fois par mois, madame Cascio m'envoyait tout ce qui était arrivé, alors même que je lui avais dit que ce n'était pas nécessaire. Je feuilletai la pile machinalement, sans m'attendre à trouver quelque chose d'intéressant. Cependant, je m'arrêtai en trouvant une enveloppe qui m'était adressée. Enfin, pas à moi, mais à *Luca Ryan*. Je n'avais pas entendu ce nom depuis une éternité. En CE1, ma maîtresse, madame Ryan, avait lancé un programme de correspondance avec une petite ville d'Angleterre. Nous n'étions pas autorisés à utiliser nos vrais noms de famille pour des raisons de sécurité, alors toute la classe avait utilisé le sien, d'où le fait que je m'appelais Luca Ryan.

Je vérifiai l'adresse de l'expéditeur.

G. Quinn

Waouh, sérieusement ? Impossible.

Je plissai les yeux en voyant le cachet. La lettre venait d'une boîte postale en Californie, et pas d'Angleterre, mais mis à part Griffin, je ne connaissais pas d'autre Quinn. Et l'écriture me semblait plutôt familière. Toutefois, ça faisait presque huit ans que nous ne nous étions pas écrit. Pourquoi le faire maintenant ?

Curieuse, je l'ouvris et jetai directement un coup d'œil en bas de la lettre à la recherche du nom. Sans surprise, c'était bien Griffin. Je repris au début.

Chère Luca,

Tu aimes le scotch ? Je me souviens que tu avais dit ne pas aimer le goût de la bière, mais on n'a jamais pu comparer nos goûts en matière d'alcool fort. Tu dois te demander pourquoi, n'est-ce pas ? Laisse-moi te le rappeler : parce qu'il y a huit ans, tu as arrêté de répondre à mes foutues lettres.

Je voulais que tu saches que je suis toujours énervé à propos de ça. Ma mère avait l'habitude de dire que j'étais rancunier, mais je préfère considérer que je me rappelle les faits. Et le fait est que tu crains. Voilà, c'est dit. J'ai gardé ça en moi pendant longtemps.

Ne te méprends pas, je n'y pense pas de manière obsessionnelle. Je ne reste pas assis chez moi toute la journée à penser à toi. En fait, il peut se passer des mois sans que tu traverses mon esprit. Mais ensuite, un truc banal surgi de nulle part me passe par la tête. Par exemple, je vois un enfant dans une poussette manger du réglisse noir et je vais penser à toi. Petite parenthèse : j'ai retesté une fois adulte et je trouve toujours que ça a un goût de semelle, alors peut-être que c'est toi qui as mauvais goût. Tu n'aimes probablement même pas le scotch.

Bref, je suis sûr que cette lettre n'arrivera pas jusqu'à toi. Ou si par miracle elle te parvient, tu n'y répondras pas.

Mais si tu lis ça, tu devrais savoir deux choses.
1. Le Macallan 1926 vaut son prix. Un pur délice.
2. Tu CRAINS.

À plus, lâcheuse,
Griffin

Qu'est-ce que... ?

CHAPITRE 2

Luca

Tu crains.

Tu crains.

Tu crains.

Je n'arrivais pas à me concentrer sur autre chose depuis que j'avais ouvert cette lettre.

Alors que je continuais à emballer les affaires de mon père, un certain garçon – enfin, un homme à présent –, qui avait été cher à mon cœur à une époque, ne quittait pas mon esprit.

Un message de Doc interrompit mon voyage dans le passé.

Doc : Je pourrais jurer avoir vu une beauté à Central Park.

Une beauté ?

Luca : Quoi ?

Doc : Une mésange bleue d'Eurasie. L'un des oiseaux les plus magnifiques de la famille des mésanges.

Luca : Ah. L'observation d'oiseaux. J'aurais dû m'en douter.

Doc : C'est un spécimen non migrateur qu'on trouve de l'autre côté de l'océan, alors ça ne pouvait pas être ça. Mais si ce n'est pas une mésange, qu'est-ce que c'est ? La dernière fois que j'en ai vu une, j'étais en Angleterre !

Le fait qu'il venait de mentionner ce pays était étrange, presque comme un signe de l'univers, compte tenu de la lettre de Griffin. Même si techniquement, le courrier venait de Californie. Il fallait vraiment que je fasse une pause et que je parle à Doc de tout ça. Je n'avais encore jamais évoqué ce garçon avec lui.

Luca : Il faut que je vous parle de quelque chose. Est-ce que vous pouvez me rejoindre ?

Doc : Je pense que t'aventurer dehors te serait bénéfique.

Je soupirai, car je savais qu'il avait raison, mais je devais m'assurer qu'il ne se trouvait pas dans un endroit surpeuplé.

Luca : Est-ce qu'il y a du monde au parc en ce moment ?

Doc : Non. Du moins, pas où je suis installé.

Luca : D'accord. Pouvez-vous m'indiquer exactement où vous trouver ?

Doc était assis sur un banc et entouré de pigeons lorsque j'arrivai à la statue The Falconer dans Central Park. Il observait le ciel à travers ses jumelles, et quand il baissa la tête à mon niveau, il sursauta comme si je lui avais fait peur.

— On dirait qu'ils ont trouvé leur idole, le taquinai-je. Je suppose qu'ils ont entendu dire que le plus grand amoureux des oiseaux ayant jamais visité New York était en ville.

— J'aurais préféré. C'est plutôt grâce au pain. Il ne faut pas grand-chose pour attirer leur attention. Le problème, c'est qu'ils ne comprennent pas une fois qu'on n'en a plus. En une seconde, on se retrouve dans un film d'Alfred Hitchcock.

Il se tourna vers moi et examina mon visage.

— Qu'y a-t-il, Luca ? Tu as l'air un peu angoissée. Est-ce le fait d'être dehors qui te dérange ?

— Non, ce n'est pas ça.

— Est-ce que ce sont les cartons à faire qui te stressent ? Tu as besoin de mon aide ?

— Non. D'ailleurs, j'ai été plutôt productive de ce côté-là, indiquai-je en ouvrant délicatement le café que je venais d'acheter au food truck du coin, avant de souffler dessus. Mais il s'est passé autre chose.

— Oh ?

Je hochai la tête et bus une gorgée.

— J'ai reçu une lettre inattendue de la part d'un ancien correspondant. Il s'appelle Griffin. L'enveloppe se trouvait dans la pile de courrier qui m'est normalement envoyée dans le Vermont.

— Qu'est-ce qui te tracasse dans cette lettre ?

— C'était la première fois que j'avais de ses nouvelles depuis des années, et c'était... un peu agressif... moqueur. Pour résumer, il m'a dit que je craignais. Ça m'a fait du mal parce que... dans un sens, il a raison. Je ne lui ai jamais vraiment expliqué pourquoi j'avais arrêté de répondre à ses lettres il y a huit ans.

Doc ferma brièvement les yeux d'un air compréhensif, comme s'il savait exactement où j'allais en venir.

— Il y a huit ans... L'incendie.

Je me contentai d'acquiescer d'un signe de tête.

Huit ans plus tôt, toute ma vie avait changé.

À dix-sept ans, j'étais une adolescente normale. Je passais mes vendredis soir assise dans les gradins bondés, à observer mon petit copain *capitaine de l'équipe de football* faire des passes décisives, j'allais au centre commercial avec mes amis et j'assistais à des concerts. À cette époque, j'ignorais totalement ce qu'était l'agoraphobie. Je n'avais peur de rien.

La vie telle que je la connaissais avait pris fin un 4 juillet pendant mon année de terminale. C'était censé être l'été de mes rêves, mais au lieu de ça, il était devenu mon pire cauchemar.

Ma meilleure amie, Isabella, était venue avec moi dans le New Jersey à un concert de notre groupe préféré, les Steel Brothers, quand des feux d'artifice tirés non loin de là avaient atterri sur le toit de la salle, provoquant un incendie qui avait englouti le bâtiment. Plus de cent personnes y avaient perdu la vie, dont Isabella. J'avais été épargnée uniquement parce que j'étais en train de faire la queue dans l'aire de restauration, qui était située à l'étage inférieur, loin du lieu de l'explosion.

— Vous savez combien de temps j'ai passé à avoir l'impression que je ne méritais pas de vivre alors qu'Izzie était morte, déclarai-je. Si c'était elle qui était allée chercher nos sodas, elle serait toujours parmi nous. À ce moment-là, j'allais tellement mal que pendant quelque temps, je ne m'étais pas autorisée à apprécier les choses qui m'apportaient du bonheur. Et l'une d'entre elles était d'écrire à Griffin. Il habitait en Angleterre et on s'écrivait depuis le CE1, depuis dix ans. Au fil des années, on était devenus plus que de simples correspondants. On était des confidents l'un pour l'autre. On se faisait confiance. Quand l'accident est arrivé... j'ai arrêté de lui écrire, Doc. Je me suis enfermée dans mon monde et je ne lui ai plus répondu. J'ai laissé notre amitié mourir en même temps que certaines parties de moi.

Peu de temps après ça, j'avais aussi commencé à éviter les endroits très fréquentés, et au fil des années, mes peurs n'avaient fait qu'empirer. Aujourd'hui, à vingt-cinq ans, ma liste de phobies était longue. La seule bonne chose qui était ressortie de cette vie d'ermite asociale, c'était que ça m'offrait des heures infinies de solitude pour écrire. Mon tout premier roman autoédité avait fini par devenir viral deux ans plus tôt, et avant même d'avoir le temps de m'en rendre compte, j'avais rédigé trois thrillers figurant parmi les meilleures ventes sous le pseudo de Ryan Griffin et j'avais décroché un contrat avec une grande maison d'édition.

— Tu as dit qu'il s'appelait Griffin ? Ce n'est pas ton...

— Si. Ryan est le nom de famille que j'utilisais quand je lui écrivais. C'était celui de ma prof. Et le nom Griffin vient de ce garçon en question.

— C'est très intéressant, Luca, révéla-t-il, intrigué.

Ça faisait longtemps que je n'avais pas donné à Doc de nouveaux éléments de réflexion à analyser.

Lorsque mes livres avaient commencé à bien se vendre, j'avais pris conscience que je ne voulais pas seulement prendre en main ma carrière, mais aussi ma vie. J'avais donc trouvé le docteur Maxwell, qui était en préretraite, et le seul psy du Vermont à faire des visites à domicile pour les personnes agoraphobes. Ce que j'ignorais à ce moment-là, c'était que Doc était encore plus bizarre que moi, ce qui signifiait évidemment qu'il avait fini par devenir mon nouveau meilleur ami. Je savais que c'était une relation très étrange entre un patient et son thérapeute, mais ça fonctionnait pour nous. Le fait que ma propriété bordée d'arbres soit un vrai paradis pour les amateurs d'oiseaux aidait aussi.

— Quand est-ce que ce Griffin t'avait écrit pour la dernière fois avant ça ? demanda-t-il.

— Il m'a écrit quelques fois pendant la première année après que j'ai arrêté de lui répondre, avant de renoncer à obtenir une nouvelle lettre de ma part. J'étais totalement ailleurs à cette époque. Et quand j'ai pris conscience de ce que j'avais fait, que je me suis rendu compte que j'avais saboté l'une des choses les plus précieuses dans ma vie, j'ai eu trop honte pour reprendre contact.

Je soupirai, avant d'admettre la douloureuse vérité.

— À bien des égards, perdre Griffin était une autopunition pour avoir survécu à l'incendie.

Il observa au loin pendant un instant pour assimiler tout ça.

— Eh bien, ton pseudonyme est certainement la preuve que d'une certaine façon, tu t'es attachée à lui.

— Absolument. Je ne l'ai jamais oublié. C'est juste que je ne pensais pas avoir un jour de ses nouvelles. Je suis choquée. Et puis, je ne peux même pas lui en vouloir pour son attitude. À ses yeux, je l'ai mérité. Il ne sait pas ce qui s'est vraiment passé.

— Qu'est-ce qui t'empêche de t'expliquer maintenant ? Il est grand temps de lui répondre, et ce serait sûrement thérapeutique.

— Il me déteste, Doc.

— Il ne te déteste pas. Il ne t'aurait pas écrit après toutes ces années si c'était le cas. Il pense visiblement encore à toi. Il est peut-être en colère, mais on ne laisse pas ce sentiment nous atteindre, à moins de tenir à quelqu'un.

Je savais qu'à un moment donné, Griffin avait tenu à moi. Il avait énormément compté pour moi aussi. Mettre fin à notre communication était probablement l'un des plus grands regrets de ma vie. Mis à part le fait d'avoir proposé d'aller chercher les sodas au concert.

Je me mis à rire en me rappelant les souvenirs de Griffin.

— Il était tellement drôle. J'avais toujours l'impression de pouvoir tout lui dire. Et ce qui est bizarre, c'est que même s'il n'avait pas ma véritable identité et vice versa, il me connaissait sûrement mieux que personne à cette époque. Enfin, il connaissait celle que *j'étais*.

— Tu es toujours cette personne, Luca. Juste un peu plus...

Il hésita.

— Spéciale ? proposai-je.

— Non.

— Dingue ?

— J'allais dire vulnérable.

Doc tourna son attention vers un oiseau qui venait de se poser sur le banc en face de nous, puis porta immédiatement les jumelles à ses yeux.

— Un cardinal rouge ! Tu sais ce qu'on dit à propos de cette espèce ? m'interrogea-t-il en pivotant vers moi.

— Quoi donc ?

— On dit que ce sont des messagers de nos proches disparus. Peut-être que tu devrais essayer de réfléchir à ce que notre petit ami rouge essaie de te dire à cet instant, Luca.

Nous restâmes à New York pendant cinq jours, avant de faire le long trajet retour jusqu'au Vermont.

Retrouver ma précieuse maison, mon havre de paix, après m'être absentée si longtemps, m'apporta beaucoup de réconfort.

J'avais récupéré mon cochon domestique, Hortencia, chez un fermier du coin qui avait accepté de la garder pendant ces quelques jours. Vous vous demandez sûrement comment une fille confinée chez elle a bien pu se retrouver avec un cochon de compagnie, n'est-ce pas ? Eh bien, deux ans plus tôt, un incendie s'était déclaré dans une ferme en bas de ma rue. Quand j'avais entendu dire que certains animaux étaient morts, naturellement, ça m'avait fait quelque chose. Doc pensait que ce serait un bon exercice d'aller visiter le site du drame. Une fois sur place, j'avais appris qu'une partie des bêtes avait survécu. Certaines d'entre elles étaient toujours là, installées dans une grange provisoire. Quand j'avais croisé le regard de mon cochon, c'était un peu comme si je m'étais vue moi-même : un être seul et triste. Elle aussi devait avoir perdu sa meilleure amie. Alors j'avais fait ce que toute personne ayant trouvé son alter ego aurait fait : je l'avais ramenée à la maison. Depuis ce jour, je l'avais considérée comme mon bébé, et elle était plus que gâtée. Puisque je n'avais pas prévu d'avoir d'enfant un jour, je m'étais dit que je pourrais m'en sortir en la traitant comme tel.

Alors que je tentais de reprendre mes habitudes à la maison, je continuais d'être hantée par la lettre de Griffin.

Tu crains.

Tu crains.

Tu crains.

Il n'avait jamais mâché ses mots, mais après tout ce temps, c'était brutal.

J'avais l'impression que ça aurait dû me faire pleurer, mais en réalité, je n'arrivais plus à le faire. Doc et moi plaisantions souvent à propos du fait que j'étais incapable de verser une larme. Il m'avait poussée à essayer de pleurer pour tout laisser sortir, mais je n'avais jamais pu. Pas depuis l'accident. Pas même lorsque mon père était mort.

Je m'aventurai dans mon sous-sol et partis à la recherche de la caisse en plastique dans laquelle j'avais rangé les anciennes lettres de Griffin, car je les avais toutes gardées.

Peut-être que si j'arrivais d'une certaine manière à renouer avec lui en en relisant une ou deux, ça pourrait m'aider à décider si je devais lui écrire ou non. Répondre à sa lettre agressive pourrait revenir à ouvrir une boîte de Pandore. Il serait sûrement plus sage de laisser les choses telles qu'elles étaient, et de ne garder que des souvenirs positifs de lui. Je supposais que lui répondre pouvait aussi m'apporter une conclusion bien nécessaire, même s'il ne me contactait plus jamais après ça.

J'ouvris la caisse et fermai les yeux en en choisissant une. Je ne voulais pas influencer le destin en sélectionnant moi-même la lettre à lire, alors j'en pris une au hasard.

En voyant la date, je me rendis compte que c'était l'une des plus anciennes, de l'époque où nous avions probablement environ dix ans.

Chère Luca,

Comment tu vas ?

Je suis triste parce que ma mère et mon père m'ont appris qu'ils allaient divorcer. Ils ont dit que ce n'est pas ma faute.

Comment s'est passé ton gala de danse ? Est-ce que tu as eu des fleurs à la fin, comme tu le voulais ? Je t'en aurais envoyé si j'avais de l'argent. Ça coûte cher d'envoyer des trucs en Amérique.

Je t'ai écrit une chanson. Elle commence comme ça :

Luca. Luca. Luca.
Je veux t'acheter un bazooka.

Je n'ai pas encore terminé. Je cherche d'autres mots qui riment avec Luca.

À plus,
Griff

Je portai la lettre à mon cœur et repensai à l'image de lui que je m'étais faite dans ma tête. Quelque part dans cette boîte se trouvait l'unique photo de lui qu'il m'avait envoyée. Quand nous avions à peu près douze ans, nous avions enfreint les « règles » non officielles et avions fini par échanger des photos. J'en avais choisi une où j'étais en tenue de compétition de danse, avec du maquillage et des chaussures de claquettes. Il m'avait envoyé une photo de lui devant un immeuble de Londres. À cet âge-là, je commençais tout juste à m'intéresser aux garçons. J'avais clairement été surprise de découvrir que Griffin, avec ses grands yeux marron et ses cheveux foncés, était carrément mignon.

Je n'oublierais jamais ce qu'il m'avait écrit après avoir reçu mon cliché.

Tourne cette lettre pour connaître ma réaction à ta photo.

Et quand je l'avais retournée, j'avais pu lire :

Waouh, Luca. Tu es super belle !

Je n'avais sûrement jamais autant rougi de ma vie. C'était la première fois que je comprenais que mes sentiments envers Griffin étaient plus que platoniques. Évidemment, j'avais gardé ça pour moi, car ce n'était pas comme s'il aurait pu se passer quelque chose étant donné la distance qui nous séparait. Ni lui ni moi n'avions assez d'argent pour prendre l'avion afin de rencontrer l'autre.

Me remémorer les mots de cette jeune version de Griffin, comparés aux paroles dures que j'avais reçues la semaine dernière, était une pilule difficile à avaler. Ne sachant toujours pas si je devais le contacter ou pas, je choisis une autre lettre.

D'après la date, celle-ci devait dater de nos quinze ou seize ans.

Chère Luca,

Je vais te confier un secret. Ne fais pas confiance aux garçons. Jamais. On te dirait n'importe quoi pour te mettre dans notre lit. Et une fois que ce sera fait, on lâchera tout – littéralement – en deux secondes.

Bon... tu peux me faire confiance à moi, mais pas à d'autres garçons. (Et c'est seulement parce que je suis loin et que je ne peux rien tenter de toute façon, sinon, il se pourrait que je ne me fasse pas non plus confiance à moi-même.)

Bref... j'ai couché avec une fille. Je suppose que tu l'as peut-être déjà deviné.

C'était agréable, mais pas aussi génial que ce que je m'étais imaginé. C'était un peu bizarre, je t'assure.

Et rapide. Tu ne l'as pas encore fait, pas vrai ? J'espère que la réponse est non. Il vaudrait mieux que ce soit le cas, Luca. Si c'est oui, ne me le dis pas. Je ne pourrais pas supporter de le savoir. (En fait, non, je veux que tu me le dises. Il faudra juste que je vole un peu de scotch à mon père avant que tu ne le fasses.)

Ma mère va mieux. Merci d'avoir posé la question. Ils disent que le cancer ne s'est pas répandu en dehors de ses ovaires, alors c'est bon signe. (Ça l'est, n'est-ce pas ?) Est-ce que tu t'y connais en cancer des ovaires ? J'ai besoin que tu me dises que ça va aller. J'y croirais si ça venait de toi. Je crois que j'ai juste besoin de l'entendre, parce que je ne peux pas perdre ma mère.

Ne prends pas trop de temps pour répondre. Avoir de tes nouvelles me met toujours de bonne humeur.

À plus,
Griff

Je soupirai et remis la lettre dans son enveloppe d'origine. Tellement d'émotions.

D'accord, juste une dernière.

J'en sortis une autre, l'ouvris et la lus.

Chère Luca,

Écoute-moi bien. Si tu devais croire à une seule chose de tout ce que je te dis, c'est : qui trompe une fois te trompera toujours. Comment je le sais ? Parce que mon foutu père est comme ça ! J'ai été créé par un type infidèle.

Alors si tu cherches à être trompée une nouvelle fois, reste avec ton loser de copain.

Est-ce que tu as entendu ça ? C'est moi qui suis en train de hurler depuis l'Angleterre !

Ne donne PAS de seconde chance à cet enfoiré.

Je me fous qu'il dise qu'il est désolé.

Il ne te mérite pas, Luca. Vraiment pas.

Il a de la chance qu'un océan nous sépare, car je lui aurais bien cassé la gueule pour t'avoir blessée comme il l'a fait. Je me serais retrouvé en prison et mes lettres seraient arrivées avec un avertissement indiquant qu'elles venaient d'un centre pénitentiaire.

Est-ce que tu vois à quel point je suis en colère ? Parce que c'est le cas.

Bref... (maintenant que c'est sorti) quoi de neuf pour toi ?

De mon côté, il y a du nouveau. J'ai rejoint un groupe avec des types du lycée. Ne rigole pas, mais c'est un genre de... boys band. Sauf que je suis bien plus mignon que Harry Styles. Même si ça, tu ne peux pas le savoir, puisque tu ne m'as pas vu récemment. Est-ce qu'on ne remédierait pas à ça très bientôt ? Du genre montre-moi la tienne, je te montre la mienne après ? Je plaisante. Pas de pression. Ce n'est qu'une proposition. Je sais que tu aimes garder le mystère, et j'aime bien ça aussi. (Mais pour info, si j'avais le choix, j'aimerais voir à quoi tu ressembles aujourd'hui.)

Réponds-moi vite.

À plus,
Griff

P.S. : Je suis encore prêt à frapper ce type.

Je fermai les yeux et souris.

Il n'y avait qu'une seule lettre que je n'avais pas lue. C'était la dernière qui était arrivée, presque un an après que j'avais arrêté de répondre. À ce moment-là, j'avais tellement honte de ne pas lui avoir écrit depuis si longtemps que je ne pouvais même plus supporter de lire ses courriers. À l'époque, je ne savais pas que ce serait la dernière lettre.

Je brisai ma promesse et fouillai dans la pile pour trouver l'enveloppe qui n'avait pas été ouverte, et je parvins à la trouver. Je savais que ça n'allait pas être beau à voir, mais je l'ouvris quand même.

Cependant, rien n'aurait pu me préparer à ce que je découvris à l'intérieur. *Rien du tout.*

Luca,

Est-ce que tu as remarqué que je n'ai pas écrit « chère » ? Tu n'es plus chère à mon cœur, parce que tu as arrêté de répondre à mes foutues lettres. Tu ferais mieux d'être morte. C'est tout ce que j'ai à dire.

Attends. Je ne le pense pas vraiment. Je ne souhaiterai jamais ta mort. Jamais. C'est juste que je suis complètement perdu. Je t'écris pour te dire que c'est la dernière lettre que tu recevras de ma part.

C'est fort dommage, parce que j'aurais bien besoin d'une amie en ce moment, Luca.

Ma mère est morte.

Je n'arrive même pas à croire que je suis en train d'écrire ça.

On a découvert il y a deux mois que son cancer était revenu et qu'il s'était propagé. Tout est arrivé si vite après ça.

Ma mère est MORTE, Luca.

Elle est partie.

Il me fut impossible de lire la suite, car l'encre avait bavé à cause de ses larmes.

Et voilà que sans prévenir, les miennes se mirent à couler dans un flot ininterrompu, alors que je ne pensais même plus pouvoir en verser.

Il dut s'écouler une heure avant que je ne puisse arrêter de pleurer.

Je ne l'avais pas fait depuis qu'Isabella avait trouvé la mort dans cet incendie. J'avais pensé que toutes mes larmes avaient séché. Apparemment, c'était seulement que rien ne m'avait assez affectée depuis pour me faire pleurer.

Il avait perdu sa mère, et je ne le savais même pas.

À présent, je savais sans l'ombre d'un doute que je devais lui écrire. Je lui devais de vraies explications sur ce qui m'était arrivé et ce qui m'avait poussée à arrêter de lui répondre.

Même s'il continuait à me détester après ça, il méritait au moins des excuses.

Ça ne pouvait plus attendre.

Je savais que je resterais éveillée toute la nuit pour lui ouvrir mon cœur.

J'espérais seulement qu'il pourrait me pardonner.

CHAPITRE 3

Deux semaines s'étaient écoulées depuis que j'avais envoyé la lettre. Enfin, ça ressemblait plutôt à un livre étant donné qu'elle faisait plusieurs pages. Je lui avais tout raconté à propos de l'incendie et de mon état émotionnel après ça. Je m'étais aussi excusée de n'avoir jamais pris connaissance de la mort de sa mère, en m'assurant de lui faire savoir que j'avais ouvert sa dernière lettre seulement après avoir récemment perdu mon père. Je lui avais parlé de mes angoisses et je lui avais expliqué en détail ce qu'était l'agoraphobie, tout en l'informant que ce n'était pas un trouble mental identique chez tous ceux qui en étaient atteints. Je voulais qu'il comprenne que je n'étais pas complètement recluse, que j'aimais sortir et que je pouvais avoir des relations intimes. Honnêtement ? Je ne pouvais même pas dire ce que j'avais écrit d'autre. J'étais restée éveillée toute la nuit, jusqu'à avoir totalement vidé mon cœur. Dans mon esprit, je n'étais pas en train d'écrire au garçon qui m'avait dit que je craignais, mais au Griffin qui, je l'espérais, était toujours celui qui avait tant compté pour moi.

En temps normal, je me rendais au bureau de poste deux fois par semaine durant les heures peu fréquentées afin de vérifier la boîte postale que j'utilisais pour le courrier de mes lecteurs. Cependant, une semaine après avoir envoyé la lettre, je m'étais retrouvée à y aller tous les après-midis.

Pendant plusieurs jours, il n'y eut aucune réponse de la part de Griffin. Le quatorzième jour, une enveloppe rouge vif se détacha du reste du courrier. Le nom de l'expéditeur était Griffin Quinn.

Ma main tremblait. *Est-ce que je me dépêche de l'ouvrir pour la lire ici?* Pouvais-je attendre assez longtemps pour rentrer chez moi?

Je décidai que ce ne serait pas une bonne idée de potentiellement recevoir de mauvaises nouvelles en public. Je ne pouvais pas prendre le risque de m'évanouir et de me réveiller avec des tas de personnes penchées au-dessus de moi. Rien que d'y penser me fit frissonner.

Alors je décidai de rentrer aussi vite que possible à la maison.

Une fois arrivée, je donnai rapidement à manger à Hortencia pour qu'elle puisse être repue et apaisée pendant ma lecture.

Je m'assis confortablement sur mon canapé, le cœur battant, puis ouvris délicatement l'enveloppe.

Chère Luca,

Je crains.

Est-ce que tu continues de mémoriser un nouveau mot du dictionnaire chaque jour, comme tu en avais l'habitude ? Juste au cas où tu ne serais pas encore arrivée à celui-ci, laisse-moi l'honneur de te le présenter.

ÉGOCENTRIQUE adj. et n. :

1. Préoccupé par ses propres sentiments, intérêts ou situation.

2. Un ami qui s'en prend à toi parce qu'il n'a pas envisagé une seconde que sa meilleure amie ait pu arrêter d'écrire pour une bonne raison.

Je souris et jetai un coup d'œil au vieux dictionnaire usé posé au coin de mon bureau. C'était un exemplaire de 1993 qui comptait 470 000 mots. Le dos tenait grâce à plusieurs couches de Scotch après des années d'utilisation. Depuis que j'avais appris à lire à quatre ans, j'ouvrais une page au hasard tous les matins, fermais les yeux et pointais du doigt un mot pour le mémoriser. J'avais surligné ceux que j'avais appris, alors il y avait énormément de jaune dans ce bouquin. Même si d'après mes calculs, il faudrait que je vive 1288 ans pour pouvoir terminer. Ce qui ne m'avait jamais découragée.

Ça me plaisait que Griffin se souvienne encore de mon petit passe-temps. Seules quatre personnes étaient au courant. Ma poitrine se serra quand je me rendis compte qu'il ne restait plus que lui. Maman, papa et Izzy étaient tous partis. Doc n'en savait rien. Non pas que je voulais lui cacher. Je n'avais simplement jamais eu de raison d'aborder ce sujet.

Je retournai à ma lecture, stressée de voir ce qu'il avait écrit.

Je suis désolé pour tout ce que tu as traversé, Luca. Et je le suis encore plus de ne pas avoir été là pour toi quand c'est arrivé. J'ai perdu ma mère, et elle était trop jeune pour mourir, mais perdre nos parents est dans l'ordre des choses. On n'est pas censés enterrer nos amis à l'adolescence. Surtout pas de la façon dont tu as perdu Izzy. Bon sang, ma lettre était sacrément indélicate. Ce n'est pas une excuse, mais j'avais un peu trop bu quand je l'ai écrite. Est-ce que tu penses qu'on peut reprendre à zéro ? Et si on essayait ? Tu es d'accord ? C'est gentil de ta part. OK, je commence.

Chère Luca,

Salut ! Ça fait bien trop longtemps. J'ai beaucoup pensé à toi ces dernières années et je me suis demandé ce que tu faisais. Bizarrement, ces pensées sont devenues plus fréquentes depuis quelque temps. C'est dommage qu'on ait perdu contact. C'était sûrement ma faute. Bref, je vais te raconter un peu ma vie. J'ai emménagé aux États-Unis il y a quatre ans. Je joue toujours de la guitare et ma carrière musicale est plutôt... intéressante. Ça ne s'est pas vraiment passé comme je l'avais imaginé, mais ça paie les factures. Je ne suis pas marié, je n'ai pas d'enfant. J'ai eu une copine pendant un moment. Plus maintenant. J'aime l'océan Pacifique. J'ai même acheté une planche de surf. Je ne suis pas doué, mais je m'évade dessus aussi souvent que possible pour échapper à mon quotidien.

Alors... agoraphobe ?

C'est un mot plutôt cool. Je me demande combien de points il rapporte au Scrabble. Les lettres B, P et H valent chacune au moins trois points. Attends... Je ne veux pas que tu penses que je suis un mec tordu qui passe son temps à jouer au Scrabble. Là encore, tu ne trouverais pas ça bizarre puisque tu mémorises tout un fichu dictionnaire. Un jeu silencieux serait tout à fait ton genre. Ou alors un jeu qui se joue à deux ? Est-ce que tu paniques avec trois personnes dans la même pièce ? Ou y a-t-il un nombre précis qui te fait atteindre tes limites ? Dix-sept, peut-être ? Ça fait beaucoup. Bien plus que le nombre maximal de joueurs au Scrabble, ça, c'est certain.

Dommage que tu ne sois pas agrizoophobe. (C'est la peur des animaux sauvages, au cas où tu ne serais pas non plus tombée sur ce mot, traînarde.) Tu aurais eu dix points rien que pour le Z.

La prochaine fois, peut-être. Enfin, certains animaux sauvages peuvent être vraiment terrifiants.

À plus,
Griff

P.S. : Ta lettre m'a appris tout ce qui n'allait pas chez toi... ou du moins, tout ce que tu penses qui ne va pas chez toi. Cite-moi trois choses dont tu es fière dans la prochaine.

P.P.S. : J'ai menti. Tu as toujours été chère à mon cœur.

P.P.P.S. : Encore toutes mes condoléances, Luca.

— Laisse-moi récapituler. Il s'est moqué de ta condition, et c'est ce que tu aimes chez lui ?

Doc s'arrêta et porta son index à ses lèvres pour que je garde le silence, alors même qu'il venait de me poser une question. Nos séances de thérapie n'étaient définitivement pas traditionnelles. Deux fois par semaine, nous nous promenions dans les bois pendant quelques heures, tout en discutant pendant qu'il observait les oiseaux. Il apportait un carnet, mais il passait la moitié du temps à prendre des notes sur les différentes espèces qu'il voyait et non pas sur ce que je lui disais.

— Oui, je sais que c'est bizarre, mais il ne se moquait pas vraiment de moi. Enfin, si, mais pas réellement. C'est l'une des choses que j'ai toujours aimées dans notre relation. Il a toujours été honnête, et ses plaisanteries n'ont jamais été méchantes. C'était plus comme son moyen de me montrer que je me focalisais sur des choses pas si importantes que ça. Comme quand j'avais dix-sept ans et que j'étais toujours vierge. Je lui avais confié que j'avais peur qu'au moment où je finirais par le faire, tout le monde ait plus d'expérience que moi et que je passerais pour une débutante maladroite. Alors il avait inventé cette chanson dingue qui s'appelait « La vierge pressée ». Il a juste une façon de rendre acceptable le fait de rire de mes peurs.

— Hmm, répondit Doc.

Je pensais que sa réaction avait plus à voir avec une observation d'oiseau qu'avec ce que je venais de bafouiller, mais quand je posai les yeux sur lui, je me rendis compte qu'il ne regardait même pas dans ses jumelles.

— Hmm, quoi ?

— Eh bien, tu as renvoyé ton ancien agent parce qu'elle avait fait quelques blagues sur ta situation, alors qu'elle avait toujours dit qu'elle plaisantait. Tu n'as jamais été totalement convaincue de la nature de ses taquineries. Pourtant avec Griffin, un homme que tu n'as jamais vu de ta vie, tu es capable de considérer ses blagues comme inoffensives et presque réconfortantes. On dirait que tu as accordé une grande confiance à ce correspondant.

J'y réfléchis.

— Oui, je lui fais confiance. Je ne l'ai peut-être jamais rencontré, mais je le considère comme l'un des amis les plus proches que j'aie jamais eus. On a beaucoup partagé au fil des années. Il vivait en Angleterre, alors il n'y avait aucun risque de le croiser dans les couloirs de l'école, ce qui a aidé à faire baisser les barrières que les enfants élèvent pour se protéger. On était très proches. On partageait même des choses intimes.

— Et pourtant, tu as rompu tout contact avec lui après l'incendie.

— Je vous l'ai déjà dit, j'avais un comportement autodestructeur à l'époque. Ça me semblait tellement injuste d'être en vie alors qu'Izzy avait perdu la sienne. Je ne m'autorisais rien qui pouvait m'apporter du bonheur. Et je pense qu'une partie de moi avait honte de lui dire ce qui s'était passé. Je sais aujourd'hui que ça n'a aucun sens, mais j'avais honte de ne pas avoir sauvé Izzy.

Nous avançâmes en silence un moment, puis Doc finit par s'arrêter pour regarder dans ses jumelles.

— Le laisser revenir dans ta vie peut être bénéfique pour un certain nombre de raisons, déclara-t-il en continuant à fixer l'horizon. La première, parce que ta relation avec lui est étroitement liée à la période de ta vie qui t'a causé le plus de tristesse et de douleur. Tu as supprimé définitivement presque tout ce qui se rapportait à cette époque. Tu as quitté New York, tu n'écoutes plus de musique, tu évites la foule, les rassemblements, et malheureusement, même tes parents sont morts. Alors au quotidien, il est facile pour toi de faire comme si cette partie-là n'avait jamais existé. Mais c'est bien le cas, et même si on peut repousser les choses auxquelles on ne veut pas penser au fin fond de notre esprit, la seule façon de les mettre réellement derrière nous est de les affronter. Griffin fait partie de ton ancienne vie, celle que tu as essayé d'enterrer. Faire face à cette relation est un pas en avant.

Je hochai la tête. C'était logique.

— Quelles sont les autres raisons ?

Doc ajusta ses jumelles.

— Hmm ?

— Vous avez dit que laisser Griffin revenir dans ma vie pouvait être bénéfique pour un certain nombre de raisons, mais vous ne m'en avez donné qu'une.

— Oh, oui. L'acceptation. Plus tu parleras de ton état à d'autres personnes, moins tu auras peur des réactions des autres, et plus tu seras entourée pour affronter tout ça.

— Sans doute...

— Et puis, il y a aussi le coït.

Je me dis que j'avais dû mal entendre.

— Le quoi ?

— Le coït. Tu sais, l'union des organes génitaux du mâle et de la femelle. Ça fait un moment que tu n'as pas fréquenté un homme.

Oh, bon sang.

— Euh. D'accord, je comprends. Faisons un pas à la fois.

Une fois, j'avais écrit 14 331 mots en un jour. C'était la journée la plus productive de ma vie. D'ordinaire, mon quota quotidien avoisinait plus les deux mille mots. Et pourtant, il me fallut une demi-journée pour en écrire quelques centaines à Griffin. Ce n'était pas si facile de répondre à la question qu'il m'avait posée.

Cher Griffin,

Les dix pages de drame et de chagrin que je t'ai écrites sont sorties toutes seules. Et voilà que tu me poses une simple question, à savoir quelles sont les trois choses dont je suis le plus fière, et que je me retrouve à fixer une page blanche depuis presque une heure. La première est facile.

Mon travail. Je suis fière des livres que j'ai rédigés. Je suppose que dans ma première lettre déprimante, j'ai omis de mentionner que mon rêve était devenu réalité. Je suis une autrice, Griff! Il y a quatre ans, mon premier roman policier est devenu un best-seller du New York Times. J'en ai publié trois autres depuis, et je suis en pleine relecture du cinquième.

Les deux autres choses dont je suis fière ne sont pas faciles à trouver, mais je pense pouvoir dire que demander de l'aide après la mort d'Izzy en fait partie. Il m'a fallu probablement un peu plus de temps que prévu pour le faire, mais j'ai trouvé un psy et je travaille à affronter mes peurs. Passer cet appel pour prendre le premier rendez-vous a été l'une des choses les plus difficiles à faire. Ça paraît peut-être bête, mais même expliquer mon problème au téléphone pour la première fois était compliqué. Je ne suis pas encore guérie, mais j'y travaille en ce moment, et ça aussi ça me rend fière.

Bon sang, c'est difficile. Pourquoi avoir demandé trois choses? Je me rends compte que je ne suis pas très douée pour me jeter des fleurs. Mais le dernier truc dont je suis fière est quelque chose que je fais aussi souvent que possible. Je suppose qu'on peut décrire ça comme de bonnes actions inopinées. Par exemple, j'ai à plusieurs reprises payé les courses d'un inconnu derrière moi. Ou lors des jours très froids, je vais parfois chercher des chocolats chauds pour les brigadiers scolaires. Je sais que ce n'est pas transcendant, mais j'aime le faire. Une fois par mois, je passe la journée à cuisiner différents plats pour les déposer cher monsieur Fenley. C'est mon voisin qui a perdu sa femme l'année dernière, et ses plats faits maison lui manquent beaucoup.

Bon, assez parlé de moi. À mon tour de choisir une question à te poser.

Cite-moi trois choses qui te font peur.

Ta correspondante préférée,
Luca

P.S. : J'adore les lettres manuscrites, mais si tu préfères les e-mails, on peut discuter de cette façon.

P.P.S. : J'adorerais échanger des photos plus récentes. Je te montre la mienne si tu me montres la tienne ? ;)

P.P.P.S : Agrizoophobie vaut trente points sans compter les bonus éventuels, mais logizomécanophobie, la peur des ordinateurs, en vaut trente-huit.

J'hésitai à ajouter une photo de moi dans l'enveloppe, mais je finis par me raviser. Nous n'étions plus des enfants. Les règles de madame Ryan ne s'appliquaient plus, pourtant, échanger des photos me semblait un grand pas.

Surtout maintenant que Griffin vivait ici, aux États-Unis. Une fois cette première étape franchie, qu'est-ce qui nous empêcherait d'en franchir une seconde ? Cette pensée était à la fois terrifiante et excitante.

Je pliai la lettre dans une enveloppe et inscrivis l'adresse de sa boîte postale en Californie. Après ça, je collai un timbre et observai le nom inscrit. C'était sacrément fou.

Griffin Quinn.

Après toutes ces années.

CHAPITRE 4

Griffin

— Combien au total?

Mon avocat secoua la tête.

— Un peu moins de 119 000 dollars.

— Bon sang, lançai-je en passant une main dans mes cheveux. Comment j'ai pu être aussi aveugle?

— Ça s'est étalé sur une période de deux ans et demi. Ne sois pas si dur envers toi-même. Malheureusement, je vois très souvent ce genre de choses arriver. J'ai eu des cas où les sommes atteignaient des millions, Griff. Tu étais souvent sur la route. De gros montants entraient et sortaient. Il fallait que tu fasses confiance à quelqu'un.

— Oui, eh bien, apparemment, mon meilleur ami d'enfance était un sacré mauvais choix.

La première chose que j'avais faite en signant mon premier contrat d'enregistrement, c'était de faire venir mon pote Will d'Angleterre et l'engager comme manager. Je voyageais beaucoup pour donner des concerts afin de promouvoir mon album. Ma maison de disques me poussait à revenir au studio pour enregistrer le prochain, et du jour au lendemain, au moment de la sortie de mon single, j'avais gagné deux cent mille abonnés sur Instagram. C'était juste avant que ça parte en vrille. J'avais besoin de quelqu'un pour rester organisé, quelqu'un en qui je pourrais avoir confiance pour gérer mes finances au quotidien. Mon avocat, Aaron, m'avait mis en garde et recommandé de ne pas engager un ami. Je lui avais répondu qu'il était fou et qu'il était hors de question que je fasse appel à une société plutôt qu'à mon pote.

— Merci de ne pas m'avoir dit « je te l'avais dit », mec, déclarai-je en tendant une main à Aaron.

Il sourit.

— Je ne ferais jamais ça. Ça ne fait pas partie de mon travail. Est-ce que tu as décidé de la manière de gérer cette histoire ? Tu sais ce que j'en pense. Laisse la police s'en charger. S'il a fait ça à son ami, qu'est-ce qu'il va faire à des inconnus ?

Je savais qu'il avait raison, mais je ne pouvais pas porter plainte. Au fond de moi, je me sentais en partie responsable des problèmes de Will. C'était moi qui l'avais fait venir aux fêtes qui l'avaient rendu accro à la drogue. Et qu'est-ce que j'avais fait quand je m'étais rendu compte à quel point son addiction était devenue incontrôlable ? J'étais parti pour une tournée de trois mois en le laissant seul dans ma grande maison, avec un accès à tout l'argent dont il avait besoin pour creuser sa propre tombe. Peut-être que si j'avais annulé quelques dates et que je l'avais forcé à aller en désintox, rien de tout ça ne serait arrivé.

— Il a emprunté de l'argent à sa famille pour tout rembourser. Tant que ce chèque est encaissé avant la fin de la semaine, j'ai juste envie de mettre tout ça derrière moi.

Aaron hocha la tête.

— À toi de voir. Et pour sa Mercedes Classe G dans l'allée ?

— Je lui ai dit que c'étaient les intérêts. Fais-en don quelque part. Je n'en veux pas.

— Tu es sûr ? C'est une voiture qui n'a que deux ans et qui coûte cher.

— Je ne veux pas de son argent. Je vais récupérer ce qu'il m'a volé, mais c'est tout.

— Très bien, répondit Aaron en se levant. Une œuvre de charité en particulier ?

— Non, je te laisse en choisir une.

Je le raccompagnai à la porte et la lui ouvris.

— Après réflexion, vois s'il en existe une en faveur des personnes souffrant d'agoraphobie.

— Tu es sérieux ? demanda mon avocat en fronçant les sourcils.

— Absolument.

Il ricana.

— Comme tu veux, patron.

Je l'observai s'éloigner dans son Audi R8, en passant devant la Mercedes de Will et ma Tesla Roadster. Toujours dans l'excès, en Californie. Les choses étaient définitivement plus simples dans le Yorkshire. Non pas que je n'appréciais pas la fortune et la célébrité, mais certains jours, je me demandais si le prix à payer en valait la peine. Les amis qui se volaient entre eux, les femmes qui nous utilisaient pour être présentées aux personnes de l'industrie musicale, les paparazzi omniprésents, l'impossibilité d'aller dans un magasin de disques pour passer un peu de temps tranquille à parcourir les rayons. Les choses simples de la vie me manquaient, et j'étais pour l'instant dans une période calme. Très bientôt, j'allais repartir en tournée, et Cole allait engloutir complètement Griffin.

Ce qui me rappelait quelque chose. Au lieu de rentrer directement, je me rendis au bout de mon allée pour vérifier la boîte aux lettres. Une semaine s'était écoulée depuis que j'avais répondu à Luca, et j'avais espéré que ma première lettre ne l'avait pas effrayée. Bordel, je ne pensais même pas qu'elle l'aurait reçue, et je ne m'étais certainement pas attendu à lire tout ce qu'elle m'avait raconté dans sa réponse.

Perdre une amie dans un incendie, à un concert bondé qui plus est. C'était vraiment dingue.

Je passai en revue la pile de cinq centimètres de courrier en retournant chez moi, et souris en voyant l'écriture familière de Luca.

Je m'installai sur le canapé, ouvris la lettre et en lus chaque mot. Deux fois.

À quand remontait la dernière fois que quelqu'un avait été aussi honnête avec moi ? C'était probablement ma mère, et certainement pas pendant ces trois dernières années où j'étais devenu connu dans le monde musical. Désormais, ma vie était remplie de deux genres de personnes : ceux qui me disaient oui à tout, car ils bossaient pour ma maison de disques ou pour moi, et ceux qui voulaient quelque chose de moi.

Luca n'était ni l'un ni l'autre, et à moins qu'elle me mente, elle ne savait pas non plus qui j'étais. Soit elle ne connaissait pas Cole Archer, soit elle le connaissait, mais n'avait pas fait le rapprochement avec la seule photo que je lui avais envoyée plus de dix ans plus tôt. Quoi qu'il en soit, redevenir Griffin me faisait du bien. Parler à Luca m'en faisait encore plus.

Je relus sa lettre deux fois de plus, puis attrapai l'un des cinq carnets qui traînaient dans la maison, au cas où des paroles ou une mélodie me viendraient à l'esprit.

Chère Luca,

Trois choses qui me font peur? Comment suis-je censé répondre à ça et continuer à passer pour un dur? Je ne peux certainement pas te répondre que j'ai peur du noir, des araignées, ou que j'ai le vertige. Ça ruinerait ma réputation. Alors je vais devoir trouver des trucs vraiment terrifiants. Comme l'échec.

Si tu veux connaître la vérité, ce dont je suis pratiquement certain, c'est que j'ai peur d'échouer. Décevoir les autres, me décevoir moi-même, laisser tomber...

J'allais écrire *laisser tomber les fans*, mais Griffin n'en avait pas. Je ne voulais pas commencer à mentir à Luca, alors j'allais devoir faire attention en formulant mes phrases.

... laisser tomber la vie que j'ai construite ici en Californie.

Qu'est-ce qui me fait peur à part ça ? La mort. Craindre une chose qui est inévitable n'est sûrement pas la meilleure façon d'occuper son temps. Peut-être que ce n'est même pas vraiment la mort qui me fait peur, mais plutôt l'inconnu. Est-ce qu'on va réellement au paradis ? Je pense que toute personne ayant une peur normale de la mort devrait être sceptique quant à cette réponse. Si j'étais certain d'aller dans un endroit sans maladie et sans douleur, où tout le monde obtient des ailes stylées et retrouve ses vieux copains, je suis quasiment sûr que je n'aurais pas peur de mourir.

La dernière peur était récente et j'hésitai grandement à la partager, mais je finis par décider d'être honnête. Après tout, elle m'avait raconté des trucs sacrément terrifiants. C'était le moins que je puisse faire.

La dernière peur est relativement récente, mais elle n'en est pas moins réelle pour autant. J'ai peur de merder et de te faire fuir à nouveau. Alors faisons un pacte, tu veux bien ? Si je déconne, tu m'en parles et tu ne te contentes pas de ne plus répondre à mes lettres.

Je pense qu'à ce stade, on a échangé assez de trucs sérieux pour un moment, donc passons à un côté plus léger de Luca et Griffin, partie deux. J'ai huit ans de questions sans réponses à rattraper :

1. Est-ce que tu as enfin couché avec un garçon ? Si c'est le cas, tu dois me raconter cette première fois étant donné que j'avais partagé la mienne et que tu avais promis d'en faire autant. (Est-ce que c'est bizarre que j'espère plus ou moins que tu me répondes non ?)

2. Que penses-tu du bacon ? Enfin, tu as parlé du fait d'avoir un cochon domestique, alors je me demande si ça signifie que tu ne manges pas de bacon. Ou peut-être que tu es végétarienne comme la moitié des gens ici en Californie ?

3. Si tu allais au karaoké, tu choisirais quelle chanson et pourquoi ?

À plus,
Griff

P.S. : Même si imaginer te montrer la mienne est particulièrement alléchant, j'aimerais qu'on attende un moment avant d'échanger des photos. Gardons un peu de mystère.

P.P.S. : Hippopotomonstrosesquippedaliophobie, la peur des longs mots, vaut soixante-cinq points. Tu passes pour une petite joueuse avec les dix-neuf points de ton agoraphobie, pas vrai ? Trouve-toi une vraie peur, Ryan.

P.P.P.S. : Est-ce que tu es génophobe ? Moi, pas du tout.

CHAPITRE 5

Luca

Je me dépêchai de prendre mon dictionnaire pour chercher le mot *génophobie*. *Peur psychologique des relations sexuelles ou des actes sexuels.*

Génial.

Bon, eh bien, il n'avait définitivement pas perdu de temps pour parler librement. De ce côté-là, il n'avait pas changé.

Ses questions me firent beaucoup réfléchir. Ce qui était drôle, c'était que je savais ce que je voulais lui répondre, mis à part pour celle où il me demandait ce que je pensais du bacon. C'était un dilemme qui m'avait souvent mise en difficulté. *Argh!* Pourquoi était-il obligé de me demander ça?

De toute façon, je savais que je n'allais pas lui répondre avant ce soir puisque j'étais en retard à mon rendez-vous avec Doc. En temps normal, nous nous baladions dans les bois, mais le temps faisait des caprices aujourd'hui, alors nous avions prévu de nous rejoindre chez lui.

Heureusement que j'étais agoraphobe et non pas claustrophobe, car le docteur Maxwell avait une *tiny house*, comme celles qu'on pouvait voir dans ces émissions diffusées à la télévision. Avant Doc, je n'avais jamais rencontré quelqu'un qui vivait dans ce genre d'habitation.

Mon hôte pointa du doigt un tableau représentant un oiseau.

— Celui-ci est toujours mon préféré, Luca. Le colibri.

Environ un an plus tôt, Doc avait décidé de vivre de manière minimaliste, d'où la *tiny house*. Apparemment, tout ce dont il avait besoin, c'était d'air et d'oiseaux. Il avait aussi conclu qu'il ne voulait plus que je paie mes consultations en dollars parce qu'il avait suffisamment d'argent. Il avait insisté pour que je choisisse un autre moyen de l'indemniser, et avait demandé à ce que je propose quelque chose que je trouvais convenable.

Que donner à un homme qui n'avait visiblement envie ni besoin de rien ? Je savais que ça devait avoir un rapport avec les oiseaux.

Mis à part l'écriture, j'avais toujours fait de l'art, juste des peintures à l'huile simples. Un après-midi, j'avais cherché sur Google comment peindre un oiseau. Pendant plusieurs mois, j'avais perfectionné cette technique, des détails des plumes jusqu'à la création du bec. J'avais appris seule à dessiner et peindre plusieurs espèces, mais je ne lui offrais que les meilleures. Le reste restait dans mon sous-sol, qui ressemblait à une morgue d'oiseaux. Le point commun entre toutes les toiles que j'avais peintes ? Les oiseaux étaient tous stoïques, ne volaient jamais, se contentaient de poser. Et leur bec n'était jamais ouvert. Nous avions baptisé mon art « la collection d'oiseaux stoïques ». Doc avait supposé que l'expression des volatiles reflétait ce que je ressentais à l'intérieur. Vraiment n'importe quoi. Bref, mes œuvres encadrées ornaient désormais le moindre petit coin de la maison de Doc, et j'avais envie de rire chaque fois que je voyais mes créations.

— Alors, dis-moi, Luca, comment se passe ta correspondance avec Griffin ? me demanda-t-il en s'asseyant en face de moi.

Rien qu'entendre le prénom de Griffin suffit à me rendre guillerette.

— C'est vraiment génial. J'ai l'impression qu'on a repris là où on s'était arrêtés, ce qui est assez incroyable étant donné ce que nous avons tous les deux traversé et le temps écoulé.

— Que fait-il exactement en Californie ?

— Vous savez... il n'entre pas vraiment dans les détails de son activité, mais je sais qu'il travaille dans l'industrie musicale et que c'est un musicien en herbe. Je présume qu'il a dû accepter le premier poste disponible pour pouvoir mettre un pied dans ce milieu.

— Ah, intelligent.

— Mais il y a une chose intéressante... Quand je lui ai suggéré un échange de photos, il m'a dit qu'il préférait garder le mystère. J'ai trouvé ça un peu étrange. Dans le passé, c'était toujours lui qui insistait pour voir à quoi je ressemblais.

— Est-ce que tu penses qu'il peut avoir honte de son apparence ?

— Je n'en suis pas sûre. Soit c'est ça, soit il adore le suspense, soupirai-je. Est-ce que c'est bizarre que je me fiche totalement de savoir de quoi il a l'air aujourd'hui ? Enfin... une partie de moi l'imagine évidemment mignon, tout comme il l'était sur la seule photo que j'ai reçue de lui quand on avait douze ans. Mais en même temps, je m'en fiche.

— En fait, je suis un peu surpris que tu aies tant voulu lui envoyer une photo de toi. Ça ne te ressemble pas. Tu as l'habitude d'être plus réservée que ça.

— Pas avec lui. Je pense que c'est un besoin égoïste de lui faire savoir que je ne suis pas repoussante. Ou du moins, je ne pense pas l'être. C'est comme si je voulais qu'il me désire. Même si je peux être gênée en présence des autres, je suis assez à l'aise dans mon corps. Les gens m'ont suffisamment répété que j'étais jolie pour que j'y croie, même si certaines de ces personnes essayaient juste de me mettre dans leur lit.

— Je suis ravi que tu te trouves belle, Luca. Et c'est normal, puisque tu l'es autant à l'intérieur qu'à l'extérieur. Évidemment, il n'y a que ce que toi tu penses qui compte.

Je savais qu'en théorie, il avait raison. Je n'aurais pas dû me soucier de ce que pensaient les autres. Mais je tenais vraiment à l'avis de Griffin. Peut-être un peu trop alors que nous n'avions repris contact que récemment.

— Parfois le soir, quand je m'ennuie, je me maquille et j'enfile une belle tenue sans raison particulière.

— Je pourrais dire que c'est bizarre, mais je passe la moitié de ma vie à avoir des conversations philosophiques avec des oiseaux qui ne me répondent pas.

— En effet, vous n'êtes pas mieux, Doc, plaisantai-je. Bref... Je me fais toute belle alors que je n'ai nulle part où aller. C'est pathétique. Mais je peux voir à quoi je ressemblerais si je sortais réellement. Je prends quelques photos et ça rend plutôt bien.

— Tu sais que tu es en train de me donner une super idée pour ton prochain exercice de mise en situation, n'est-ce pas ?

— Laissez-moi deviner. Vous allez me faire m'apprêter et me faire sortir pour de vrai dans un endroit où je croiserai d'autres personnes, c'est ça ?

— Oui. Et je sais exactement où on ira.

Je devrais m'inquiéter.

— Génial.

Enfin blottie confortablement sur mon canapé avec une tasse de thé chaud à mes côtés, je me mis à répondre à Griffin.

Cher Griffin,

J'ai dû aller vérifier la définition de génophobie. Au début, je pensais que tu voulais dire germophobe, ce que je ne suis pas du tout étant donné que je vis avec un cochon ! (Je la garde aussi propre que possible, même si rien ne va plus dès qu'elle aperçoit un tas de boue. C'est là que ses vraies habitudes de cochon ressortent.)

Est-ce que je suis génophobe ? Non. J'aime cette idée de sexe, de m'ouvrir à quelqu'un de cette manière, aussi bien au sens propre qu'au sens figuré. :-) Ça peut être un peu effrayant, mais pas au point de devenir une phobie. Mes expériences sexuelles n'ont pas vraiment été à la hauteur du potentiel qui doit être atteignable avec le bon partenaire. En d'autres termes, je n'ai pas connu le sexe époustouflant qui existe probablement. Enfin, j'espère qu'il existe. J'attends toujours de le vivre.

Ce qui m'amène à répondre à ta première question, ce que je viens pratiquement de faire. Ai-je enfin couché avec un garçon ? Oui. Mais pas avant d'avoir vingt ans. Il m'a fallu du temps avant de reprendre les rencontres après l'incendie. J'ai fini par perdre ma virginité avec un type rencontré dans un groupe de soutien pour les personnes ayant été touchées par l'accident. Michael y avait perdu son cousin. Après l'une des séances, nous étions allés dans sa voiture pour discuter, et une chose menant à une autre... Il ne savait pas que j'étais vierge. Bref, ce fut rapide et douloureux. Et soit dit en passant, le cuir contre la peau n'est pas la sensation la plus merveilleuse du monde. Il a arrêté de venir aux réunions peu de temps après et je n'ai plus entendu parler de lui. Pas vraiment la première fois dont on rêve. Là encore, la tienne n'était pas terrible non plus. J'ai eu deux autres partenaires depuis, mais rien d'extraordinaire. Enfin, rien qui vaille la peine d'être écrit ici. Ce n'était pas leur faute. Il faut être deux pour ces choses-là, et je ne pense pas m'être laissée aller à cette vulnérabilité qui doit être nécessaire pour pouvoir se perdre en l'autre. Tu as des conseils à me donner dans ce domaine ?

Le karaoké, à présent... Je ne l'ai fait qu'une fois, mais j'ai trouvé ça bien plus amusant que ce que j'avais imaginé, même si j'étais seule dans mon salon, et qu'il n'y avait qu'Hortencia pour me regarder. J'étais peut-être un peu bourrée, un peu comme toi quand tu m'as réécrit. (C'était la meilleure décision alcoolisée jamais prise, d'ailleurs.) Bon, comme tu peux le voir, j'essaie de gagner du temps parce que j'hésite un peu à te dire que ma chanson préférée à chanter en karaoké est... roulements de tambour... Fernando d'ABBA ! Une fois de plus, tu avais peut-être deviné que j'allais choisir une chanson d'ABBA si tu te souviens de ce que j'avais écrit dans nos dizaines de lettres.

J'ai gardé la question la plus difficile pour la fin. Il m'a vraiment fallu toute la journée pour trouver comment y répondre, car honnêtement, c'est un énorme cas de conscience pour moi. Même si je n'en mange plus, J'ADORE le bacon. J'ai passé de nombreuses années à le mettre dans la liste de mes aliments préférés : les œufs au bacon, les lardons, les noix de Saint-Jacques entourées de bacon. Ces envies ne disparaissent pas du jour au lendemain quand on devient la mère adoptive d'un cochon. Le fait que ma bouche soit actuellement en train de saliver m'exaspère un peu. Alors je fais avec le bacon ce que je fais avec beaucoup d'autres choses dans la vie. Je n'y touche pas, mais je ne peux m'empêcher d'aimer ça. (Un peu comme le porno, peut-être ?) Évidemment, au moment où j'écris ça, Hortencia me fixe et j'ai l'impression d'être Hannibal Lecter.

Sur ces propos étranges, j'espère que tu me répondras vite. J'apprécie tellement qu'on ait repris contact. Ça commence vraiment à ressembler au bon vieux temps.

Est-ce que tu crois toujours en Dieu ?

Ta correspondante préférée,
Luca

P.S. : Puisque tu ne veux pas échanger de photos, j'ai pensé que je pourrais te donner un peu de renseignements sur moi. Je mesure un mètre soixante-sept pour cinquante-six kilos, et je me fais toute belle quand il le faut. Sinon, je passe la plupart de mes soirées enroulée dans un plaid et je ressemble à une patate.

P.P.S. : C'était une façon de te demander de m'en dire plus sur ce à quoi tu ressembles aujourd'hui.

L'attente avant de recevoir une lettre était toujours une vraie torture. Je n'avais toujours aucune garantie qu'il allait me répondre. Je devais juste lui faire aveuglément confiance à chaque fois. Alors en patientant, j'avais passé le temps à aller de l'avant. J'avais atteint mon quota de mots quotidiens, j'étais allée à mes séances avec Doc, et j'avais pris soin d'Hortencia. Mais l'espoir de recevoir du courrier était présent en permanence.

Ça prit plus d'une semaine, mais l'enveloppe rouge vif finit par apparaître dans ma boîte postale. Les « jours de lettre » étaient toujours réjouissants. Je rentrais chez moi, m'occupais de mon animal de compagnie, puis me détendais dans mon fauteuil pour savourer chaque mot.

Chère Luca,

Soit dit en passant, le bacon et le porno vont très bien ensemble.

Dans ma prochaine vie, je veux me réincarner en cochon et que tu m'adoptes. Est-ce que c'est bizarre ?

J'aime tes réponses à mes questions et ton honnêteté. Ça ne me dérangerait pas de me rouler dans la boue avec Hortencia et toi. Curieusement, j'ai mangé du bacon ce matin au petit déjeuner, et je dois dire que je me suis retrouvé à surinterpréter cette décision, alors je te remercie beaucoup.

Je pense que quitte à choisir une chanson d'ABBA, Fernando est un bon choix. Tu aurais pu opter pour Dancing Queen, ce qui aurait été basique et ennuyeux, deux choses que tu n'es pas du tout, Luca.

Tu m'as demandé si je croyais toujours en Dieu. J'ai l'impression que Sa présence fluctue dans nos vies, mais oui, je crois toujours qu'Il ou Elle existe. On se sent plus éloigné de Dieu quand on souffre. Malgré le manque de force pendant ces moments, Dieu fait en sorte qu'on retrouve notre chemin jusqu'à Lui. Ensuite, Il nous récompense pour notre foi et notre persévérance. J'ai quelquefois l'impression que le fait d'avoir repris contact avec toi est un exemple de récompense et de la façon dont Dieu peut parfois opérer Sa magie. Ce n'est pas facile d'avoir la foi. Je ne crois pas qu'on soit censé avoir toutes les réponses ou comprendre pourquoi les mauvaises choses arrivent. Par exemple, nous ne savons pas si nos proches sont dans un monde meilleur. Peut-être qu'on pense seulement qu'ils ont été punis quand ils sont morts, alors qu'en fait, ils ont été épargnés. Peut-être que c'est nous qui vivons en enfer. Nous n'avons simplement pas toutes les réponses et nous ne sommes pas faits pour savoir. Note à Luca : ne pas lancer Griffin sur des sujets philosophiques ou il se pourrait qu'il n'arrête jamais.

Merci pour les indices visuels concernant ton apparence. Maintenant, je n'arrive plus à me les sortir de la tête. Quant à moi, je ressemble toujours à la photo que je t'ai envoyée il y a des années, sauf que je suis un peu plus musclé (Dieu merci) et que j'ai de la barbe. J'espère que tu ne me trouves pas louche de ne pas vouloir échanger de photos. Cet anonymat me permet d'avoir un certain niveau de confort que je ne peux avoir nulle part ailleurs.

J'ai relu plusieurs fois le passage de ta lettre où tu réponds à ma question à propos du sexe, mais il y a une chose que je n'ai pas très bien comprise. Est-ce que tu n'as JAMAIS eu d'orgasme ? Est-ce que je pourrais être PLUS intrusif ? (Oui, on dirait Chandler dans Friends.) S'il te plaît, dis-moi que tu as joui au moins une fois pendant ces expériences. Je vois ce que tu veux dire quand tu parles d'avoir besoin de faire confiance à quelqu'un pour se laisser totalement aller. C'est la différence entre baiser et avoir une réelle connexion sexuelle avec quelqu'un, ce qui est rare. J'ai eu beaucoup de relations sexuelles, mais la plupart du temps, c'est un moyen de parvenir à une fin, et quand c'est terminé, il n'y a rien qui vaille la peine de s'accrocher. Je n'en suis pas fier, mais les femmes (du moins ici) rendent les choses trop faciles pour les *hommes. La plupart du temps, on prend ce que vous avez à nous offrir, mais c'est chouette de batailler un peu plus parfois. J'ai l'impression que tu ne rends pas les choses faciles, et c'est sexy, Luca. Crois-moi. Je ne veux pas être avec une fille qui est d'accord pour que je m'enfonce en elle et que je rentre chez moi après. Je veux une femme qui puisse comprendre qu'elle vaut plus que ça pour moi, et qui veuille plus que ça aussi. Tu n'imagines pas le nombre de filles superficielles que je croise chaque jour, qui se contentent parfaitement des mecs qui trempent leur biscuit. Moi aussi je veux ressentir quelque chose de plus fort. Je pense que tu es le genre de personne qui désire plus et en attend plus, mais que tu n'étais pas en état de faire les bons choix quand tu as couché avec ces quelques chanceux. Je crois que celle que tu es maintenant est bien plus avisée et sélective. C'est une bonne chose, parce que tu mérites plus que ça. Pour information, ça m'irait parfaitement si tu décidais de ne plus avoir de relations sexuelles. ;-) Je plaisante. Même si j'étais hyper jaloux de ton petit copain footballeur quand tu étais au lycée. Ça me tuait quand tu me parlais de la possibilité de coucher avec lui. Alors je suis plutôt content que tu n'aies rien fait avec ce type, même si tu as gâché ta première fois avec un « soi-disant » camarade de deuil, qui aurait tout aussi bien pu intégrer ces séances à la recherche d'une personne vulnérable. Bref, ce mec infidèle avec qui tu es sortie au lycée ne te méritait pas. J'aime pouvoir t'avouer ma jalousie à présent. Ou peut-être que je pense juste pouvoir le faire, alors qu'en réalité, je te mets mal à l'aise et que tu es en train d'installer un système de surveillance chez toi. Dis-moi si je me trompe. D'ailleurs, est-ce qu'on t'a déjà fait un cunnilingus ?*

À plus,
Griffin

P.S. : Tu n'es pas obligée de répondre à ma question, mais si tu le fais, il se pourrait que je prenne ça comme le signe que tu désires parler un peu plus de sexe. Maintenant que nous sommes des adultes, ça pourrait être sympa d'explorer nos options... et nos fantasmes.

P.P.S. : Dans ta lettre, tu as écrit que tu n'avais «pas connu le sexe époustouflant qui existe PROBABLEMENT ». Ça existe vraiment, Luca.

P.P.P.S. : Choisis le système d'alarme avec la caméra de surveillance.

Je lus cette lettre au moins cinq fois. Bon sang, il me faisait rire et sourire. Et bordel, il ne m'avait même pas touchée, pourtant j'étais totalement excitée par ses mots. Le fait que j'ignorais à quoi il ressemblait n'avait aucune importance. Notre alchimie n'avait jamais été basée sur le physique, mais toujours sur l'intense connexion mentale et émotionnelle que nous partagions. Je lui faisais presque plus confiance qu'à n'importe qui d'autre, alors j'avais vraiment envie d'explorer ce que l'avenir nous réservait. Il m'était arrivé tellement de choses depuis l'adolescence. Le seul point positif à être ressorti de tout ça était que je savais désormais qu'il ne fallait rien garder pour soi. Si on avait quelque chose à dire, il fallait le faire, et si on voulait quelque chose, il fallait foncer. Je devais encore surmonter mon agoraphobie, mais entre les murs de ma maison, j'avais l'impression de pouvoir conquérir le monde. Du moins, c'était ce que Griffin me faisait ressentir.

CHAPITRE 6

Griffin

La journée avait été longue et ardue au studio d'enregistrement. Mes camarades étaient tous partis quand la coordinatrice de production apparut derrière moi, alors que je me préparais à sortir.

— Salut, Griffin.

— Salut, Melinda.

La dernière fois que je l'avais vue, quelques mois plus tôt, je l'avais prise contre le mur dans la cabine de son. Elle était tout aussi belle que les autres filles avec qui j'avais passé du bon temps, dans le genre fausse blonde siliconée, mais je ne cherchais pas du tout à recommencer. Ces derniers temps, j'avais eu du mal à me concentrer sur autre chose que les lettres de Luca, ce qui était complètement dingue.

— On est plusieurs à aller au Roxy ce soir pour fêter la fin des enregistrements, déclara-t-elle. Tu te joins à nous ?

— Euh... je ne sais pas encore quels sont mes plans.

— J'espérais vraiment que tu viendrais.

— Je te tiendrai au courant.

— Sinon... peut-être que je pourrais passer chez toi pour qu'on passe du temps ensemble.

Chez moi ? Non, merci.

— Il faut que je voie.

Ou pas.

— OK... Eh bien, peut-être à plus tard.

— Oui, à plus, répondis-je en la contournant pour quitter le bâtiment.

Une fois dans ma voiture, j'hésitai à la démarrer. Des pensées de Luca envahissaient mon esprit, tout comme un fort sentiment de culpabilité. Nous nous étions toujours vantés d'être totalement honnêtes l'un envers l'autre, pourtant, je lui cachais la plus grande partie de moi-même. Je ne lui avais même pas posé de questions à propos des livres qu'elle avait écrits, même si j'étais très curieux, tout ça parce que je ne trouvais pas ça juste qu'elle me parle de sa carrière alors que je restais vague à propos de la mienne. Mais honnêtement, quel autre choix j'avais ? Si je voulais vivre les choses avec elle exactement comme elles l'étaient avant, je ne pouvais pas lui révéler que son bon vieil ami Griffin était désormais Cole Archer, chanteur vedette du groupe Archer, bien connu des hordes de fans du monde entier. Luca flipperait comme jamais. Ma vie était tout le contraire de la sienne. Bon sang, elle ne pouvait même pas aller faire ses courses pendant la journée, alors elle pourrait encore moins gérer la multitude de personnes qui la suivraient partout si notre relation venait à s'ébruiter. J'avais l'impression d'être mis au pied du mur. Si je ne lui en parlais pas, elle allait le découvrir un jour et être en colère que je lui aie caché ça. Si je le lui disais, il n'y aurait plus aucune chance qu'elle veuille me rencontrer. En même temps, pour être honnête, j'avais le sentiment de ne pas pouvoir continuer sans savoir qui *elle* était vraiment. Cette femme était l'une des personnes les plus importantes de ma vie. Plus les semaines passaient, plus j'avais besoin de savoir à quoi ressemblait la fille sans visage dont je rêvais. Avec la tournée arrivant dans deux mois, j'avais l'impression d'avoir besoin d'un peu de tranquillité d'esprit avant de travailler non-stop.

Après avoir fait défiler l'écran de mon téléphone à la recherche du nom du détective privé qui m'avait déjà aidé une fois, j'appuyai sur le bouton d'appel.

— Julian… C'est Cole Archer.

— Cole… Ça fait longtemps.

— Oui, en effet.

— Qu'est-ce que je peux faire pour toi ?

— Eh bien, cette fois-ci, j'ai une demande un peu différente. Est-ce que tu pourrais voyager tout de suite ?

— On parle de quelle distance ?

— Dans le Vermont.

— Il se passe quoi là-bas ?

— J'aimerais que tu localises une amie. Je ne veux pas que tu lui parles ni que tu l'approches. Je veux juste que tu prennes quelques photos et que tu la suives pendant deux jours pour me donner une idée de ses habitudes. Fais-moi aussi savoir si tu penses qu'elle est en sécurité là où elle est.

— Je présume que tu as son nom et son adresse.

— C'est la partie la plus compliquée. Cette fille... C'est une vieille amie, mais on n'a jamais échangé nos vrais noms de famille.

— Il se passe des trucs bizarres ?

— Non, rien de tout ça. On était correspondants quand on était petits. On a commencé à s'écrire en utilisant de faux noms de famille dès le départ parce que c'était la règle à l'époque. On a repris contact récemment et on n'a simplement pas changé cette habitude. Elle ne sait même pas que je suis Cole Archer.

— Hmm, d'accord. Quelles informations peux-tu me donner ?

— J'ai l'adresse de sa boîte postale. Tu devras attendre au bureau de poste jusqu'à ce qu'elle vienne chercher son courrier, puis il faudra la suivre chez elle. Je ne peux pas te dire si tu devras attendre longtemps avant qu'elle fasse son apparition, mais je te donnerai la somme que tu voudras pour le temps que tu passeras sur place.

— Il fait un froid de canard là-bas, tu le sais ?

— Achète ce qu'il faut pour te couvrir et ajoute-le à la facture. Je t'enverrai l'adresse. Tu penses pouvoir le faire quand ?

— Je pourrai probablement y aller ce week-end.

Je soupirai en ressentant un mélange de peur et d'excitation.

— Parfait.

Après avoir raccroché, je commençai à me sentir vraiment coupable. Je détestais être obligé de faire les choses de cette manière, mais il fallait que j'en sache plus avant de décider d'aller plus loin. Honnêtement, c'était sa dernière lettre qui avait fini par me convaincre, car les choses semblaient s'aventurer sur un autre territoire entre nous.

Je la sortis pour la relire.

Cher Griffin,

C'est la sixième fois que je recommence cette lettre. J'ai fini par rouler en boule les tentatives précédentes avant de les jeter dans la poubelle près de mon bureau. En fait, j'ai un peu menti. Les cinq n'ont pas toutes atterri dans la poubelle. Je vise assez mal. Enfin bref... La raison pour laquelle il m'a fallu plusieurs essais pour rédiger ce courrier, c'est que j'avais essayé de ne pas répondre à certaines de tes questions pour ne pas passer pour une folle. Même si je t'ai déjà parlé de mes peurs, de mon souci avec le bacon, et du fait que je parle de temps en temps à mon cochon de compagnie. Malheureusement, peut-être qu'il est déjà trop tard. Alors, voilà la vérité à propos du sexe oral, des orgasmes et de la masturbation...

J'ai déjà eu un orgasme, mais hélas, pas avec un partenaire. Je ne sais pas si mon incapacité à jouir pendant une relation sexuelle avec un homme est due à ce partenaire, ce qui voudrait dire que ces hommes ne me convenaient simplement pas, ou si j'ai un problème physique. Je peux avoir un orgasme, mais pas avec les hommes que j'ai fréquentés. En réalité, je trouve ça plutôt facile de me faire jouir. J'ai une jolie collection de vibromasseurs, le LELO INA Wave Rabbit étant mon préféré. Il offre une stimulation interne et externe à la fois. Mais pour être honnête, mes doigts font aussi parfaitement l'affaire.

Ma tête retomba contre l'appuie-tête et je fermai les yeux. Bon sang, imaginer Luca se toucher me rendait dingue. L'espace d'une brève seconde, j'envisageai d'ouvrir ma braguette pour me masturber ici, dans la voiture. Cependant, la dernière chose que je voulais, c'était de me faire arrêter en train de me branler devant le studio d'enregistrement. Ou pire encore, qu'une fan passe à côté et me filme en train de faire mon affaire. Ces conneries pourraient devenir virales en un claquement de doigts. Je commençais à être serré dans mon jean. Il fallait que je me rappelle de ne plus lire les lettres de Luca ailleurs que dans l'intimité de ma maison, à l'avenir.

Je pris quelques profondes inspirations et ouvris les yeux. Il m'était impossible de conduire pour l'instant, alors je me dis qu'il valait mieux en profiter pour finir la lettre pour la sixième fois.

Bizarrement, ce n'est pas le paragraphe que je viens de rédiger que j'hésitais à écrire, mais le prochain...

Je ne te l'ai jamais dit, mais je t'ai donné un surnom secret : Mimi. L'histoire qui se cache derrière est assez embarrassante, mais tant pis... c'est parti. J'avais presque treize ans quand tu m'as envoyé la seule photo que j'ai de toi. J'ai passé beaucoup de temps à la regarder. Au cas où tu ne serais pas au courant, tu étais très, très mignon. Je craquais déjà pour toi avant que tu ne m'envoies ce cliché, mais après m'être rendu compte à quel point tu étais beau, les choses se sont accélérées pour moi. Rappelle-toi que j'étais une ado avec des hormones en ébullition. Un soir, j'étais allongée sur mon lit en train de fixer ta photo, quand j'ai glissé une main dans ma culotte pour la toute première fois. C'était agréable, mais je ne possédais pas encore de vibro, et pourtant, il était évident qu'il me fallait davantage de stimulation. Alors j'ai dû improviser. C'est là que ça devient gênant. Tu te souviens de ces petits porte-clés Furby ? Ceux qui vibraient et qui étaient offerts dans les Happy Meal au McDo ? Je suis sûre que tu vois où je veux en venir, maintenant. Bref... J'avais plusieurs exemplaires d'un Furby en particulier. Oui, tu as deviné... Il s'appelait Mimi.

Eh bien, j'ai eu la brillante idée de faire un test en mettant Mimi dans ma culotte. Je l'ai tenu contre mon entrejambe pour que la vibration stimule mon clitoris. Je suis quasiment sûre que je n'avais aucune idée de ce que je faisais, mais bon sang, j'ai décroché le jackpot. Ce soir-là, j'ai joui pour la première fois, une main tenant ta photo pour que je la regarde, et l'autre pressant Mimi contre mon corps. Alors on peut dire que tu as grandement participé à mon premier orgasme.

Est-ce que tu aurais préféré ne pas le savoir ? Je n'espère pas. D'ailleurs, mon père n'a jamais compris pourquoi j'étais soudain devenue obsédée par le fait d'aller au McDo. Inutile de préciser que les Happy Meal m'ont rendue heureuse pendant un bon moment après ça.

Soit dit en passant, j'ai subitement envie de nuggets, de tranches de pomme et d'une brique de lait. Pas toi ? ;)

Bon, dernière question, celle du sexe oral. Oui, j'ai déjà donné et reçu. Même si j'ai aimé ce qu'on m'a fait, ça n'a pas fini en orgasme. Peut-être que le type n'était pas doué dans ce domaine. Je n'en suis pas sûre. Mais je peux te dire que j'ai fait des recherches pour ma première fellation. Est-ce que tu savais qu'il existe toute une série porno « Pour les Nuls » ? Les fellations pour les Nuls m'a coûté 29,99 $ pour une vidéo de quinze minutes.

On m'a dit que c'était un très bon investissement.

Je crois avoir répondu à toutes tes questions. À mon tour ! Raconte-moi ton fantasme le plus sombre.

Ta correspondante préférée,
Luca

P.S. : Je suis presque certaine d'avoir encore un Mimi quelque part dans une boîte dans mon placard. Si tu m'envoyais une photo plus récente, je pourrais le ressortir...

P.P.S. : Il se pourrait que LELO ait besoin de nouvelles piles après ces quelques dernières lettres.

CHAPITRE 7

Luca

— Luca ? m'interpella Cecily, la dame qui travaillait à l'accueil de mon petit bureau de poste.

Heureusement, l'endroit était vide aujourd'hui. Je verrouillai ma boîte postale en me sentant un peu déçue de ne toujours pas avoir reçu de réponse de Griffin. Plus d'une semaine s'était écoulée depuis l'envoi de ma dernière lettre, et je commençais à m'inquiéter d'avoir peut-être été trop honnête en partageant mes frasques sexuelles – à savoir mon histoire de masturbation avec un Furby – et de l'avoir fait fuir. Je me rendis dans le bureau principal situé à côté de la salle des boîtes postales, et Cecily leva un doigt.

— J'ai un colis pour toi. Il ne rentrait pas dans ta boîte. Je vais le chercher.

— Oh, d'accord.

Je m'étais attendue à ce que ma maison d'édition m'ait envoyé des exemplaires promotionnels de mon dernier livre, mais lorsque Cecily revint en portant une énorme boîte *rouge*, mon cœur s'emballa. *Est-ce que Griff m'a envoyé quelque chose ?*

— En général, tes paquets sont assez lourds. Celui-ci est plutôt léger pour sa taille, observa-t-elle en posant le colis sur le comptoir.

Je dus me mettre sur la pointe des pieds pour apercevoir l'adresse de l'expéditeur. Je souris jusqu'aux oreilles en voyant l'écriture familière de Griff, et Cecily le remarqua.

— On dirait que tu es contente que cette boîte soit bien arrivée.

— Oui. Je ne m'attendais pas à un colis, mais à une lettre.

Elle m'offrit un sourire chaleureux.

— J'espère que c'est un truc sympa.

Je retournai à ma voiture avec le paquet, à peine capable de résister à l'envie de l'ouvrir ici, sur le parking. En temps normal, j'attendais d'être à la maison pour lire les lettres de Griffin, mais j'étais bien trop excitée pour le faire avec ce colis. Alors je le posai sur le siège passager, fis le tour de la voiture pour m'installer à la place du conducteur, puis j'ouvris le grand paquet.

Une enveloppe rouge avec mon nom dessus était posée sur le papier de soie rouge. Je la sortis et hésitai à la lire, mais ma curiosité prit le dessus, et j'oubliai la politesse pour ouvrir le cadeau avant de lire la carte.

Je dépliai le papier de soie et écarquillai les yeux. *Oh, mon Dieu !*

J'éclatai de rire. Il devait y avoir plus de cent porte-clés Furby vibrants à l'intérieur. Je ne savais même pas où il avait pu les trouver étant donné qu'ils avaient arrêté de les distribuer avec les Happy Meal plus de dix ans plus tôt. J'en attrapai un, le retournai, et basculai le petit interrupteur pour le mettre en marche. Sans surprise, il se mit à vibrer dans ma paume, ce qui me fit couiner comme si j'avais de nouveau treize ans.

Désormais, il était impossible d'attendre d'être à la maison pour lire sa lettre. J'ouvris brusquement l'enveloppe, telle une toxico ayant besoin de sa prochaine dose.

Chère Luca,

Si tu m'avais demandé quel était mon fantasme le plus sombre il y a un mois, je t'aurais probablement répondu que j'avais déjà rêvé une fois ou deux d'un peu de BDSM. Priver une femme de tous ses sens, ses yeux bandés et ses oreilles couvertes d'un casque. Elle porterait un pantalon en cuir complètement ouvert au niveau des fesses et des talons pointus. Elle serait penchée sur un banc de fessée, les mains liées dans son dos, et mon empreinte serait rouge vif sur son cul. Je suis sûr que tu vois le topo, vu ton obsession pour le bacon et le porno.

Mais les choses ont changé pour moi dernièrement. Ces jours-ci, mon fantasme le plus sombre et le plus secret est presque pervers. Pervers, Luca. Je ne cesse de penser à une femme d'un mètre soixante-sept allongée sur mon lit, les jambes écartées, avec un foutu Furby pressé contre son sexe.

Malheureusement, je suis très sérieux. J'ai même envisagé de rejoindre un groupe d'entraide. Peut-être un pour les petits animaux poilus ? J'ai pensé qu'ils pourraient comprendre.

Luca, Luca, Luca. Qu'as-tu fait de moi ?

Affectueusement,
Mimi

P.S. : Tu sais quoi faire avec mon cadeau. Pense à moi quand tu passeras à l'action.

P.P.S. : Est-ce que tu as tendance à crier ? À gémir ? Tu l'as déjà fait en public ?

P.P.P.S. : Mon compte eBay a été supprimé à cause d'une suspicion d'activité frauduleuse suite à mes multiples achats successifs. Aucun vendeur n'avait un stock assez important de Mimi vibrants, mais en cumulant soixante-dix-sept personnes, j'ai réussi à en obtenir cent !

Hortencia les prenait pour des jouets à mâcher. Je la poursuivais dans toute la maison pour essayer de lui enlever le Furby de la bouche, mais ça ne faisait que lui donner l'impression que c'était un jeu. Quand je finis enfin par le lui retirer, elle se précipita dans mon bureau pour en prendre un autre dans le colis. Il fallait que je trouve un endroit plus sûr où ranger ma nouvelle petite collection avant que Doc n'arrive pour notre séance d'aujourd'hui. Je me munis d'une boîte de rangement en plastique trouvée au sous-sol, une avec un couvercle qui se ferme, et me mis à transférer tous les petits jouets dedans. Sous tous les Furby, au fond du paquet, à moitié coincée dans un rabat du carton, se trouvait une feuille pliée en deux. Je l'ouvris en pensant que Griffin m'avait peut-être écrit un second mot, mais au lieu de ça, je découvris un reçu venant d'eBay pour l'un des porte-clés vibrants. Il avait dû le glisser là accidentellement en emballant les jouets. En haut à gauche, je pus lire l'adresse de livraison :

Marchese Music
12 Via Cerritos
Palos Verdes Estates, CA 00274

Waouh. Ça doit être le lieu de travail de Griffin. Marchese Music.

Et voilà que j'avais son adresse, ou du moins un endroit où je pouvais le trouver. Mon esprit commença aussitôt à s'emballer. Et si je me présentais à la porte de son travail ? Il ne me reconnaîtrait probablement pas. Je pourrais peut-être le voir en personne, et il ne se douterait même pas de mon identité. Ce serait fou.

Je ris en imaginant la scène, tout en finissant de ranger les Furby. Mais au lieu de jeter l'adresse, je la glissai dans le tiroir de mon bureau.

Quelques minutes plus tard, Hortencia commença à devenir folle et se mit à grogner en faisant des allers-retours entre mon bureau et la porte d'entrée. J'avais toujours pensé que les cochons faisaient « groin-groin », mais la mienne faisait plus « grouik-grouik ». Enfin, elle le faisait chaque fois que Doc se garait dans l'allée.

— Changement de plan pour aujourd'hui, Luca ! s'exclama-t-il en ouvrant la porte.

Je tirai sur le collier d'Hortencia pour la faire reculer.

— Viens, ma fille, laisse le docteur tranquille. Il ne voudrait jouer avec toi que s'il te poussait des ailes.

Doc se baissa et tendit une friandise à mon cochon. Il avait toujours des friandises pour cochons au beurre de cacahuètes croustillant dans une poche, et des biscuits pour chiens dans l'autre, même s'il n'en avait pas.

— Prépare-toi, ma chère Luca. On va à l'animalerie aujourd'hui.

Je me figeai.

— Non. Vous avez dit qu'on irait se promener.

— Je t'ai dit ça parce que lorsque je te préviens qu'on va faire un exercice de mise en situation, tu commences à stresser plusieurs jours avant. De cette manière, tu as moins de temps pour paniquer.

— Sauf que l'équivalent de cinq jours de stress va se condenser en un trajet en voiture de quinze minutes pour aller au magasin, et qu'il se pourrait que ma tête explose.

— Je ne pense pas que ça fonctionne comme ça, répondit Doc en fronçant les sourcils.

— Vous ne vous souvenez pas de la dernière fois où on est allés à l'animalerie ?

Nous avions déjà essayé ce genre d'exercice quelques mois plus tôt, le week-end avant Pâques. Mais ce que nous ne savions pas, c'était que ce jour-là, le magasin avait fait venir un homme déguisé en lapin de Pâques pour prendre des photos avec les animaux. Nous étions entrés par une porte latérale, alors nous n'avions pas vu le parking bondé. L'endroit était plein à craquer. Au milieu du premier rayon, j'avais tellement eu la tête qui tournait et la nausée que j'avais dû m'asseoir par terre en hyperventilant. Malheureusement, je m'étais accidentellement assise dans une petite flaque d'urine de chien. Quand j'avais fini par avoir assez de courage pour me lever et quitter le magasin, tous les chiens présents m'avaient prise pour une borne d'incendie et avaient voulu me renifler. Ou plutôt renifler mes fesses mouillées.

— On va dans un endroit plus petit cette fois. Et j'y suis passé ce matin en venant ici pour m'assurer qu'il n'y avait aucun événement spécial aujourd'hui.

Je ne me sentais pas mieux pour autant.

— Pourquoi est-ce qu'on n'irait pas au magasin pour notre prochaine séance? On pourrait aller se promener aujourd'hui. Il fait beau dehors.

Il secoua la tête.

— Je dois acheter une nouvelle mangeoire pour les oiseaux. Un écureuil a cassé celle des colibris.

— Vous avez au moins vingt mangeoires différentes dans votre jardin. Les colibris peuvent manger autre chose pendant quelques jours.

— Fais-moi confiance, Luca, insista Doc en s'approchant de moi et en posant ses mains sur mes épaules. Nos exercices de réadaptation ne visent pas à aller dans un magasin sans faire de crise d'angoisse. Ce genre de réaction dans cet endroit est tout à fait prévisible. La mise en situation consiste à se mettre face à ce qu'on redoute et à affronter l'angoisse quand elle arrive. On va traverser ça ensemble.

Je fermai les yeux.

— D'accord.

— Ça, c'est super.

— Alors, raconte-moi ce qu'il y a de neuf avec ton correspondant.

Nous nous étions garés sur le parking de l'animalerie, mais j'avais besoin de quelques minutes pour me calmer suffisamment avant de pouvoir entrer, alors nous nous promenions dans le quartier. Je savais qu'il évoquait Griff pour me distraire, mais honnêtement, si penser à lui n'arrivait pas à me changer les idées, j'ignorais ce qui pourrait le faire.

— Il m'a envoyé un cadeau.

— Oh ?

Je n'allais pas raconter mon histoire de masturbation avec des Furby à Doc, alors je contournai la vérité.

— Juste quelques jouets qui m'obsédaient un peu quand on était petits. Ce n'est pas comme s'il m'avait envoyé des diamants ou des trucs dans le même genre.

— De toute façon, je suis sûr que le fait qu'il se souvienne d'une chose que tu aimais signifie plus pour toi qu'un bijou.

Je souris. Doc me connaissait vraiment bien.

— On s'envoie des lettres une fois par semaine depuis un moment maintenant, et les choses sont en quelque sorte devenues... plus personnelles. On parle ouvertement de nos rencontres et de nos vies sexuelles. Enfin, plutôt de l'absence de la mienne.

— Et vous n'avez toujours pas échangé de photos ni discuté au téléphone ?

— J'ai essayé, mais Griff a dit qu'il aimait le mystère de cette situation.

Doc resta silencieux un instant.

— Est-ce que tu crois qu'il te dit la vérité ?

C'était une chose à laquelle j'avais beaucoup pensé ces derniers temps. J'avais l'impression que Griffin n'était peut-être pas aussi sûr de lui que lorsque nous étions petits. Il ne voulait pas vraiment parler de son travail, mis à part pour dire que les choses ne s'étaient pas passées comme prévu. Il n'avait pas non plus été très bavard sur sa description physique. J'en étais venue à me dire que Griff avait peut-être honte de ne pas avoir aussi bien réussi dans l'industrie musicale que ce qu'il aurait aimé, et que ça avait impacté sa confiance en lui. Le fait que je me vante d'avoir écrit un best-seller du *New York Times* n'avait probablement pas aidé non plus.

— Je ne sais pas. Mais je me dis qu'il a peut-être un peu honte de son travail et que sa confiance en a pris un coup. C'est bizarre, car rien de tout ça n'a d'importance. Je me fiche de son apparence ou qu'il puisse travailler en tant qu'employé de rayon dans un magasin. À chaque fois que je suis allée sur des sites de rencontres dans le passé, je n'ai jamais laissé une chance aux hommes que je ne trouvais pas attirants. Pourtant, je me fiche totalement de savoir si Griffin a mal vieilli et qu'une cicatrice lui barre le visage. J'aime sa personnalité et son sens de l'humour.

— C'est très mature. On dirait que tu commences à avoir des sentiments pour cet homme.

— Je pense que c'est le cas, avouai-je en soupirant. Mais je ne sais pas vraiment comment lui faire comprendre que je l'apprécie pour ce qu'il est et que je me fiche de son apparence. C'est difficile d'aborder ce sujet dans une lettre. Je crois que je vais quand même essayer en insistant un peu plus.

— Parfait. Je suis très curieux de rencontrer la personne qui a éveillé ton intérêt.

— Moi aussi, Doc. Ce qui est assez amusant, c'est qu'on pourrait le faire. J'ai trouvé un reçu au fond du colis qu'il m'a envoyé, et il y avait une adresse de livraison. Je pense que ça doit être son lieu de travail. Techniquement, on pourrait s'y rendre sans même qu'il sache qui on est. J'ai beaucoup changé physiquement ces dix dernières années. Dommage qu'il ne vive pas plus près, sinon j'aurais vraiment pu le faire parce que je suis très curieuse.

Nous arrivâmes devant l'entrée de l'animalerie après notre promenade dans le quartier. Il y avait quelques voitures sur le parking, mais ce n'était rien comparé à notre dernier essai.

— Vois cette journée comme un pas de plus vers une rencontre avec Griffin, déclara Doc en m'observant. On ne sait jamais. Aujourd'hui, on se rend dans une animalerie... mais le mois prochain, on pourrait être dans un avion en direction de la Californie.

Si seulement c'était si facile. Je pris une grande inspiration et tirai sur le col de mon T-shirt. J'avais chaud et je me sentais déjà un peu à l'étroit rien qu'en regardant la porte.

— Finissons-en.

— Tu t'es très bien débrouillée aujourd'hui, Luca, affirma Doc alors que je me garais dans mon allée.

Il attrapa son sac provenant de l'animalerie posé à ses pieds.

— Je pense que « très bien » est un peu exagéré.

— Tu te sous-estimes. Tu es restée à l'intérieur pendant presque dix minutes.

— Tout en passant neuf minutes trente près de la porte.

— Ce n'est pas grave. Peu importe la distance que tu as parcourue dans le bâtiment. Ce qui compte, c'est que tu as ressenti de l'angoisse et que tu l'as affrontée. Tu aurais très bien pu passer cette porte, mais au lieu de ça, tu as résisté et tu as tenu le coup. C'est un vrai progrès.

Doc avait peut-être l'impression que j'avais progressé aujourd'hui, mais moi, je me sentais juste découragée. Quelle importance de savoir à quoi ressemblait Griffin ? Il était impossible que je puisse un jour monter dans un avion.

— Merci, Doc, répondis-je en me forçant à afficher un sourire triste. J'apprécie ce que vous avez essayé de faire.

— Les progrès prennent du temps, Luca. Ne sois pas déprimée. Tu n'en es peut-être pas au stade où tu aimerais être, mais tu as déjà avancé par rapport à hier. Chaque jour est un petit pas en avant. Continue de regarder devant et d'avancer, et je te promets qu'un jour, tu jetteras un coup d'œil en arrière et tu seras surprise de voir à quel point ces petits pas t'ont menée loin.

— Je me demande combien de petits pas il y a entre ici et la Californie, plaisantai-je. Au moins, je n'aurai pas à m'inquiéter de savoir à quoi ressemble Griffin lorsque je finirai par arriver là-bas, parce que d'ici là, je serai de toute façon incapable de le voir avec ma cataracte.

Les encouragements de Doc pour me remonter le moral ne fonctionnèrent pas vraiment. J'en avais marre de vouloir faire ce que faisaient les gens normaux, et j'étais frustrée de ne pas pouvoir vaincre mes peurs. Cette nuit-là, je ne répondis pas à Griff. Je ne voulais pas qu'il ressente mon humeur massacrante. Je ne parvins pas non plus à m'endormir. Je ne fis que tourner pendant des heures, jusqu'à ce que je finisse par sortir du lit pour prendre un somnifère, chose que je n'aimais pas faire trop souvent. Ces trucs me mettaient vraiment K.O.

Je ne fus donc pas surprise de faire la grasse matinée le lendemain. Je me réveillai au son d'un klaxon bruyant. Pas celui d'une voiture, mais plutôt celui d'un train ou d'un semi-remorque. Les premières fois où je l'entendis, je rabattis la couverture sur ma tête et tentai de l'ignorer. Mais après la troisième fois, Hortencia se mit à grogner comme une dingue, alors je me levai pour voir ce qui se passait.

C'est quoi ce bordel ?

Je me frottai les yeux et ouvris les stores de la fenêtre donnant devant chez moi pour mieux voir. Sans surprise, mes yeux ne m'avaient pas joué des tours. Un énorme camping-car des années 70 couvert de lambris était garé devant la maison. En me voyant, le conducteur baissa sa vitre.

Oh, mon Dieu. J'ai peur.

C'était Doc. Il passa la moitié de son corps par la fenêtre en agitant ses bras en l'air, comme si je pouvais le louper.

— Regarde ce que m'a prêté ma sœur Louise ! Je parie qu'on pourra voir des tas d'oiseaux sur le chemin.

J'ouvris la porte d'entrée et me protégeai les yeux du soleil avec ma main.

— Sur le chemin pour aller où ?

Il était hors de question que je monte dans ce machin si Doc était au volant.

— En Californie, petite sotte !

CHAPITRE 8

Griffin

Bon sang. Je n'arrivais pas à arrêter de la regarder.

Julian m'avait envoyé les photos de Luca presque deux heures plus tôt, pourtant, je n'avais pas bougé d'un centimètre. Elle était bien plus belle que ce que j'avais imaginé. Pour être honnête, compte tenu de ses particularités, je m'étais presque attendu à ce qu'elle soit un peu plus ordinaire. Ce qui n'aurait posé aucun problème, car au-delà de l'apparence, notre alchimie battait des records. Mais là? Maintenant que j'avais découvert que Luca était un canon? Ça ne faisait que mettre de l'huile sur le feu, et je doutais qu'on puisse l'éteindre un jour.

Elle avait les mêmes cheveux longs et châtains que sur la photo qu'elle m'avait envoyée toutes ces années auparavant. Ses grands yeux verts brillaient et nous laissaient lire en elle. J'avais envie de les observer pendant des heures.

Waouh.

Elle ressemblait à une version améliorée de… comment s'appelaient ces poupées ? Celles que la fille malade à l'hôpital m'avait demandées. Je lui en avais envoyé une dizaine. *Les poupées Blythe !* C'était ça. Avec ses yeux magnifiques, Luca était une poupée Blythe grandeur nature.

Ma culpabilité s'était décuplée maintenant que je l'avais vue. Sans compter que Julian l'avait photographiée au moment exact où elle avait reçu mon colis au bureau de poste. Le bonheur qui se lisait sur son visage quand elle avait ouvert ce paquet de Furby était une chose que je ne pourrais pas oublier de sitôt. *Oh, ma belle. Comme c'est agréable de voir ton sourire, de te voir heureuse.*

Julian m'avait fait parvenir plusieurs clichés, ainsi qu'un rapport envoyé par e-mail de ses premières constatations dans le Vermont.

Bonjour de Montpelier !
Ci-joint toutes les photos prises depuis mon arrivée ici.
Voici ce que j'ai découvert à ce jour. Comme tu peux le voir, ton amie est plutôt pas mal. C'est la bonne nouvelle. Le reste est un peu bizarroïde, si tu veux mon avis, alors accroche-toi.
Tout d'abord, elle promène un cochon en laisse. Oui, j'ai bien dit… un COCHON. Un foutu cochon. Je ne sais pas trop ce que ça veut dire. Mis à part quand elle s'aventure dehors pour faire ça, elle a l'air de ne sortir de chez

elle que pour aller au bureau de poste. Alors c'était assez facile de garder un œil sur elle.

Voilà la partie la plus étrange. Un vieil homme est venu la chercher une fois et ils sont sortis ensemble. Je les ai suivis jusqu'à une animalerie, puis ils sont revenus chez elle. C'est tout. Je ne sais pas si c'est son grand-père, un *sugar daddy* ou autre chose, mais je crois que c'est un voyeur parce que je l'ai vu utiliser des jumelles devant sa maison.

Un vrai pervers. Super bizarre, mec. Si tu veux que je fasse des recherches sur lui, fais-le-moi savoir.

L'histoire devient encore plus étrange. Le lendemain, le même type se pointe chez elle au volant d'un vieux camping-car. Elle monte dedans, y reste quelques minutes, puis elle se précipite chez elle. Aucune idée de ce qui s'est passé.

C'est à peu près tout ce que j'ai pour l'instant. Je n'aurais pas pu te raconter ça d'une façon plus claire, même si tu m'avais payé le double ou que ma vie en dépendait. Je ne sais pas si tu as besoin de plus d'informations.

Bref, hors sujet, mais j'ai en quelque sorte dégoté une fille dans un bar du coin hier soir. Elle s'appelle Vanessa. Je pense rester quelque temps en ville si tu veux que je continue le boulot. Je suis convaincu que le papy prépare un truc.

Tiens-moi au courant !

Julian

Aussi étrange que le mode de vie de Luca ait pu lui paraître, tout était parfaitement sensé pour moi. Je savais que le type en question était son psy farfelu avec qui elle sortait souvent, parce qu'elle m'avait parlé de lui dans sa première lettre. Et évidemment, j'étais déjà au courant pour Hortencia. Alors curieusement, rien ne m'avait effrayé.

J'avais répondu à Julian en lui demandant de rester sur place jusqu'à nouvel ordre. Je ne pensais pas qu'il allait trouver quelque chose de plus intéressant, mais il n'avait visiblement rien de mieux à faire en ce moment – mis à part s'occuper de « Vanessa » –, alors je m'étais dit que j'allais le faire patienter là-bas un peu plus longtemps.

— Monsieur Archer ?

Merde. Apparemment, ma casquette et mes lunettes de soleil ne suffisaient pas à camoufler mon identité, alors que je tentais de me rendre incognito au bureau de poste.

— Oui ?

— Est-ce que je peux avoir un autographe ?

— Bien sûr, répondis-je en griffonnant rapidement ma signature sur le courrier d'une fille.

— Je suis une grande fan ! couina-t-elle. Vous n'imaginez même pas. *Luca* est ma chanson préférée de tous les temps.

Argh. Il fallait qu'elle me le rappelle.

— Merci, lançai-je en m'éloignant précipitamment.

J'allais aussi devoir affronter ça. Comment étais-je censé expliquer à Luca que j'avais écrit ma chanson la plus populaire – ou plutôt un coup de gueule – en son honneur, un soir alors que j'étais bourré et énervé ? Qui aurait cru que ce truc allait s'envoler dans les classements de cette façon ? Je n'aurais jamais imaginé en l'écrivant que Luca et moi finirions par reprendre contact.

Je soupirai. Cette chanson était sûrement le dernier de mes problèmes en ce moment.

Je mis ma capuche et accélérai le pas pour que personne d'autre ne puisse me reconnaître. Après tout, j'avais la lettre de Luca dans les mains et j'avais hâte d'arriver à ma voiture.

J'ouvris précipitamment l'enveloppe, impatient de commencer à lire.

Cher Griffin,

J'ai officiellement grillé trois Furby. C'est une bonne chose que tu m'en aies offert autant, même si ton compte eBay a été sacrifié au passage. J'en suis vraiment navrée, mais j'ai éclaté de rire en apprenant ça. Merci beaucoup pour ce cadeau surprise. Je ne pense pas avoir souri ou ri autant depuis des années. Et oui, je suis sérieuse quand je dis que j'en ai déjà vidé trois. (Oups !) J'ai pensé à toi à chaque seconde, d'ailleurs. ;-) J'ai hésité à t'envoyer une vidéo pour te prouver à quel point j'apprécie ce que tu m'as offert, mais je me suis dit que ça pourrait te faire peur. Est-ce que tu aimerais recevoir une vidéo de moi ? Évidemment, ça impliquerait d'échanger nos numéros/e-mails, et ça pourrait aussi mener à – SOUPIR – parler au téléphone. Et les appels pourraient mener à – SOUPIR – une rencontre. Et cette rencontre pourrait mener à... bref, tu as compris. Je sais que tu as dit que tu aimais la dynamique que nous avons pour le moment, et le mystère qui va avec. Ne te méprends pas, J'ADORE ce que nous partageons. Mais je ne sais pas... Est-ce que tu n'as pas envie de plus, parfois ?

Je dus arrêter de lire la lettre un instant.
Merde.
Putain.
Bordel.
La peur m'envahit. Sans parler du fait que j'étais dur comme la pierre. Mélange bizarre. Je savais où elle allait en venir et ça me perturbait. Je pris une grande inspiration et continuai.

Je suis désolée si je franchis une limite en abordant ce sujet, mais ça me pèse beaucoup ces derniers temps. J'aimerais beaucoup que ce que nous partageons aille plus loin que des lettres. Je suis dingue de toi. Voilà, c'est dit. Tu as le droit de faire comme si tu n'avais pas lu ce passage. Je prendrai ton absence de réaction comme le signe de ne plus évoquer ça. (Qui installe des caméras de surveillance à présent, hein ?)

Bon, maintenant que j'ai vidé mon sac, je vais répondre à tes questions. Tu voulais savoir si j'ai tendance à crier ou à gémir pendant l'acte. En fait, je fais les deux, mais surtout quand je me masturbe, parce que c'est là que je suis le plus à l'aise et que je ne me préoccupe pas de ce que les autres pensent. J'habite également dans un endroit très isolé, alors personne ne m'entendra crier, mis à part Hortencia. C'est une bonne chose quand on veut un peu d'intimité, mais nettement moins si on se fait assassiner à coups de hache ou attaquer par un grizzli.

Pour répondre à ton autre question, je n'ai jamais fait l'amour dans un lieu public, mais je pense que si je le faisais, ce serait en Californie. ;-) D'ailleurs, c'est le second clin d'œil que je dessine dans cette lettre, et je commence un peu à me faire peur. Alors j'arrête.

Je t'en supplie, dis-moi que je ne t'ai pas effrayé avec ma suggestion de vidéo.

Ta correspondante préférée,
Luca

P.S. : Est-ce que tu préfères totalement épilée, ticket de métro, ou touffue ? C'est pour une amie.
P.P.S. : Il se pourrait que cette amie s'appelle Luca.

Je poussai un long soupir et posai ma tête contre le siège. *Puuuutain.* Et maintenant ?

Le fait que je la fasse espionner était sacrément injuste. Visiblement, je ne pouvais pas continuer sans la voir, pourtant je ne lui laissais pas la même opportunité. Ce que j'avais fait ressemblait à du vol.

Il faut que je lui dise la vérité.

Mais lorsqu'elle découvrirait qui j'étais, tout ce que nous partagions serait ruiné. Je vivais pour ses lettres, pour son absence de jugement. Luca était sincèrement la seule personne dans ce monde qui me voyait pour ce que j'étais vraiment. Imaginer que ça puisse changer... Non, je ne pouvais pas le supporter. En même temps, maintenant que je l'avais vue, je ne voulais rien d'autre que la sentir, la goûter, être avec elle pour de vrai. Même s'il n'avait jamais été question de physique entre nous, je ne pouvais pas simplement oublier son image. *Luca, Luca, Luca. Que vais-je faire de toi?* Il me fallait juste un peu plus de temps pour trouver une solution.

Il me fallut plusieurs jours pour décider de la manière dont j'allais lui répondre.

Un après-midi, après être rentré du studio, je sautai le pas et tentai finalement de gagner encore un peu de temps.

Chère Luca,

Si cette lettre arrive un peu plus tard que les autres... c'est parce que j'étais enfermé dans ma chambre pendant des jours, en train de me masturber en pensant à cette petite vidéo porno que tu aimerais m'envoyer. D'où la question : est-ce que tu veux me tuer? Il y a d'autres moyens que la hache et les grizzlis pour assassiner des gens, tu sais. Proposer une telle chose alors que je ne peux pas vraiment te toucher en est un exemple. Je suis presque sûr que c'est un acte de torture. Je suis ravi que tu fasses bon usage de ces Furby, même si tu en as sacrifié trois dans la manœuvre. Ils n'ont clairement pas été conçus pour un usage à long terme.

Je suis en train de tourner autour du pot, n'est-ce pas ?

Bon.

C'est parti.

Je pense que l'une des choses qui a toujours défini notre relation, c'est la confiance aveugle. Tu es d'accord ? Est-ce que tu me fais aveuglément confiance ? Je peux répondre en toute honnêteté que c'est le cas pour moi. Même si on ne s'est pas rencontrés, je te confierais ma vie. Je ne pense pas pouvoir dire ça à propos de quelqu'un d'autre sur cette terre. Maintenant que c'est dit, je dois te demander une faveur. J'ai besoin que tu me fasses confiance quand je te dis qu'il vaut mieux garder les choses comme elles le sont pour l'instant. Tu es très importante pour moi, Luca, et je veux pouvoir être celui qu'il te faut. Malheureusement, ce n'est pas le cas pour le moment. Parfois, quand on suit ses rêves, on se rend compte qu'il y a un prix à payer, et le coût est bien plus élevé que ce qu'on avait imaginé.

Mais je suis en train d'essayer de trouver une solution pour changer les choses au plus vite. J'ai terriblement envie de te rencontrer, de te toucher, et de faire bien d'autres choses avec toi (te faire bien d'autres choses). Quand le bon moment sera venu de passer à l'étape supérieure, je te promets que je te le ferai savoir. Et j'espère que tout fera sens.

Tu peux faire ça pour moi ? Est-ce que tu peux me faire confiance aveuglément sur ce point ? Ne réponds pas tout de suite à cette question. Prends le temps d'y réfléchir. Pense à MOI et demande-toi si tu crois vraiment que je te ferais intentionnellement du mal ou te causerais du tort.

Autre sujet important, à savoir ton sexe et mes préférences le concernant. Crois-moi quand je te dis que je te prendrai telle que tu t'offriras à moi, que ce soit nue comme un ver ou plus poilue que le grizzli mentionné ci-dessus. Je savourerai chaque seconde où mon visage sera entre tes jambes pour te donner le meilleur orgasme de ta vie, qu'aucun Furby ne pourra jamais t'offrir. J'en rêve tous les jours, Luca.

À plus,
Griff

P.S. : Est-ce que tu les préfères circoncis ou non ? C'est pour un ami.

P.P.S. : Il se pourrait que cet ami s'appelle Mimi.

CHAPITRE 9

Luca

Doc était sacrément dingue. Il avait garé le camping-car chez lui et m'avait simplement dit qu'il serait prêt à partir dès que j'aurais décidé d'accepter sa proposition de nous rendre en Californie. Ce truc était plus gros que sa maison.

Nous aurions pu partir le jour où il avait débarqué chez moi si j'avais été d'accord. Je lui avais dit que j'avais besoin d'un peu de temps pour y réfléchir.

Une partie de moi voulait accepter son idée folle, mais aller concrètement de l'avant signifierait devoir affronter la possibilité de découvrir quelque chose que je ne voulais pas savoir. Griffin cachait un truc. J'en étais certaine. Et cette prise de conscience faisait mal. Dans sa dernière lettre, il m'avait demandé de lui faire une confiance aveugle, mais comment pourrais-je le faire alors qu'il m'avait donné toutes les raisons de penser que quelque chose clochait ? Une bataille faisait rage en moi quant à la façon de gérer tout ça à l'avenir.

Un coup donné à la porte me fit sursauter. Je savais

que c'était Doc, mais j'étais loin d'être prête à partir là où il me menaçait de m'emmener ce soir.

J'ouvris la porte et remarquai qu'il portait un costume. *Oh, non.*

— Tu n'es pas encore habillée ? demanda-t-il.

— Non, parce que vous ne voulez pas me dire où on va.

— Luca... c'est le but. Je te promets que ce ne sera rien que tu ne puisses pas gérer.

Deux heures plus tard, après avoir revêtu ma plus jolie robe noire, je frissonnais dans la voiture de Doc, alors que nous roulions vers notre destination.

— Tu es splendide, observa-t-il en jetant un coup d'œil dans ma direction.

— Merci. Maintenant, est-ce que vous voulez bien me dire où on va, s'il vous plaît ?

— On y sera bientôt.

Nous finîmes pour nous garer devant un vieux bâtiment en briques, devant lequel un panneau indiquait : Vermont Audubon Society.

— Vous m'emmenez rencontrer votre bande de passionnés d'oiseaux ?

— C'est le gala annuel. Il y a beaucoup de monde et c'est l'occasion parfaite pour travailler ton aptitude à gérer tes angoisses. Ne t'inquiète pas. Ça se passe dans le jardin, pas à l'intérieur.

Je m'enfonçai dans mon siège.

— Quand bien même, je ne peux pas gérer ça.

— C'est là que tu as tort. Tu peux faire tout ce que tu te mets en tête, ou dans ce cas, ce que tu ne te mets *pas* en tête. Pense à autre chose et laisse-toi porter, un moment à la fois. Assieds-toi ici et ressens ton angoisse sans t'enfuir.

Je voulais m'échapper de cette voiture, et encore plus de ce gala.

— Je ne peux pas.

— Si, tu peux. La vraie liberté t'attend si tu apprends à endurer tes sentiments sans fuir. Une fois que l'angoisse s'estompera, tu te rendras compte qu'il n'y a jamais rien eu à craindre. Tu n'as rien appris de nos recherches sur les enseignements du docteur Claire Weekes ?

— Pourquoi faire ça ce soir ? demandai-je d'un ton agressif.

— Parce qu'il est temps, Luca. Ta vie te passe sous le nez. Il faut qu'on te fasse arriver au point où tu pourras de nouveau agir normalement en étant entourée d'autres personnes. Ce qui implique de supporter leur présence.

Il continua lorsque je restai silencieuse :

— Tu sais quoi ? Si tu réussis à tenir quinze minutes au gala, on pourra partir. Je te laisserai tranquille pour le reste de la soirée et je te ramènerai directement chez toi.

— Je ne sais pas... prononçai-je d'une voix tremblante.

— Si tu ne le fais pas pour moi, fais-le pour ton Griffin.

Mon Griffin.

Je réfléchis un moment à ce que ces propos signifiaient réellement. Le faire pour Griffin.

Je pensai aux nombreux kilomètres qui nous séparaient.

Je pensai à la vie qu'il devait mener en tant qu'homme célibataire en Californie, à quel point elle devait être différente de la mienne.

Si je voulais vraiment avoir une chance de le rencontrer, il fallait au moins que *j'essaie* d'affronter mes peurs. Et puis, à choisir, il valait mieux que je me ridiculise devant une bande de passionnés d'oiseaux plutôt que devant Griffin.

Je cédai et sortis de la voiture.

— Quinze minutes.

Je fus prise de nausée au moment de rejoindre la foule rassemblée dans le jardin du club. L'adrénaline se répandit aussitôt dans mes veines, et je passai en mode panique totale presque immédiatement. Toutes les conversations se mélangèrent en un fouillis bruyant. J'avais l'impression que le ciel ondulait au-dessus de ma tête.

Lorsque nous arrivâmes à une table, je m'assis et tremblai sur ma chaise.

— Tu te débrouilles très bien, Luca.

Doc se mit à discuter avec la femme installée près de lui, me laissant souffrir en silence à ses côtés. Une couche de sueur recouvrit mon corps au fil des minutes atroces qui passaient, alors que j'agrippais la nappe en lin.

Fais-le pour Griffin, ne cessais-je de me répéter.

À un moment donné, il se passa une chose intéressante. Les bouffées d'angoisse étourdissantes semblèrent se dissiper après avoir atteint leur apogée. Mon rythme cardiaque ralentit. Le soulagement m'envahit. J'avais envie de pleurer, car j'avais l'impression d'avoir survécu à une expérience de mort imminente. Je ne me rappelais pas avoir déjà vécu ça avant, car en général, je ne restais pas assez longtemps pour en voir le bout.

— Le temps est écoulé, Luca, annonça Doc avant même que je ne m'en rende compte. Comment tu te sens ?

— Toujours en vie. Est-ce qu'on peut partir tout de suite ? Je me sens un peu épuisée après tout ça.

— Tu as fait du bon travail. Je suis très fier de toi. Bien sûr qu'on peut partir.

Une fois de retour dans sa voiture, je craquai et mes larmes se mirent à couler. C'était la première fois que je pleurais depuis que j'avais appris le décès de la mère de Griffin dans sa lettre. Il semblerait que maintenant que j'avais ouvert les vannes, ça allait devenir une habitude. *Génial. Vraiment génial.*

— Tu pleures... observa-t-il d'un air choqué.

— C'est seulement la deuxième fois depuis très longtemps.

— Je sais. Ce n'est pas à cause de ce qui s'est passé ici, n'est-ce pas ?

— Non. C'est parce que... j'ai peur.

— D'accord. Raconte-moi pourquoi.

— C'est Griffin. Sa dernière lettre. Pour résumer, il a sous-entendu qu'il y avait une raison expliquant son refus d'aller plus loin avec moi. Il m'a demandé de lui faire aveuglément confiance, et m'a dit que continuer comme ça est la bonne chose à faire pour l'instant, sans qu'on se parle ou qu'on se voie. Une partie de moi veut vraiment avoir foi en lui, et l'autre partie est terrifiée que je finisse par souffrir.

— Tu ne penses pas qu'il puisse être marié, si?

— Non, je ne crois pas que ce soit quelque chose de ce genre. Griffin s'est toujours montré très hostile envers les hommes infidèles, alors ça ne m'a même pas traversé l'esprit.

— Est-ce que tu penses qu'il y a quelque chose d'inquiétant?

J'avais mémorisé le passage de sa lettre qui m'avait le plus dérangée. *Parfois, quand on suit ses rêves, on se rend compte qu'il y a un prix à payer, et le coût est bien plus élevé que ce qu'on avait imaginé.*

— Je n'en suis pas certaine, mais peut-être qu'il a des difficultés financières. Il avait déjà mentionné le fait que sa carrière ne s'était pas passée comme prévu. Et puis, dans sa dernière lettre, il a dit que ses rêves lui avaient coûté bien plus cher que ce qu'il avait imaginé. Je ne sais pas s'il parle au sens propre ou au sens figuré, mais je me fiche qu'il vive simplement et qu'il ait pu traverser des moments compliqués. *J'ai* de l'argent, entre ce que mon père m'a laissé et le succès de mes livres, et regardez comme ça m'a aidée dans ma vie personnelle. L'argent et le reste n'achètent pas le bonheur. Un cœur pur a bien plus de valeur que tout ce qui peut s'acheter.

Doc sourit.

— Tu es pleine de sagesse pour une personne de ton âge, Luca.

— Non, j'ai seulement eu une mère intelligente. Elle disait toujours : « L'argent impressionne les paresseuses. Les filles intelligentes sont riches lorsqu'elles possèdent quelque chose qui ne s'achète pas. »

— Telle mère, telle fille, déclara-t-il en acquiesçant d'un signe de tête. Alors, qu'as-tu prévu de faire ? Est-ce que tu vas aborder le sujet avec Griffin et voir s'il change d'avis à propos de franchir la prochaine étape avec toi ?

— Pour être honnête, je ne sais pas quoi faire, Doc. Vraiment pas. Une partie de moi a envie d'accepter votre proposition de me rendre en Californie pour lui montrer que je me fiche qu'il vive dans un studio ou qu'il chante pour quelques pièces devant la gare routière. Mais l'autre partie a l'impression que ce serait un terrible abus de confiance.

— D'après mon expérience personnelle, je peux t'assurer que nous, les hommes, avons parfois besoin d'un petit coup de pouce. Je me souviens de l'époque où j'ai rencontré ma Géraldine. J'étais en école de médecine et ça faisait huit jours que je mangeais des ramens. J'avais deux mois de retard sur ma facture d'eau, et je retenais mon souffle tous les soirs en tournant le robinet, en espérant qu'il ne me la coupe pas, sinon je perdrais la moitié des ingrédients nécessaires pour préparer mon repas. Géraldine avait un emploi et s'habillait toujours très bien. Elle travaillait à la bibliothèque que je fréquentais, et je craquais complètement pour elle. Mais qu'est-ce que je pouvais faire ? Lui proposer de partager un paquet de ramens et sauter le repas du vendredi suivant ?

— Est-ce que vous avez attendu d'obtenir votre diplôme pour lui proposer de sortir avec vous ?

Doc regarda un instant par la fenêtre, et j'observai la tendresse de ses souvenirs apparaître sur son visage.

— Ma Géraldine était franche et directe, affirma-t-il en secouant la tête. Un jour, elle s'est approchée de la table où j'étais en train d'étudier et m'a dit : « Chaque soir avant de partir, vous passez dix minutes à mon bureau pour discuter. Vous flirtez avec moi, n'est-ce pas ? » Je lui ai répondu que c'était bien le cas, ou du moins que c'était ce que j'essayais de faire, et elle a rétorqué : « Eh bien, pourquoi vous ne m'avez pas encore invitée à sortir ? »

Doc se mit à rire.

— Elle m'a pris au dépourvu, je n'avais pas le temps d'inventer une excuse. Alors je lui ai dit la vérité, que rien ne me ferait plus plaisir que de sortir avec elle, mais que j'étais trop fauché, car mes livres et mon loyer ne me laissaient pas un centime sur mon compte.

— Elle a répondu quoi ?

— Rien. Pas un seul mot. Elle s'est contentée de partir. J'ai pensé que j'avais perdu toutes mes chances avec elle. Mais le lendemain soir à mon arrivée, j'ai trouvé un magazine à la table où je m'installais en temps normal. Il était ouvert à la page d'un article intitulé « Cinquante premiers rendez-vous de rêve totalement gratuits ».

Ce fut à mon tour de rire.

— Est-ce que ça a fonctionné ?

— J'ai arraché les pages du magazine et je l'ai emmenée à l'un de ces cinquante rendez-vous, chaque semaine, pendant cinquante semaines consécutives. Lorsque le dernier est arrivé, je venais d'obtenir mon diplôme et de trouver mon premier emploi. Je l'ai demandée en mariage le soir du cinquantième rencard gratuit, dans une tente que j'avais fabriquée avec des draps dans le jardin.

— J'adore cette histoire ! Comment se fait-il que vous ne me l'ayez jamais racontée avant ?

Doc haussa les épaules.

— Je suppose que le bon moment ne s'était pas présenté. Contrairement à aujourd'hui.

Je soupirai.

— Peut-être qu'on pourrait faire le voyage jusqu'en Californie et improviser. Enfin, Griffin ne serait même pas obligé de le savoir si je décidais de ne pas lui dire qui je suis. On pourrait simplement y aller pour découvrir ce dont nous avons besoin, avant de rentrer. Il ne sait pas à quoi je ressemble. Mais qu'en est-il de cette histoire de confiance aveugle ? Ce serait le trahir.

— Ma chère, à toi de voir si tu peux être patiente avec lui, ou si tu as besoin de savoir ce qui se passe réellement. Pour ma part, je pense qu'un voyage dans l'Ouest serait bénéfique à plus d'un titre. Non seulement il pourrait satisfaire ta curiosité à propos de Griffin, mais ce serait également un excellent exercice de mise en situation pour pouvoir affronter les inconnues du trajet.

Mon cœur battait la chamade.

— Alors, vous pensez qu'on devrait aller en Californie...

— Je pense qu'il n'y a pas de mal à découvrir la vérité et à sortir de ta zone de confort. Je ne suis pas vraiment objectif, puisque j'ai déjà repéré quelques endroits fantastiques pour observer les oiseaux sur le chemin, mais je m'éloigne du sujet. Ne laisse pas ce que je viens de dire influencer ta décision. Tu dois choisir seule.

Plus tard dans la soirée, je faisais les cent pas dans mon salon.

— Fais-moi un signe, Hortencia. Il faut que je sache quel est le bon choix.

Grouik.

La vérité, c'était que la meilleure solution pour moi était d'accepter la proposition de Doc. À quel autre moment dans ma vie aurais-je accès à un camping-car et à un partenaire de road trip prêt à m'accompagner ? Mais ça pouvait aussi être le mauvais choix pour faire avancer ma relation avec Griffin. *Confiance aveugle.* Voilà ce qu'il m'avait demandé. Je n'allais pas respecter son souhait si je le trouvais en train de travailler à l'accueil d'un studio d'enregistrement et que j'entrais en faisant semblant d'être quelqu'un d'autre. Je trahirais sa confiance. En même temps, est-ce que ça ne serait pas avoir une confiance aveugle en *nous* ? C'était plutôt lui qui avait l'air de ne pas en avoir en *moi*, quand il pensait que je ne l'apprécierais pas pour celui qu'il était à l'intérieur, malgré les problèmes qu'il avait. Peut-être que je devais avoir confiance pour nous deux, un peu comme Géraldine l'avait fait avec Doc. Ce ne serait pas ne pas respecter son souhait, mais faire un acte de confiance aveugle pour nous deux.

Oh, mon Dieu.

Je vais le faire, pas vrai ?

Je jetai un coup d'œil à Hortencia, qui était allongée près de mon bureau.

— Tu en penses quoi, ma fille ? Est-ce que je dois faire ce road trip ?

Mon alliée fidèle se redressa et tendit une oreille.

— Est-ce que je dois faire cet acte de confiance aveugle ou pas ?

Hortencia répondit en se précipitant hors de la pièce. L'espace d'un instant, je pensai qu'elle se dirigeait vers la porte d'entrée pour me montrer qu'elle était prête à partir, elle aussi, mais elle revint une minute plus tard et déposa sa réponse à mes pieds.

Mimi. Je ne m'étais même pas rendu compte qu'elle avait subtilisé un autre Furby. Cependant, le timing n'aurait pas pu être plus parfait.

Je ramassai le porte-clés duveteux et mouillé, et caressai Hortencia sur la tête.

— D'accord... Comme tu veux. C'est parti pour le road trip !

CHAPITRE 10

Luca

— Tourne à gauche ici.

Je m'étais arrêtée à un panneau stop, qui marquait aussi la fin de la route sur laquelle nous avions roulé ces trente dernières minutes. Il ne nous restait plus que deux choix possibles. Tourner à gauche ou faire demi-tour.

— Euuuh… Doc. La route n'est plus goudronnée. À gauche, il n'y a qu'un chemin de terre.

— Dans ce cas, je présume qu'on va devoir rouler sur ce sentier pendant un moment.

Je soupirai.

— Est-ce que je peux voir la carte, s'il vous plaît ?

Doc avait passé les trois derniers jours à regarder tour à tour ses six cartes dépliables. Il avait également un énorme livre contenant des plans. Je n'avais plus vu ce genre d'ouvrage depuis mon enfance. *Et pour une bonne raison, apparemment.* Je pris la carte des mains de Doc et traçai du doigt la route qu'il avait surlignée en jaune.

— Je ne vois pas pourquoi on n'utilise pas Waze. Ça nous dirait où tourner et même comment éviter les embouteillages.

— Ces applicateurs sont faits pour nous pister.

— Applications, vous voulez dire.

— Peu importe. Le gouvernement en sait déjà bien trop sur nous. Nos ancêtres se sont battus pour la liberté, et les jeunes d'aujourd'hui donnent la leur.

Je me penchai en avant pour observer le chemin de terre que Doc voulait que j'emprunte. Il avait l'air vraiment douteux. Notre camping-car n'était pas un véhicule tout-terrain, et la route était très étroite.

— Je ne pense pas qu'on devrait passer par là. J'ai peur qu'on reste coincés.

— D'accord. Alors, allons-y à pied.

— À pied ? répétai-je en fronçant les sourcils. Où est-ce que vous nous emmenez ?

— Juste un petit détour. Ça devrait se trouver à moins de huit cents mètres d'ici.

Je secouai la tête.

— Je pensais qu'on en avait fini avec les détours hier, quand vous nous avez fait rouler plus de trois cents kilomètres en dehors de l'itinéraire pour voir une paruline à gorge orangée.

— Faire un détour signifie s'éloigner de notre route. Cette petite visite est pile sur la nôtre.

Je jetai un nouveau coup d'œil en direction du chemin.

— Je pense que c'est l'autoroute qui se trouve pile sur la nôtre.

Doc détacha sa ceinture et sortit du camping-car. *Je présume que c'est parti pour un autre détour.*

— Le Tisserin Baya construit les plus beaux nids qui existent. Le mâle se charge de la construction pour la femelle, et si elle approuve, elle s'accouplera avec lui. Ils n'avaient jamais été repérés dans ce pays avant le mois dernier.

Je coupai le moteur du véhicule et me détachai. Je supposais que puisque mon psy avait pris deux semaines de congé pour faire cette folle virée avec moi, je pouvais au moins le laisser s'émerveiller devant quelques oiseaux. Ce n'était pas comme si quelqu'un nous attendait en Californie. Je descendis du siège conducteur et étirai mes bras au-dessus de ma tête, avant de tourner mon buste d'un côté, puis de l'autre. De toute façon, une promenade me ferait du bien. Puisque je ne voulais pas laisser Doc conduire, j'étais restée derrière ce grand volant depuis déjà presque huit heures, aujourd'hui.

— Vous imaginez si les humains faisaient ça? méditai-je. Si les hommes devaient construire toute une maison pour essayer d'attirer une femme?

— Je pense que je me serais retrouvé en difficulté. Je n'ai jamais été très doué avec un marteau.

Doc et moi commençâmes à avancer le long du chemin de terre. Je ne savais pas vraiment où nous allions. Peut-être encore un parc.

—Vous êtes sûr que c'est la bonne direction ? Ça m'a plutôt l'air d'un quartier résidentiel, et ça m'étonnerait qu'un parc national ne possède pas de route goudronnée menant à l'entrée.

—Je pense que c'est bien par ici. Martha a dit qu'une fois dans sa rue, il fallait encore parcourir environ huit cents mètres et chercher les poubelles colorées.

— Martha ?

— La femme de mon club d'ornithologie en ligne à qui on va rendre visite. Le Tisserin Baya a fait son nid dans son jardin.

Je m'arrêtai net.

— On va chez quelqu'un ? Comment on sait que ce n'est pas un tueur en série ?

— Je pourrais dire la même chose à propos de Griffin, pas vrai ? rétorqua Doc en remontant ses lunettes sur son nez.

Génial. Une autre raison de m'inquiéter. Le fait que Griffin puisse être un serial killer était sûrement la *seule* chose qui ne m'avait pas traversé l'esprit en trois jours de voyage. J'avais déjà stressé à l'idée qu'il puisse être marié, gay, un gigolo, un entasseur compulsif... J'avais même passé plus de cent-cinquante kilomètres dans l'Illinois à me dire que Griff était une femme. Une femme qui se fichait de moi depuis dix-huit ans et qui m'avait envoyé la photo de son petit frère. Cette idée farfelue avait mené à un débat intérieur sur la possibilité ou non d'être attirée par une femme pour lui – elle – lui... peu importe. J'étais sérieusement en train d'envisager de devenir lesbienne pour un homme que je n'avais jamais rencontré et qui s'avèrerait être une femme. J'allais désormais devoir affronter l'image de Griffin le tueur en série jusqu'à avoir au moins fini de traverser le Nebraska et la moitié du Colorado.

Génial. Vraiment génial.

Martha était la personne la plus haute en couleur que j'avais jamais vue. Au sens *propre*, pas figuré. Elle avait dit à Doc de repérer ses poubelles colorées pour reconnaître sa maison, mais elle avait oublié de mentionner que *tout* ce qu'elle possédait l'était aussi. L'extérieur de sa petite demeure qui ressemblait à une maison de poupée était peint en trois teintes de rose, avec des finitions jaunes et turquoise, et chaque pièce à l'intérieur était peinte d'une couleur fluo différente. Ses vêtements étaient tout aussi éclatants. Elle portait une blouse jaune vif ainsi qu'un pantalon d'un rouge encore plus vif, et ses lunettes étaient d'un violet brillant. Si Doc était surpris par le choc des couleurs, il réussit parfaitement à le cacher. Martha et lui semblèrent très heureux de se rencontrer enfin. Apparemment, ils faisaient partie du même groupe et discutaient depuis quelques années déjà. Ce voyage me faisait prendre conscience que j'ignorais beaucoup de choses sur Doc.

Nous fîmes tous les trois le tour de la propriété de Martha pendant un moment. Notre visite se termina au pied d'un arbre, à côté d'un grand ruisseau. Elle pointa du doigt en direction du nid tant convoité, et même s'il était bien plus sympa à voir que ce que j'avais imaginé, je ne comprenais toujours pas la vénération que lui vouait Doc. Il resta dehors pour s'installer près du nid en attendant le retour du Tisserin Baya, tandis que Martha et moi rentrions à l'intérieur pour préparer du thé.

— Alors… Est-ce que Chester et vous êtes… en couple ?

Il me fallut quelques secondes pour prendre conscience qu'elle parlait de Doc. J'avais oublié qu'il avait un prénom.

— Oh, mon Dieu, non.

Elle remplit la bouilloire et se tourna vers moi.

— Vous en êtes sûre ? Vous êtes seuls dans ce camping-car, et vous avez également voyagé à New York le mois dernier, c'est bien ça ?

— Euh, oui, j'en suis certaine. Doc est mon… doc.

Elle fronça les sourcils, alors je clarifiai mes propos :

— C'est mon psy. Je suis sa patiente.

Le soulagement se lut sur son visage. Elle pensait sérieusement que mon médecin de plus de soixante-dix ans était mon petit ami ?

— Il vous appelle sa *chère* amie, précisa-t-elle en me donnant une tape sur l'épaule.

Je souris.

— Il ne veut probablement rien dire à cause du secret médical.

Ma réponse sembla plaire à Martha. Visiblement, la vieille pie avait envie de montrer plus que son nid à Doc.

— Oh ! Eh bien, je comprends mieux. Alors, quel est votre problème ?

Je clignai plusieurs fois des yeux. Personne ne m'avait jamais posé de question aussi directe à propos de ma santé mentale.

— Euh, j'ai peur de la foule et des endroits confinés.

Elle posa la bouilloire sur la cuisinière et alluma le brûleur.

— Ce n'est pas grave. Moi, je n'aime pas les clowns.

Pas vraiment la même chose, mais *dacodac*.

— Alors... Doc et vous êtes amis depuis un moment, c'est ça ? demandai-je.

— Ça doit faire trois ou quatre ans maintenant.

— Vous avez toujours aimé les oiseaux ?

— Ma mère avait un oiseau de compagnie quand j'étais petite. Elle s'appelait Kelly. Ses ailes étaient de couleurs vives et je pouvais la regarder virevolter pendant des heures. Mais ce n'est que lorsque j'ai intégré le groupe dont Doc et moi faisons partie que j'ai pris conscience de la véritable magie de l'ornithologie.

Elle avait été directe en me posant des questions sur mes problèmes, alors je me dis que je pouvais l'être aussi.

— Et quelle est-elle ?

— L'ornithologie est un vrai périple, déclara Martha en souriant. On ne sait jamais où ce passe-temps va nous conduire. J'ai passé des mois à tester divers aliments et différentes mangeoires pour voir comment le changement d'habitat pouvait attirer d'autres espèces. Nourrir les oiseaux attire aussi d'autres animaux sauvages, comme les papillons, les libellules, et même les écureuils. Et puis, il y a les amitiés que les randonnées et les festivals nous apportent, sans parler des clubs en ligne. Je suis même allée rendre visite à des amis en Alaska pour observer des oiseaux. Des amis que je n'aurais jamais rencontrés si je ne m'étais pas lancée dans cette aventure.

Elle pencha la tête pour m'étudier.

— Voilà pourquoi Doc a ça dans le sang. Vous savez comment il est. Selon lui, c'est le voyage qui compte, pas la destination.

C'était effectivement la philosophie de Doc. Il me poussait à faire des petits pas en avant pour que j'apprenne à sentir le bonheur à l'instant *présent*, plutôt que d'attendre d'arriver à mon but final. Mais j'avais été tellement concentrée à chercher comment vaincre mes peurs que je ne m'étais pas arrêtée pour me rendre compte qu'il essayait de m'apprendre à m'accepter telle que j'étais à chaque étape du chemin. Il y a deux ans, je n'aurais jamais accepté de faire ce road trip. C'était bien au-delà de ma zone de confort, et je n'aurais définitivement pas couru après une relation qui était tout aussi terrifiante qu'excitante. Même si Griffin avait toujours été l'une des seules personnes avec qui je me sentais à l'aise, il y avait une grande différence entre accepter sa correspondante telle qu'elle était et envisager une vraie relation avec elle. Et il venait juste de revenir dans ma vie. Je n'étais pas prête à le perdre. Je prenais un gros risque, mais quelque chose me disait que la récompense potentielle en valait la peine. Alors j'avais fait un pas de géant effrayant. Pourtant, pour la première fois depuis longtemps, je ressentais de l'espoir. Que les choses fonctionnent avec Griff ou pas, j'allais profiter de ce voyage et de cette expérience autant que possible.

CHAPITRE 11

Luca

Bordel.

BORDEL.

Ça ne pouvait pas être le lieu de travail de Griffin, n'est-ce pas ? Il devait bosser pour une célébrité. Mais qui ? Quelqu'un que je connaissais ?

Je regardai furtivement par la fenêtre du camping-car en me garant sur Via Cerritos, puis me tournai vers Doc.

— C'est dingue.

— Est-il possible que Griffin soit riche et qu'il vive ici ? D'après le nom de la société, j'avais supposé que nous arriverions aux locaux d'une entreprise, pas à un lieu de résidence.

— Je ne pense pas, mais honnêtement, je suis perdue. La vérité, c'est que je ne sais même pas si l'adresse de ce reçu eBay a quelque chose à voir avec Griffin. Ce n'était qu'une supposition basée sur le mot « music ».

À présent, je commençais à me demander si ce voyage n'était pas une perte de temps.

Doc jeta un coup d'œil dehors avec ses jumelles.

— Ce n'est sûrement qu'une question de temps avant qu'on se fasse virer de cette rue. On devrait peut-être se renseigner sur la personne à qui appartient cette maison avant que ça n'arrive.

Quelques minutes plus tard, je repérai une femme passant le portail d'une demeure qui n'était qu'à quelques maisons de celle qui serait liée à Griffin.

— Est-ce que je devrais aller voir cette dame pour lui demander si elle sait qui vit ici ?

— Ça ne peut pas faire de mal, répondit-il.

Je sortis du camping-car lorsqu'elle s'approcha de nous.

— Excusez-moi. Bonjour. Pouvez-vous me dire qui vit dans cette propriété… au 12 Via Cerritos ?

Elle tira sur la laisse de son chien pour le forcer à s'arrêter, puis plissa les yeux dans ma direction.

— Est-ce que vous faites une sorte de visite touristique ? Les résidents de ce quartier n'apprécient pas les *curieux* de votre genre. Ma patronne est l'une d'entre eux. Je dois vous prévenir qu'elle appellera la sécurité si…

— Je ne fais aucune visite. Je cherche un ami. Pouvez-vous juste me dire qui vit ici ?

— C'est la maison de Cole Archer.

— Cole Archer ? Est-ce qu'il est connu ?

— Oui. C'est le chanteur du groupe Archer.

Archer ?

— Je ne crois pas avoir déjà entendu parler d'eux.

Elle afficha un air incrédule.

— Vous vivez dans une grotte ?

— On peut dire ça, oui, avouai-je en riant devant l'ironie de sa réplique.

Elle observa Doc derrière moi, qui était désormais sorti du camping-car pour regarder en haut d'un arbre.

— Alors pourquoi a-t-il des jumelles si vous n'êtes pas en train d'espionner les célébrités ?

— Il cherche des oiseaux, pas Beyoncé.

— Eh bien, je vous suggère de faire disparaître ce véhicule de cette rue avant que quelqu'un vous fasse arrêter.

— Merci de m'avoir accordé de votre temps, conclus-je avant d'aller retrouver Doc, qui baissa ses jumelles.

— Qu'est-ce qu'elle a dit ?

— Elle a dit que la personne qui vit ici s'appelle Cole Archer. Apparemment, c'est un musicien célèbre. Peut-être que Griffin travaille pour lui. Vous avez apporté votre ordinateur portable, n'est-ce pas ? l'interrogeai-je en remontant dans le camping-car. Peut-on se connecter à une borne Wi-Fi ?

— Bien sûr. Tu vas faire des recherches sur ce musicien ?

— Oui. Il faut que je voie qui est ce type.

Il me tendit l'ordinateur, et j'ouvris Google pour y taper *Cole Archer*. Une multitude de résultats apparut. En y repensant, j'étais presque certaine d'avoir déjà entendu parler du groupe Archer, mais étant donné que mes goûts musicaux n'étaient pas vraiment actuels, je ne connaissais rien d'eux et j'étais incapable de citer une seule de leurs chansons.

La première vidéo que je lançai s'intitulait « Live d'Archer au Pavilion ». C'était un enregistrement professionnel d'une de leurs représentations, dans ce qui ressemblait à une petite salle de concert. Le chanteur, a priori Cole Archer, était assis sur un tabouret et jouait de la guitare, tout en faisant l'amour au micro pendant une ballade romantique. Sa voix était puissante, envoûtante, et un peu éraillée. Il était extrêmement séduisant, exactement comme on imaginerait le chanteur d'un groupe : des cheveux épais décoiffés comme après une partie de jambes en l'air, des traits fins, et un corps à tomber. Il portait des anneaux en argent à ses doigts, qui étaient enroulés autour du manche de la guitare.

Puisque cette vidéo ne m'apprenait pas grand-chose, j'en recherchai une autre.

La suivante s'appelait « Interview d'Archer par Liam Stanley Tonight ». Les membres du groupe étaient assis en rang et répondaient aux questions du journaliste.

— *Racontez-moi comment le groupe s'est formé.*

— *Je ne sais pas combien de temps vous avez. C'est une assez longue histoire*, répondit Cole.

Je remarquai aussitôt son accent *anglais*.

Attendez.

Une vague d'adrénaline se répandit en moi. C'était la première fois que j'envisageais l'impensable. *Non.* Ça ne pouvait pas être ça. Griffin ne pouvait PAS être Cole Archer. *Pas vrai ?* Impossible. L'accent devait être une coïncidence. Du moins, c'était ce que j'avais envie de croire.

— Tu as trouvé quelque chose ? s'écria Doc depuis l'autre bout du camping-car.

— Rien qui pourrait m'indiquer le lien entre Griffin et Cole Archer. Je dois continuer à chercher.

J'hésitais à avouer à Doc que je soupçonnais Cole d'être Griffin. Ça paraissait vraiment fou et je n'avais aucune preuve pour le confirmer.

Durant l'heure qui suivit, je parcourus le Web à la recherche de la moindre information que je pouvais trouver sur Cole Archer. Sa page Wikipédia indiquait qu'il avait grandi en Angleterre, ce qui ne m'apprenait rien vu son accent, mais rien n'évoquait autre chose pouvant me mener à penser que cet homme était Griffin.

Ce ne fut que lorsque je tombai sur les commentaires d'un article d'une revue musicale... que j'eus ma réponse. C'était écrit noir sur blanc au milieu d'une critique insultante.

Je ne comprends pas cet engouement. Sa voix est nulle. C'est comme s'il ne savait pas s'il voulait avoir l'air anglais ou américain. Oh, et Cole Archer n'est même pas son vrai nom. Apparemment, c'est Griffin Marchese.

Mes yeux restèrent rivés sur ces mots.

Griffin.

Griffin Marchese.

Griffin Marchese.

Marchese Music.

Oh. Mon. Dieu.

Mon corps se figea complètement lorsque tout mon sang me monta à la tête. Mon cœur battait à tout rompre. *Griffin EST Cole Archer ? Cole Archer EST*

Griffin? Griffin est... une superstar? MON Griffin? Je ne cessais de mettre la vidéo sur pause à différents moments pour voir si je pouvais apercevoir le garçon de douze ans dont je me souvenais d'après le seul cliché qu'il m'avait envoyé. Une image fut décisive. C'était exactement la même expression que la photo.

— Luca, qu'est-ce qui ne va pas? On dirait que tu as vu un fantôme.

Après plusieurs secondes, je parvins enfin à formuler une réponse.

— Je ne sais même pas quoi dire... Je... Griffin est... Il est... Il *est* Cole Archer. Voilà pourquoi il vit dans un endroit comme celui-ci, ajoutai-je en posant l'ordinateur. Il est célèbre. C'est... incroyable.

Doc se couvrit la bouche.

— Ça alors! Est-ce que tu penses que ça explique pourquoi il ne voulait pas que tu connaisses son identité?

Je repensai à ce qu'il m'avait dit dans sa dernière lettre. *Parfois, quand on suit ses rêves, on se rend compte qu'il y a un prix à payer, et le coût est bien plus élevé que ce qu'on avait imaginé.*

Il parlait d'un prix au sens figuré, pas au sens propre. Il n'était pas pauvre, mais peut-être que la célébrité lui avait coûté cher.

— C'est ça, Doc. Je commence à comprendre, à présent. Il a dû penser que ça changerait ma façon de le voir.

La réalité de cette situation me frappa par vagues.

Une fichue rockstar.

Je supposais que son mode de vie mêlait voitures de sport, sexe et des foules entières. C'était probablement tout le contraire de mon existence retirée. Comprendre ça me faisait aussi prendre conscience que nous ne pourrions probablement jamais être plus que des amis. Cette révélation me brisait le cœur. *Est-ce que nous pourrions être PLUS différents? Pourquoi j'entends Chandler Bing de* Friends *à un moment comme celui-ci?*

— Et maintenant? demandai-je, paniquée. C'est la dernière chose à laquelle je m'attendais. Qu'est-ce que je fais, Doc? J'ai vraiment l'impression d'être paralysée.

— On a fait tout le chemin jusqu'ici, Luca. Maintenant que tu sais ce qu'il te cache... pourquoi ne pas simplement aller le voir, lui dire la vérité, et régler ça tout de suite? Ça finira par sortir, de toute manière. Je pense qu'il serait extrêmement difficile de garder ce que tu sais pour toi et de faire comme si rien n'avait changé.

Doc avait raison à propos d'une chose. Cette découverte changeait *tout*.

— Comment est-ce que je vais l'aborder? Il est impossible que la sécurité laisse une folle l'approcher.

— Qu'est-ce que tu fais? m'interrogea-t-il en me voyant reprendre l'ordinateur.

— Il faut que je le regarde un peu plus.

Je continuai à faire défiler les vidéos. J'étais captivée dès que je croisais son regard et que je prenais conscience que cet homme était mon Griffin. Réflexion faite, plus j'observais, plus j'arrivais à entrevoir le visage dont je me souvenais sur l'ancienne photo.

Une des vidéos montrait Griffin – Cole – signer des autographes au milieu d'un essaim de nymphomanes.

Il avait l'air contrarié et fatigué, pourtant il continuait à signer sans oublier personne.

Sans parler du fait que n'importe laquelle de ces femmes aurait été heureuse de se tenir à ses côtés pendant qu'il accomplissait ses obligations professionnelles. Mais moi ? Rien qu'imaginer me retrouver parmi cette foule me faisait commencer à angoisser.

Je déglutis avec peine. J'avais l'impression d'avoir un poids énorme sur la poitrine. Je devais soudain faire le deuil du futur que j'avais imaginé avec Griffin. Il n'y avait aucun moyen que ça fonctionne. À présent, je comprenais pourquoi il avait l'impression que nous ne pourrions rien avoir de plus que des lettres. Honnêtement, il aurait peut-être été préférable que je ne découvre pas ça.

Juste au moment où je me dis que plus rien ne pouvait me surprendre aujourd'hui, mes yeux se posèrent sur l'un des clips d'Archer. Ce fut le titre de la chanson qui attira mon regard : *Luca*.

Quoi ?

Avant que je ne puisse cliquer dessus, un gros coup donné à la porte du camping-car me fit sursauter. En jetant un coup d'œil par la fenêtre, je sentis mon cœur s'emballer. L'homme le plus beau que j'aie jamais vu se tenait là, les bras croisés, vêtu d'un… peignoir ?

Oh, non.

Oh, mon Dieu. Oh, mon Dieu. Oh, mon Dieu.

— Qui est-ce, Luca ?

Prête à m'écrouler, je me tournai vers Doc.

— C'est Griffin.

CHAPITRE 12

Griffin

Une heure plus tôt

Je n'avais pas eu de nouvelles de Julian depuis deux jours. Quand je l'avais engagé, je m'étais dit qu'il prendrait quelques photos, qu'il suivrait peut-être un peu Luca pour voir à quoi ressemblait son quotidien, rien de trop fou. Pourtant, à ce stade, ce petit travail d'espionnage s'était transformé en une expédition à travers le pays.

Dans sa dernière lettre, Luca n'avait pas mentionné qu'elle prévoyait de faire un road trip. Alors quand Julian m'avait appelé pour me prévenir qu'elle était montée en compagnie du vieil homme dans un camping-car, une valise à la main, je lui avais dit de la suivre pour voir où ils allaient. Douze heures plus tard, il m'avait appris qu'ils venaient de passer la frontière de l'Ohio. Au point où j'en étais, autant continuer pour savoir où ils se rendaient. En plus, j'étais curieux. Jusqu'ici, ils étaient allés dans trois parcs nationaux différents, avaient passé deux jours dans le Nebraska chez une femme bizarre, puis s'étaient arrêtés au Grand Canyon. Non pas que Luca me devait une quelconque explication sur ses allées et venues, mais je trouvais ça étrange qu'elle m'ait parlé de ses fantasmes et pas d'un road trip à venir à travers quinze États.

Si je n'étais pas attendu au studio tous les jours cette semaine, j'aurais sauté dans ma voiture et je serais allé moi-même dans le Nevada pour apercevoir Luca en personne. L'imaginer si près de moi était une source de distraction permanente. Mais lorsque mon téléphone sonna à six heures du matin, j'ignorais à quel point elle était proche.

— Quoi ?

Je n'avais même pas regardé qui m'appelait avant de décrocher. La personne au bout du fil avait intérêt à avoir une bonne raison de me déranger. J'étais resté au studio jusqu'à plus de deux heures hier soir, ou plutôt ce matin.

— On se réveille, monsieur la rockstar. J'ai des nouvelles très intéressantes.

Je m'assis dans mon lit en entendant la voix de Julian.

— Quoi donc ?

— Ta petite colombe est arrivée à sa prochaine destination.

— Où est-elle ? Au Mexique ?

— Pas loin. Un peu plus au nord. Tu ne devineras jamais.

— Je te paie à l'heure, alors arrête les devinettes et va droit au but.

— Elle est à Palos Verdes Estates.

Quoi ? Elle est là ? Dans ma petite ville ? Ça ne pouvait pas être une foutue coïncidence. C'était quoi ce bordel ?

Je sortis de mon lit, attrapai un jogging et l'enfilai.

— Où est-elle ?

— Via Cerritos, mon ami. Elle a garé ce tas de ferraille à moins d'un pâté de maisons de chez toi et a éteint les lumières. Elle n'est pas encore sortie.

Mon cœur commença à s'emballer de manière incontrôlable, et mon cerveau se mit à cogiter encore plus rapidement. Un million de questions me passèrent par la tête.

Qu'est-ce qu'elle fout ici ?

Elle sait qui je suis ?

Depuis combien de temps est-elle au courant ?

C'est quoi ce bordel ?

C'EST QUOI CE BORDEL ?

— Tu es toujours là ? demanda Julian.

J'avais oublié qu'il était au téléphone, même s'il était toujours appuyé contre mon oreille.

— Oui, je suis là.

— Tu veux que je fasse quoi ?

— Je ne sais pas, répondis-je en passant une main dans mes cheveux. Surveille-la. J'ai besoin de quelques minutes pour réfléchir. Appelle-moi si elle sort du véhicule.

— Compris, patron.

Je raccrochai et fixai mon portable pendant cinq bonnes minutes. Je n'arrivais vraiment pas à croire ce qui était en train de se passer. Luca était là... Après dix-huit ans, la fille que je n'avais jamais rencontrée, mais qui me connaissait mieux que personne sans même connaître mon vrai nom... était à côté de chez moi.

Quel était son plan ? Allait-elle frapper à ma porte ?

Comment pensait-elle pouvoir passer les gardes au portail ?

Comment m'avait-elle trouvé ?

Plus important encore, qu'est-ce que j'allais faire maintenant qu'elle était là ?

J'étais énervé, mais avais-je vraiment le droit de l'être si elle avait engagé quelqu'un pour me retrouver ? Après tout, j'avais fait la même chose. Évidemment, je n'étais pas monté à bord d'un camping-car et je n'avais pas traversé le pays pour aller frapper à sa porte.

Ce qui soulevait une autre série de questions. Pourquoi est-ce que je ne l'avais pas fait ?

Je n'ai pas le courage de le faire.

Aucun courage.

Luca est plus courageuse que moi.

Merde alors. PUTAIIIIIIIN.

Il me fallait du café si je voulais avoir une chance de comprendre tout ça, alors je me rendis à la cuisine pour en faire couler. Pendant ce temps, je regardai par la fenêtre. Les grandes haies qui bordaient ma propriété me bloquaient la vue sur la rue, alors je ne pouvais pas voir ce qu'il s'y passait. Cette intimité avait été l'une des premières choses qui m'avaient attiré dans cette maison.

Une fois mon café prêt, je contactai Julian pour avoir les dernières informations.

— Toujours rien du côté du véhicule fou, m'apprit-il après avoir décroché à la première sonnerie.

Il aurait pu me faire rire si je n'étais pas aussi stressé.

— Alors ils sont juste garés là ? Ils comptent faire quoi ? Camper dans ma rue ?

— Aucune idée. Mais vu le nombre de patrouilles de police dans ce quartier chicos, je suis sûr qu'ils vont vite être escortés ailleurs. Le soleil n'est même pas levé. Les flics sont en train d'acheter leurs donuts et leurs cafés, donc ils seront bientôt dans le coin.

Il plaisantait, mais il n'avait pas tort non plus. Un paquet de célébrités vivaient dans ce quartier. La police avait réellement renforcé les mesures prises contre les rôdeurs en ville, ce qui signifiait que quoi qu'elle soit en train de faire, elle serait vite contrainte d'arrêter.

— Tiens-moi au courant s'il y a du nouveau, mais je vais sortir d'ici quelques minutes.

— Tu sors ? Tu veux que je gère ça pour toi ?

— Je ne crois pas. Je dois régler ça tout seul.

— Très bien. Je suis là si besoin. Je veillerai au grain de là où je suis garé.

— Merci, Julian.

Je raccrochai, jetai mon téléphone sur la table et avalai le reste de café dans ma tasse. Quand j'ouvris la porte d'entrée, je fus frappé par l'air frais matinal. Je ne portais qu'un jogging, alors j'attrapai un peignoir sur le crochet et enfilai des chaussons. Je ressemblais à James Gandolfini dans *Les Soprano*, prêt à aller chercher le journal du matin et faire coucou au FBI. J'espérais vraiment qu'un bus plein de préados n'allait pas passer pendant que je longeais la rue.

Au bout de l'allée, un agent de sécurité était assis dans une petite cabine à côté de mon grand portail.

— Salut, Joe, lançai-je en lui faisant bonjour de la main.

— Bonjour, monsieur Archer. Vous allez quelque part ?

— Juste en bas de la rue.

— Je ne suis pas sûr que ce soit une bonne idée. Je garde un œil sur un véhicule bizarre qui s'est garé là un peu plus tôt. J'attends encore quinze minutes avant d'appeler les hommes du coin pour l'escorter hors du quartier s'il est toujours là. Ça pourrait être une fan excentrique ou un paparazzi.

Oh, tu as vu juste pour le côté excentrique.

— Tout va bien. N'appelle pas tout de suite. Je vais gérer ça moi-même.

— Vous êtes sûr ?

— Affirmatif.

Joe appuya sur le bouton pour ouvrir les portes et je me glissai dans la rue. Effectivement, le camping-car était garé quelques maisons plus loin. J'avais l'habitude de ressentir de l'excitation. Monter sur scène dans un stade rempli de fans en délire provoquait une montée d'adrénaline. Mais cette sensation n'était rien comparée à l'anticipation que je ressentis en avançant dans la rue.

Dix-huit ans.

Et tout se jouait maintenant.

En m'approchant, je remarquai que les sièges avant étaient vides. Un rideau était tiré, m'empêchant de voir l'intérieur du véhicule. Ma visite allait donc être une attaque-surprise.

Je pris une grande inspiration en arrivant à la porte, mais mon pouls ne ralentit pas pour autant.

Luca. Luca. Luca. Qu'est-ce que tu manigances ?

Je suppose que je suis sur le point de le découvrir, ma beauté excentrique.

Mon cœur battait à une vitesse folle, et une fine couche de sueur se forma sur mon front. Lorsque je levai la main pour toquer, je fus à peine capable de l'empêcher de trembler assez longtemps pour frapper. Bon sang, j'étais dans un sale état. Je n'arrivais pas à me rappeler la dernière fois que j'avais été aussi nerveux. Toutefois, ce n'était rien comparé à ce que je ressentis au moment où la porte s'ouvrit.

Mon cœur faillit s'arrêter en la voyant. Ses grands yeux magnifiques semblaient lire en moi, me laissant complètement coi. Je dus réfléchir rapidement et choisis de ne rien laisser paraître pour l'instant. Je voulais voir où tout ça allait mener si je ne révélais rien tout de suite, alors je ne lui demandai pas si elle savait que j'étais Cole.

— Vous savez que c'est illégal de se garer ici, n'est-ce pas ? finis-je par l'interroger.

Elle déglutit.

— Qui êtes-vous ? répondit-elle avec peine.

Même si je ne pouvais pas être certain à cent pour cent qu'elle connaissait mon identité, je soupçonnai que c'était le cas vu sa nervosité apparente.

— Cole Archer. Ma propriété se trouve juste ici, ajoutai-je en pointant ma maison du doigt.

Elle avait l'air d'examiner chaque centimètre de mon visage.

— Oh.

Ma belle, magnifique Luca.

Waouh.

C'est vraiment toi.

J'avais envie de la prendre dans mes bras et de dévorer ses lèvres pulpeuses pour faire disparaître son stress.

— Vous devriez déplacer ce véhicule avant que quelqu'un appelle la police, lui conseillai-je à la place.

Elle secoua la tête.

— Oh, oui… Bien sûr. On peut faire ça.

— On s'en va tout de suite, déclara le vieil homme en arrivant de l'arrière.

Je ne l'avais même pas remarqué avant qu'il ne se mette à parler.

Il s'installa sur le siège conducteur.

Leur demander de partir était seulement mon excuse pour être venu ici. Je ne voulais pas qu'ils le fassent *vraiment*, parce qu'après, que se passerait-il ? Je risquais de la perdre.

Avant qu'il ne puisse mettre le contact, je tendis la main pour l'en empêcher.

— Attendez.

Il me regarda en attendant la suite.

Réfléchis.

— Je… suppose que vous ne faites rien de mal à rester garés là. Je ne peux pas vous garantir que personne d'autre ne préviendra la police, mais vous n'avez rien à craindre venant de moi. Vous pouvez rester là aussi longtemps que vous le souhaitez.

Luca poussa un soupir de soulagement.

— Merci. C'est très gentil de votre part.

— Aucun problème.

Nous n'arrivions pas à nous lâcher des yeux.

— Très bien, alors, conclus-je en acquiesçant.

Je fis demi-tour et retournai chez moi, tout en secouant la tête de me retrouver dans cette situation.

Même si je mourais d'envie de l'enlacer et de lui avouer que je savais qui elle était, c'était plus facile à dire qu'à faire. J'espérais aussi qu'elle crache le morceau, mais elle ne l'avait pas fait. J'étais à présent quasiment certain qu'elle savait qui j'étais vu la façon dont elle m'avait regardé, mais je ne pouvais pas en être complètement sûr.

Je me posais beaucoup de questions. Peut-être qu'elle avait reconnu Cole Archer, sans savoir que c'était *moi*. Est-ce que ça pourrait aussi expliquer sa réaction ? Cherchait-elle encore Griffin ? Ou pire, s'était-elle rendu compte que j'étais Cole et voulait-elle profiter de moi comme tous les autres ? Ça ne ressemblait pas à Luca, mais honnêtement, le road trip qu'elle venait de faire non plus. J'étais complètement perdu. J'avais l'impression que le seul moyen de pouvoir savoir si elle désirait le vrai moi était de continuer cette mascarade un peu plus longtemps. Si je lui révélais la vérité trop tôt, il se pourrait que je ne découvre jamais ses vraies intentions.

Je passai le reste de l'après-midi à regarder par la fenêtre le camping-car garé au loin. J'avais passé quelques coups de fil pour m'assurer que la police ne les fasse pas partir. Je ne comprenais pas pourquoi elle était venue jusqu'en Californie si elle ne prévoyait pas de me dire qui elle était. Là encore, j'avais totalement raté ma propre occasion de tout lui avouer.

Si je connaissais vraiment bien Luca, elle devait être en train de tout remettre en question, et ne savait pas non plus comment gérer ça. Il fallait que je la fasse sortir, que je fasse en sorte qu'il soit plus facile pour elle de s'ouvrir à moi. Il était hors de question que je la laisse quitter la Californie avant de pouvoir m'expliquer correctement. Bon sang. Elle avait fait tout ce chemin malgré son agoraphobie. Ça en disait long sur son besoin de connaître la vérité.

Je devais sortir avant qu'elle ne prenne la décision hâtive de partir. Ce serait bien que je retire mon fichu peignoir, cette fois.

Après l'avoir remplacé par un T-shirt à peu près convenable, je repassai devant mon agent de sécurité, puis descendis la rue jusqu'à l'endroit où était garé le camping-car. Elle n'accepterait jamais d'aller dans un endroit public avec moi, et compte tenu de ses soucis, je ne lui ferais jamais endurer les paparazzi. Cependant, il fallait que je me retrouve seul avec elle, et peut-être même que je m'amuse un peu avant de tout lui révéler ce soir.

Il n'y avait qu'une seule façon de gérer ce merdier, et c'était d'improviser.

Je frappai sur le véhicule et attendis.

Luca ouvrit la porte, l'air de nouveau nerveuse.

— Salut, lançai-je en agitant la main. C'est encore moi.

— Encore vous... souffla-t-elle.

— Je voulais juste m'excuser si le fait de toquer à la porte ce matin vous avait dérangés.

— Oh... euh... pas du tout.

— Qu'est-ce qui vous amène dans le quartier ?

— On fait un road trip, m'apprit-elle après avoir regardé son ami. Ça nous semblait être un coin sympa où s'arrêter.

— Je suis désolé, j'ai été si impoli tout à l'heure que je ne vous ai même pas demandé votre nom.

— Mon nom ? Je m'appelle...

Elle hésita, puis regarda sur sa gauche.

— Mirada. Et voici mon ami, Chester.

— Mirada... répétai-je.

— C'est ça.

— Eh bien, enchanté. Bienvenue en Californie. Je m'appelle Cole.

Je lui tendis ma main, et elle la serra. La toucher pour la première fois fut électrisant.

— Enchantée, Cole.

— Vous avez prévu de faire quoi, ici ? demandai-je.

— Rien n'est vraiment planifié. On va juste où le vent nous porte.

Que du pipeau...

Il fallait que je pousse cette bêtise encore plus loin.

— Est-ce que vous auriez le temps de vous joindre à moi pour le dîner ?

Luca ne répondit rien, mais le vieil homme le fit à sa place.

— Elle adorerait.

— Ah oui ? répliqua-t-elle en se tournant vers lui.

— Évidemment, confirma-t-il.

Elle me regarda de nouveau.

— Je suppose que oui.

— Parfait, alors. On dit dix-huit heures ? Je donnerai votre prénom à mon agent... Mirada. Il vous laissera entrer.

Elle fit semblant d'être ravie.

— Super. Merci. J'ai hâte d'y être.

Je savais qu'elle était probablement en train de mourir intérieurement. Je détestais ça, mais il fallait que je le fasse.

Tout ce à quoi je pensai en rentrant chez moi, c'était à quel point cette situation était ridicule. Je n'avais pas beaucoup de temps pour trouver comment j'allais gérer ça.

CHAPITRE 13

— Mirada ? Mirada ! Je ne pouvais rien trouver de mieux que la marque du camping-car ?

— C'était un choix intéressant, affirma Doc en riant.

— J'ai paniqué, j'ai jeté un coup d'œil au tableau de bord, et c'est tout ce qui m'est venu.

— Je dois dire que j'étais très curieux de voir comment tu allais gérer toute cette situation.

— Je n'ai rien géré du tout. J'ai fichu le bazar toute seule. D'ailleurs, merci d'avoir accepté son invitation. Ça aurait été sympa de me laisser le choix.

— Tu n'as pas le choix, Luca. Tu dois faire face à tes responsabilités.

— Je ne pensais pas *lui* faire face aussi vite, soupirai-je. Sérieusement, comment je vais faire, Doc ? Il va penser que je suis barge de l'avoir suivi ici et d'avoir menti à propos de mon identité.

— Tu n'es pas la seule à avoir menti. Il l'a également fait par omission.

— Je vais vraiment aller dîner avec lui ?

— Oui.

— Qu'est-ce que je vais dire ?

— Il te laisse une opportunité de dire tout ce que tu veux. Le fait qu'il soit revenu pour t'inviter chez lui t'évite de devoir trouver un moyen de te retrouver seule avec lui. Il t'a servi cette occasion sur un plateau d'argent. Maintenant, à toi de décider quoi en faire.

Une heure plus tard, j'étais vêtue de la seule belle tenue que j'avais emportée : une simple robe fourreau rouge. Je n'avais pas vraiment prévu d'aller dîner dans la villa luxueuse d'une célébrité pendant que j'étais en train d'espionner Griffin. Je ne m'étais certainement pas attendue non plus à ce que Griffin *soit* cette célébrité.

Les jambes tremblantes, je me dirigeai vers sa maison imposante.

— Bonsoir… lançai-je à l'attention de l'agent de sécurité.

Bon sang, j'avais presque oublié mon faux nom.

— Je m'appelle Mirada. Je suis venue voir Cole Archer.

— Oui, il vous attend, m'apprit-il en m'indiquant l'entrée principale.

Alors que je continuais en direction de la porte, je me demandais ce que « Cole » me voulait. Griffin ne connaissait pas mon identité. Il pensait inviter une inconnue chez lui. Est-ce qu'il faisait tout le temps ça ? Est-ce que je l'attirais ? Ou se montrait-il simplement accueillant ? Je ne comprenais pas pourquoi il m'avait invitée. Avant que je puisse y réfléchir plus longuement, la gigantesque porte en bois de la demeure de style renouveau espagnol s'ouvrit. Une petite femme habillée en tenue de gouvernante hocha la tête en me laissant entrer.

Griffin était introuvable. Mes talons claquaient sur le sol en marbre alors que j'observais l'entrée impressionnante. Plusieurs vinyles encadrés ornaient les murs. C'était exactement l'idée que je me faisais d'une maison de rockstar.

Je suis tellement fière de toi, Griffin, pensai-je à cet instant.

— La maison de disques me les a envoyés, alors autant les accrocher, indiqua-t-il, et sa voix me fit sursauter. Je ne suis pas du tout égocentrique. Promis.

— Ce n'est pas ce que je pensais. Vous devriez être fier. Vous avez très bien réussi.

Lorsque je me tournai pour le regarder, je remarquai qu'il s'était changé et portait désormais un pantalon noir élégant et un T-shirt gris ajusté. Ses cheveux étaient mouillés. Il était carrément canon. Je n'arrivais pas à croire que c'était mon Griffin.

— Ça dépend ce qu'on entend par « très bien réussi ». J'ai effectivement accumulé une petite fortune et je suis parvenu à impressionner un certain nombre de personnes avec ma musique, mais ça peut être difficile, parfois. Cette vie peut se révéler très solitaire.

Ça me toucha beaucoup.

— Oui, j'imagine.

— Je te sers quelque chose à boire, Mirada ?

— Bien sûr. N'importe quoi fera l'affaire.

— Mon bar est plus grand que celui de *Cheers*. Qu'est-ce qui te ferait envie ?

— Un verre de vin serait parfait.

Griffin me conduisit dans l'immense salon. Tous les meubles étaient blancs. J'étais sûre que j'allais finir par salir quelque chose avant la fin de la soirée. Il rejoignit le grand bar dans le coin de la pièce et prépara lui-même ma boisson.

Il revint et me tendit un verre de vin rouge.

— Désolé... Le repas aura un peu de retard. Mon chef ne travaille pas ce soir, et... eh bien... je ne voulais pas t'empoisonner en cuisinant moi-même, alors j'ai commandé. J'espère que ça te va.

— Ça m'a l'air délicieux.

— Tu ne sais même pas ce que c'est.

— C'est vrai, mais je suis sûre que ce sera bon.

— Tu as l'air d'avoir une confiance aveugle en moi.

Qu'est-ce qu'il vient de dire ?

Confiance aveugle ?

Il avait dû utiliser ce terme par hasard, alors je n'allais pas y accorder trop d'importance.

Je me raclai la gorge.

— On dirait bien.

— Bon... le repas, continua-t-il en tapant dans ses mains. J'espère que tu aimes les noix de Saint-Jacques entourées de bacon. C'est ce que j'ai choisi en entrée. Ensuite, ce sera un rôti de porc au thym en plat principal.

Du porc ? Il plaisante ?

Je déglutis.

— Ça m'a l'air parfait.

— Tu me rappelles quelqu'un. Tu es sûre qu'on ne s'est pas déjà rencontrés ?

Je ris en triturant mes cheveux.

— Tu me prends pour qui ? Une groupie ?

— Ah ! Non, non, non. J'ai juste ressenti ce truc familier dès que je t'ai rencontrée, précisa-t-il, ses yeux sondant les miens.

L'intensité de son regard commençait sérieusement à me donner chaud.

Peut-il savoir qui je suis ? Comment ce serait possible ?

J'avais prévu de lui dire la vérité, mais bizarrement, plus cette mascarade durait, plus il était difficile de cracher le morceau. J'attendais encore l'opportunité parfaite pour passer aux aveux, mais elle ne semblait jamais se présenter. Sans oublier que son regard pénétrant me laissait en quelque sorte sans voix.

— Qui est cet homme avec qui tu voyages ? me demanda-t-il.

— C'est un bon ami.

— Donc rien de plus intime ?

— Oh que non. Ce n'est que mon compagnon de route. Je n'aime pas voyager seule.

— Ah, je comprends. En effet, voyager seul, c'est plutôt pour les oiseaux.

Les oiseaux.

— Exactement.

— Alors, est-ce que tu m'as reconnu ? m'interrogea-t-il en souriant. On aurait dit que non.

Mon cœur battait la chamade.

— Tu veux dire... Est-ce que je savais que tu étais... Cole Archer ?

Griffin inclina la tête.

— Qu'est-ce que j'aurais pu vouloir dire d'autre ?

Je poussai un soupir de soulagement.

— En fait, je savais qui tu étais, oui.

— Ça craint. J'aurais préféré que ce ne soit pas le cas.

— Ça doit être dingue d'être toi, pas vrai ? demandai-je en le regardant droit dans les yeux.

— Oui, mais qu'est-ce que tu veux dire par là ?

— Cette vie en général.

Il m'observa un moment avant de répondre.

— Parfois, j'aimerais juste pouvoir me cacher chez moi et ne jamais devoir sortir.

Ça me rappelle quelque chose.

Mon cœur se mit à battre plus vite.

— J'envie les gens qui peuvent aller où ils veulent sans qu'on les reconnaisse, poursuivit-il.

— J'imagine.

— Qu'est-ce que tu fais dans la vie, Mirada ?

Ce que je fais ?

— Je... Un petit peu de tout. Je suis en quelque sorte à un tournant de ma vie.

— Qu'est-ce que tu me caches ? Si je peux te parler sans détour, tu peux le faire aussi. Est-ce que tu... écris du porno ou quelque chose dans le genre ?

— Non, rien de tout ça.

— Dommage, répliqua-t-il en me faisant un clin d'œil.

Soudain, la gouvernante fit traverser le salon à un groupe de personnes, avant de les mener à la salle à manger attenante.

— Ah, le dîner est servi, annonça Griffin.

Je posai mon vin au bout de la table et le suivis en direction de l'espace repas. Toute une équipe était en train de dresser une table majestueuse. Un homme portait un gigantesque plateau en argent couvert d'une cloche.

— On dirait un repas digne d'un roi, observai-je.

Lorsque le serveur déclocha le plateau, mon ventre se noua. Ce n'était pas simplement du porc, mais un cochon entier, tête incluse. Je détournai le regard. Je ne pouvais pas supporter ça. C'était comme voir Hortencia brûlée vive et exposée à ses funérailles.

Les yeux de Griffin sortirent presque de leurs orbites, et il perdit son calme.

— C'est quoi ce bordel? s'exclama-t-il en se tournant vers l'homme. J'ai commandé du porc, pas l'animal entier. Qu'est-ce que vous ramenez chez moi? C'est perturbant. S'il vous plaît, couvrez-le et rapportez-le.

— Vous vous attendiez à quoi en commandant du porc, monsieur? s'enquit l'homme tout en obéissant rapidement.

— Je comprends, mais je n'ai pas besoin de *voir* mon repas me fixer droit dans les yeux. Vous voyez bien que mon invitée est bouleversée.

Je tremblais. Honnêtement, je ne savais même pas quoi dire.

Une fois la pièce vide, Griffin se précipita vers moi.

— Tu vas bien?

— Je... Je ne m'y attendais pas.

— Merde. Je voulais juste m'amuser un peu en commandant du porc. Je savais que tu n'en mangerais pas. Je ne t'aurais jamais fait ça intentionnellement. Je sais à quel point elle compte pour toi.

Attendez.

Quoi ?

Que se passe-t-il ?

— On dirait que tu vas pleurer, observa-t-il en posant ses mains sur mes joues. J'ai merdé. Je ne te ferais jamais de mal comme ça. Je tiens tellement à toi.

Il me plaqua contre le mur et pressa son corps musclé contre le mien.

— Luca… Ma magnifique Luca.

— Griffin ? soufflai-je d'une voix tremblante.

— Comment tu as fait pour me trouver, ma belle impulsive ?

Il secoua la tête.

— Peu importe, continua-t-il. Ne me réponds pas tout de suite.

Il se pencha et écrasa ses lèvres sur les miennes, m'embrassant si fort que je vis presque des étoiles. Je me sentis légère en me laissant aller contre lui, nos langues s'emmêlant dans une frénésie humide et délicieuse, alors que nous rattrapions les années de baisers perdus.

— Bon sang, Luca, c'est si bon, murmura-t-il sur mes lèvres. J'ai l'impression d'avoir attendu ça toute ma vie.

Je glissai mes doigts dans ses cheveux brillants, sans pouvoir retenir les bruits qui s'échappaient de ma bouche. Personne ne m'avait jamais embrassée comme était en train de le faire Griffin Marchese. Le sentir de cette manière était tout ce dont j'avais toujours rêvé.

Notre baiser fut interrompu lorsque la gouvernante entra, trois boîtes à pizzas dans les mains.

— Qu'est-ce que c'est ? demandai-je en haletant, tel un animal en chaleur.

— Notre vrai repas. Des pizzas à l'ananas. Tes préférées.

Un sentiment de nostalgie m'envahit.

— Tu t'en souviens.

— Comment pourrais-je oublier ? Je me souviens de tout, Luca.

— Dis-moi à quoi tu penses.

Je clignai plusieurs fois des yeux pour me reconcentrer. J'étais en train de fixer une part de pizza à l'ananas, et lorsque je levai les yeux, j'aperçus Griffin en train de m'observer. Je l'avais entendu parler, mais c'était comme si ce qu'il avait dit était entré par une oreille et sorti par l'autre.

— Désolée, qu'est-ce que tu disais ?

Il se leva, alors que nous étions assis l'un en face de l'autre à la table de la salle à manger. Cette journée avait été surréaliste, du moment où j'avais découvert que Griffin était Cole Archer, à celui où je l'avais vu pour la première fois depuis toutes ces années, jusqu'à ce baiser. *Ce baiser.*

— Viens, m'invita-t-il en me tendant la main. Tu as trop de choses en tête pour manger pour l'instant. Pourquoi ne pas aller s'asseoir dans le salon pour discuter ?

Je hochai la tête et glissai ma main dans la sienne. Il me conduisit au canapé d'angle immense, et une fois que je fus installée, il s'agenouilla devant moi pour me retirer mes talons l'un après l'autre.

— Je te les enlève pour que tu sois plus à l'aise, mais j'ai aussi une idée derrière la tête. Je vais nous rechercher du vin à la cuisine, et je vais garder une chaussure avec moi pour que tu ne puisses pas partir en courant quand je m'absenterai deux minutes.

Je pensais qu'il plaisantait, mais il en prit vraiment une avec lui. Il revint quelques minutes plus tard avec deux verres de vin, ainsi que mon escarpin.

— Du Cabernet Sauvignon venant du domaine Nottingham Cellars, annonça Griff en me tendant mon vin préféré.

Le verre était plein à ras bord.

— Je ne savais pas quelle année tu aimais, alors j'en ai pris plusieurs. C'est la cuvée 2014. Tu achètes laquelle, d'habitude ?

— Euh... la moins chère.

— Merde, j'ai fait le contraire.

— Ce n'est rien, affirmai-je en souriant. Je ne suis pas vraiment une grande amatrice de vin, alors je serais sûrement incapable de faire la différence.

Griffin s'assit à mes côtés sur le canapé, puis releva un genou pour se tourner vers moi. Il semblait totalement à l'aise, tandis que je me concentrais pour empêcher mes mains de trembler. Je ne tenais pas à renverser du vin rouge partout sur son mobilier blanc. Il le remarqua et posa une main sur mon genou.

— Détends-toi, je ne vais pas te mordre, me rassura-t-il, alors qu'un sourire charmeur étirait ses lèvres. À moins que tu en aies envie.

J'avalai la moitié de mon vin.

— Tu te sens mieux ? demanda-t-il en haussant un sourcil.

— Pas vraiment, répondis-je en secouant la tête.

Il me retira mon verre des mains et le posa sur la table basse, à côté du sien, auquel il n'avait pas encore touché. Ensuite, il prit mes paumes dans les siennes et me regarda dans les yeux.

— Tu es encore plus belle en vrai.

La chaleur me monta aux joues.

— Merci. Je n'arrive pas à croire que tu m'aies reconnue. J'avais quel âge sur la photo que tu as vue de moi ? Douze ans ?

Griffin baissa le regard sur nos mains jointes et les serra.

— Je pense qu'on a tous les deux beaucoup de choses à s'avouer, alors autant commencer dès maintenant. Je ne t'ai pas reconnue d'après la photo que tu m'as envoyée au collège. J'ai engagé un détective privé pour te suivre et prendre quelques photos de toi.

— Tu as fait quoi ? l'interrogeai-je, les yeux écarquillés. Quand ?

— Il y a quelques semaines. Il a pris des photos à ta sortie du bureau de poste, et puis... il t'a suivie dans tout le pays depuis la semaine dernière.

Ne pas être au courant que quelqu'un me surveillait me donna soudain l'impression qu'on avait violé mon intimité. Je retirai mes mains des siennes.

— Pourquoi tu as fait ça ?

— Je voulais savoir à quoi tu ressemblais, avoua-t-il en passant ses doigts dans ses cheveux.

— Je t'ai *proposé* d'échanger des photos. C'est toi qui as refusé.

— Je voulais *te* voir, mais je ne voulais pas que tu me voies. Enfin, je suppose que tu savais qui j'étais depuis le début, alors c'est moi le dindon de la farce.

Je fronçai les sourcils.

— De quoi tu parles ? J'ai seulement découvert qui tu étais ce matin.

Il sembla sincèrement confus.

— Alors comment tu es arrivée jusqu'à chez moi ?

— Tu as laissé un reçu eBay au fond du colis de Furby que tu m'as envoyé. L'adresse d'expédition était celle de Marchese Music. Je me suis dit que c'était l'endroit où tu travaillais.

— Mais si tu ne savais pas qui j'étais, pourquoi tu as traversé tout le pays ? demanda-t-il en secouant la tête.

L'entendre me poser cette question m'en disait beaucoup sur lui. Cet homme magnifique, avec cette énorme maison somptueuse, pensait que les gens s'intéressaient à lui pour son argent et sa célébrité. Cette fois-ci, ce fut à mon tour de le rassurer. Je pris sa main dans la mienne et le regardai droit dans les yeux pour lui répondre.

— Parce que je craquais pour le garçon qui m'a écrit ces lettres il y a toutes ces années, mais surtout parce que je commençais à tomber amoureuse de l'homme adorable qui semblait m'apprécier pour qui j'étais vraiment, brisée ou pas, et j'avais besoin de voir si on pouvait avoir une chance si on se rencontrait enfin en personne.

Griffin s'approcha un peu plus. Ses yeux sondèrent mon regard à la recherche de quelque chose.

— Tu ignorais réellement qui j'étais avant ce matin ?

— Désolée de froisser ton ego, monsieur la rockstar ; non seulement je ne savais pas qui tu étais, mais je n'ai jamais écouté ta musique non plus, révélai-je avec un sourire aux lèvres.

Même si je venais juste de l'insulter, Griffin sourit comme si ma réponse était la meilleure nouvelle du monde, et ses yeux s'éclairèrent.

— Et si tu étais venue jusqu'ici, que j'étais sans-abri, chauve, et qu'il me manquait des dents ?

Je me couvris la bouche en riant.

— C'est à peu près ce à quoi je m'attendais. Tu as dit que tes choix professionnels t'avaient coûté plus cher que ce que tu imaginais, alors je me suis dit que tu étais peut-être pauvre et que tu en avais honte.

— Et pourtant, tu as quand même parcouru presque cinq mille kilomètres pour venir ici ? s'enquit-il en plissant les yeux, l'air perplexe.

Je haussai les épaules.

— Je t'apprécie pour ce que tu es. J'étais prête à t'accepter peu importe ta situation. Mais ne te méprends pas. Le fait que tu ressembles... à ça... est une très bonne surprise, précisai-je en le désignant d'un geste vague.

Griffin passa ses mains derrière mes genoux et m'attira plus près de lui.

— Ah oui ? Es-tu en train de dire que tu me trouves beau, bébé ?

Bébé. J'aimais beaucoup ça. Je tentai de ne pas sourire, mais échouai lamentablement.

— J'avoue que tu es plutôt pas mal.

— C'est vrai ? demanda-t-il en posant ses paumes sur mes joues. Eh bien, tu n'es pas mal non plus.

Ses yeux fixèrent mes lèvres, et il passa son pouce dessus.

— Cette bouche pulpeuse. Quand j'étais ado, j'ai passé des heures à la fixer. Tu ne veux même pas savoir tout ce que j'ai imaginé lui faire.

— Si, j'imagine très bien, répliquai-je en déglutissant.

Le regard de Griffin s'assombrit, et il enfonça son doigt dans ma bouche. Sans réfléchir, je fis tourner ma langue autour, puis fermai les yeux avant de le sucer avec vigueur.

— *Putain*, Luca.

Le grondement de son gémissement me fit frissonner. Tout à coup, je fus soulevée de mon siège et me retrouvai sur les genoux de Griff, qui glissa ses mains dans mes cheveux, ses lèvres plaquées sur les miennes, et qui remplaça son pouce par sa langue. J'avais trouvé notre premier baiser électrique, mais celui-ci me donna l'impression d'être survoltée. Ses lèvres étaient très douces, mais son contact était ferme. Cet homme savait embrasser. J'étais certaine que j'allais analyser ce fait plus tard, mais à ce moment-là, je me fichais de savoir comment il était devenu si doué dans ce domaine. Je ne pensais qu'à sa langue experte dans ma bouche, et à quel point c'était bon. Il m'embrassa longuement et fougueusement, avec juste assez de force pour que je le laisse mener la danse et que je me contente de le suivre.

Je crus entendre un son au loin, mais le sang battant dans mes tempes atténuait tout le reste.

Voilà pourquoi, au départ, je ne me rendis pas compte que le bruit que j'avais entendu était celui de la sonnette. Jusqu'à ce qu'elle résonne une deuxième fois.

— C'est la... tentai-je contre ses lèvres, mais Griffin les pressa plus fort contre les miennes.

— Ignore-la, murmura-t-il.

Puisque je n'étais pas pressée d'arrêter, je fis mine de ne rien avoir entendu. Mais lorsqu'elle retentit une troisième fois, ce fut Griffin qui recula.

Il se releva péniblement en haletant. Sonnée par ce soudain changement, je posai ma main sur mes lèvres enflées.

— Je croyais...

À ce moment-là, je découvris ce qui avait poussé Griffin à arrêter. Malheureusement, c'était la voix de la seule personne que je ne pouvais pas ignorer.

Doc.

CHAPITRE 14

— Où est Luca ? demanda le vieil homme en passant devant moi comme si je n'existais pas.

Je fermai la porte et me raclai la gorge.

— Elle est dans le sa...

Luca entra dans la cuisine, l'air épuisée. Ses lèvres étaient gonflées et ses cheveux étaient en désordre, pourtant, je ne savais pas si elle flippait à cause de notre baiser ou si elle était inquiète pour le vieillard.

— Doc ? Quel est le problème ? Est-ce que tout va bien ? l'interrogea-t-elle d'un air assez paniqué.

Il se dirigea droit vers elle et posa ses mains sur ses épaules.

— Est-ce que toi, tu vas bien ? Tu ne m'as pas envoyé de message comme tu étais censée le faire.

Luca poussa un soupir de soulagement.

— Mince, je suis désolée, Doc. Avec Griffin, on a commencé à... On s'est laissé emporter et j'ai complètement oublié que je devais vous dire que j'allais bien.

Doc l'examina attentivement, puis me regarda d'un air suspicieux, avant de tourner à nouveau les yeux vers elle.

— Tu es sûre que tout va bien ?

— Oui, je vais bien. Griffin… sait qui je suis à présent.

— Oh, d'accord, répondit le vieil homme en cessant de froncer les sourcils. Eh bien, je suis ravi de l'entendre. Je m'inquiétais pour toi. Je ne voulais pas vous déranger.

Je savais qu'il était important pour elle, alors je lui tendis la main.

— Griffin Marchese. Aussi connu sous le nom de Cole Archer, docteur Maxwell. J'ai beaucoup entendu parler de vous.

Le psy se détendit.

— Je vous en prie, appelez-moi Chester.

Soudain, je me rendis compte que la sécurité ne m'avait pas appelé pour me faire savoir qu'ils laissaient entrer quelqu'un.

— Est-ce que vous êtes entré par le portail principal, Chester ?

Il secoua la tête.

— J'ai escaladé la clôture tout au bout de la propriété.

J'écarquillai les yeux. Elle devait faire deux mètres cinquante.

— Vous avez escaladé… la clôture ?

— Luca ne répondait pas à son téléphone et je m'inquiétais.

Je me mis à rire en imaginant cet homme de soixante-dix ans escalader une clôture pour venir sauver sa patiente. Ces deux-là formaient une sacrée équipe.

— Je suis vraiment désolée de vous avoir inquiété, Doc, s'excusa Luca en lui adressant un sourire chaleureux.

— Ce n'est rien, répliqua-t-il en levant une main. Je voulais juste m'assurer que tu allais bien. Je vais vous laisser tranquilles, tous les deux.

Je ne désirais rien de plus que d'être seul avec Luca afin de reprendre où nous en étions, mais quand je posai les yeux sur elle et que je vis son doux sourire se transformer en froncement de sourcils, je prononçai un truc stupide.

— Non, restez. Pourquoi ne pas vous joindre à nous pour le dîner ?

— Vous prévoyez de rester combien de temps en Californie ?

Luca soupira, et je compris que je n'allais pas aimer sa réponse.

— On doit reprendre la route après-demain.

— Pourquoi si tôt ? demandai-je en ressentant un poids dans la poitrine.

— C'est un trajet de presque cinq mille kilomètres. On a pris plus de temps que prévu pour arriver ici, et on doit se laisser six jours pour rentrer. Si je reste trop longtemps au volant dans la journée, je me mets à rêvasser et j'oublie que je suis en train de conduire.

J'ai passé la moitié du Colorado à créer la trame de mon prochain livre. Ce n'est pas très prudent.

— Et si je chargeais quelqu'un de remorquer le camping-car et que vous preniez un avion ? Je vous réserverai un vol privé.

— C'est super gentil, mais je... je ne prends pas l'avion, avoua Luca en affichant un sourire triste, avant de baisser les yeux. Ni le train ni le bus. Je ne vais même pas au supermarché comme une personne normale, Griffin.

— Mais elle s'est bien débrouillée à l'animalerie la semaine dernière, intervint Doc.

Luca secoua la tête.

— Ma vie est... compliquée.

— Oui, la vie de Luca est compliquée, confirma le psy en attirant mon attention. Mais je ne pense pas me tromper en disant que celle de Griffin n'est pas simple non plus. Quand on veut, on peut.

Il était facile d'oublier les problèmes de Luca en la regardant. Bon sang, il était facile de tout oublier en admirant son beau visage. Mais Doc avait raison. Ma vie était tout aussi compliquée que la sienne, peut-être même plus, bien que d'une façon différente. Je la fixai, tout en prenant conscience que nous n'avions qu'une journée et demie et que je ne voulais pas gâcher une seule seconde de notre temps ensemble.

— Doc, j'ai un petit pool house avec une chambre et un coin cuisine à l'arrière de la maison. Pourquoi ne pas vous y installer pour les deux prochaines nuits ? Je suis sûr que les lits du camping-car ne sont pas si confortables que ça. On peut le garer dans l'allée pour qu'il soit en sécurité, et vous pourrez avoir un peu d'intimité.

Il sembla hésitant à accepter mon offre, alors j'ajoutai un petit mensonge qui allait certainement jouer en ma faveur :

— Il y a de jolis oiseaux dehors. Je viens juste d'installer une nouvelle mangeoire, et je parie qu'on se croirait dans une volière à l'aube.

Le regard de Doc s'éclaira.

— Est-ce que vous avez vu le tohi tacheté ? J'ai entendu dire qu'il était magnifique.

Le quoi ?

— Oui, bien sûr. Il y en a plusieurs.

Le psy observa Luca. Son expression me fit penser à celle d'un petit garçon ayant le nez collé à la vitrine des crèmes glacées, en attendant que sa mère l'autorise à en avoir une.

— Ça me semble être une super idée, Doc, déclara Luca en lui souriant.

Il rayonna.

— Très bien. Merci pour cette proposition, Griffin, mais j'accepte uniquement si on peut réellement garer le véhicule dans l'allée, derrière le portail. Je ne veux pas que Luca dorme toute seule dans la rue.

Oh, ne vous inquiétez pas pour ça. Je n'ai pas du tout l'intention de laisser Luca dans ce camping-car.

— Évidemment. Pourquoi ne pas s'en occuper tout de suite pour que je puisse vous accompagner au pool house ?

Nous sortîmes tous les trois, Doc passant la porte en premier. Je tendis la main pour faire signe à Luca de passer devant moi, mais elle s'arrêta et me fit face, avant de se mettre sur la pointe des pieds et de me murmurer une phrase à l'oreille :

— Tu ferais mieux de trouver le moyen de faire apparaître des oiseaux là-bas avant demain matin, *menteur.*

Cole : J'ai besoin que tu me rendes un service.

Aiden : Tout ce que tu veux, patron.

Cole : Trouve un magasin de bricolage encore ouvert et prends une dizaine de mangeoires à oiseaux avec des graines. Accroche-les tout autour de mon pool house avant que le soleil se lève. J'ai besoin qu'il y ait des oiseaux là-bas à l'aube. Achète dix fichus perroquets à l'animalerie si besoin.

Aiden : OK...

Cole : Et ne réveille pas le vieil homme qui dort dans le pool house.

Mon assistant avait déjà reçu des demandes bien plus étranges que celle-ci. L'une des choses qui le rendaient aussi doué pour son travail était qu'il ne posait pas de questions. Alors j'éteignis mon téléphone en étant persuadé que Doc serait ravi en se levant, puis je reportai mon attention sur la femme qui se tenait dans ma cuisine.

Sa magnifique bouche gardait cette expression indéchiffrable.

J'avançai vers elle en restant concentré sur ses lèvres. Je me demandai si ça la dérangerait que je les lui morde, mais Luca leva la main et la posa sur mon torse, m'empêchant de découvrir la réponse.

— Je ne coucherai pas avec toi.

— Jamais ? m'enquis-je en haussant un sourcil.

— Pas ce soir.

Je hochai la tête d'un air amusé.

— D'accord. Alors demain soir.

— Ce n'est pas ce que je voulais dire.

Comme sa paume se trouvait toujours sur mon torse, je tâtai le terrain en avançant un peu. Elle ne m'arrêta pas, alors je me penchai pour enfouir mon visage dans son cou et déposer des baisers de l'endroit où battait son pouls jusqu'à son oreille.

— Es-tu en train de dire que je ne t'attire pas, Luca ? murmurai-je. C'est bien dommage, parce que moi, tu m'attires énormément.

Elle secoua la tête.

— Si... Tu m'attires. Beaucoup. Mais...

Elle ne termina pas sa phrase. Je ne doutais pas une seconde de pouvoir la faire changer d'avis si je voulais. Cependant, elle signifiait plus pour moi qu'un coup rapide.

Je m'écartai pour la regarder et je pris son visage en coupe.

— Je respecte ton choix, Luca. Je mentirais si je disais qu'imaginer m'enfoncer en toi ne serait pas un rêve devenu réalité, mais je ne te demanderai jamais de faire quelque chose dont tu n'as pas envie.

Elle sembla sincèrement soulagée.

— J'ai juste peur. Te rencontrer a été un énorme pas en avant, et je ne veux pas m'attacher plus que je ne le suis déjà.

L'entendre dire ça me décevait plus que sa déclaration d'abstinence. Elle n'était chez moi que depuis quelques heures, mais j'étais quasiment certain d'être plus attaché à elle qu'à certains de mes membres.

— Et si on allait se détendre un peu ? Je pourrais t'installer dans une des chambres d'amis quand tu seras prête à aller dormir. Je ne sais pas pour toi, mais je suis loin d'être prêt à arrêter de discuter avec toi.

— Oui, j'aimerais beaucoup, accepta-t-elle en souriant.

Une fois dans le salon, j'allumai la cheminée et remplis nos verres de tout à l'heure, alors que Luca s'asseyait en repliant ses pieds sous elle.

— Est-ce que je peux te demander quelque chose ?

— Bien sûr, répondis-je en sirotant mon vin.

— Pourquoi tu ne voulais pas me le dire ?

Je secouai la tête.

— Je ne sais pas. Je pense que j'aimais le fait qu'on puisse simplement être nous-mêmes. J'avais peur que les choses changent si tu découvrais la vérité.

— Est-ce que quelqu'un en qui tu avais confiance a déjà changé à cause de ta célébrité ?

Je n'étais pas surpris qu'elle ait vu juste. Luca pouvait me déchiffrer mieux que personne, sans même m'avoir déjà rencontré. Maintenant qu'elle était assise devant moi, je n'avais même pas à prononcer la réponse à voix haute. Elle put la lire sur mon visage et se remit à parler avant que je puisse le faire.

— Je suis désolée qu'on t'ait fait ça. C'est nul.

Puisque nous n'avions que très peu de temps ensemble, je ne voulais pas me concentrer sur tous les trucs négatifs qui s'étaient passés dans ma vie, alors je lui donnai la version courte.

— Ceux que je pensais être mes amis ne l'étaient pas vraiment. Et les femmes... eh bien, elles veulent être avec moi parce que je suis Cole Archer, et non pas pour celui que je suis réellement. Je ne sais pas si c'est clair.

— Très clair. Tu sais, ce qui est drôle, c'est que ta célébrité est probablement le pire défaut qu'un homme puisse avoir selon moi. J'évite la foule et les endroits très fréquentés, et d'après le peu que j'ai vu sur Internet aujourd'hui, ta vie se résume à ça.

— Sûrement... Enfin, pas tout le temps. Ces dernières semaines, j'ai surtout enregistré en studio, alors c'était plutôt tranquille. Honnêtement, j'aime la musique, mais je me suis vite lassé de la foule et de la notoriété. Je n'ai jamais vraiment apprécié l'anonymat avant de perdre le mien. Les choses peuvent devenir dingues dans ce milieu.

— Ah oui ? Raconte-moi la chose la plus folle qui te soit arrivée.

Je réfléchis. J'avais assez d'anecdotes pour rédiger une dizaine de livres, mais l'une d'entre elles sortait du lot.

— Une fois, je suis rentré et j'ai trouvé une femme à poil en train de préparer le dîner dans ma cuisine.

— Il me semble qu'un homme devrait être ravi de voir sa copine cuisiner toute nue, et non pas trouver ça bizarre, répliqua Luca en fronçant les sourcils.

— Ce n'était pas ma copine. Je n'avais jamais vu cette femme de ma vie. Elle est entrée par effraction et s'est comportée comme si elle me connaissait, en m'appelant *chéri* et tout ce qui va avec. Je me serais cru dans *The Twilight Zone*. Elle s'était fait tatouer mon nom au niveau de son cœur et avait remplacé légalement son nom de famille par Archer. Dans sa tête, on était mariés.

Luca écarquilla les yeux.

— Oh, mon Dieu. C'est terrifiant. Elle est allée en prison ?

— Non, révélai-je en secouant la tête. J'ai accepté de retirer ma plainte à condition qu'elle ait un suivi psychiatrique. Visiblement, elle n'allait pas bien. Après ça, j'ai engagé l'agent de sécurité qui reste au portail en permanence. Il m'en fallait un, de toute façon. Une semaine après l'arrestation de mademoiselle Archer, un de ces bus touristiques faisant le tour des résidences de stars a ajouté ma maison à sa liste d'arrêts, et désormais, des gens essaient sans cesse d'entrer.

— Comment peuvent-ils faire ça ? Et ton intimité ?

Je haussai les épaules.

— Je l'ai échangée contre la gloire, Luca.

— C'est n'importe quoi. Je peux comprendre les gens qui veulent des autographes et qui essaient de te prendre en photo quand tu es de sortie, mais ta maison devrait être ton sanctuaire.

— Oui, les gens oublient parfois que je suis une vraie personne.

— Et voilà que j'ai fait la même chose, pas vrai ? poursuivit-elle, alors que ses épaules s'affaissaient. Je suis arrivée en camping-car sans être invitée. En fait, tu m'as bien dit que tu ne voulais même pas échanger de photos.

— C'est différent. Je suis content que tu te sois lancée pour nous deux, Luca. Je t'assure. Il fallait le faire. Mais j'espère que tu peux comprendre pourquoi j'ai hésité au départ. Les gens ne viennent pas voir Griffin. Ils viennent voir Cole.

— Je ne savais même pas que tu étais Cole quand j'ai fait ce voyage.

— Je le sais maintenant. Et je suis désolé d'avoir douté de toi.

— Je m'excuse de t'avoir poussé à sortir de ta zone de confort. Je sais à quel point je déteste sortir de la mienne.

— Merci d'avoir fait tout ce chemin, déclarai-je en parcourant des yeux son visage. Je sais que ça n'a pas dû être facile.

Elle hocha la tête.

Luca resta silencieuse un long moment après ça. Elle fixa son vin, comme si elle était perdue dans ses pensées. Après avoir attendu une minute, je glissai mon doigt sous son menton et relevai sa tête.

— Si nous n'avons qu'une journée et demie, tu vas devoir me dire à quoi tu penses. J'aimerais beaucoup pouvoir entrer dans ton esprit pour essayer de déchiffrer comment il fonctionne, mais j'ai peur de ne pas avoir ce luxe.

Elle acquiesça.

— Je me disais juste que... les femmes doivent se jeter sur toi en permanence.

Il était inutile de mentir. Elle n'avait qu'à aller sur Google pour voir que les femmes me montraient leurs seins au premier rang presque à tous mes concerts. Et j'en avais bien profité quand tout avait commencé. Les paparazzi avaient capturé bien plus de *walk of shame* à la sortie de ma loge que ce dont je voulais me souvenir. Je n'étais pas fier de l'homme que j'avais été au début, mais j'avais retenu la leçon.

— Je ne vais pas rester assis là à te faire croire que je suis vierge, mais ces femmes, elles ne se jettent pas sur Griffin Marchese. Elles se jettent sur Cole Archer, un homme qui n'existe même pas vraiment.

— Est-ce que tu as déjà eu des relations sérieuses ?

Je serrai les dents.

— Je pensais que c'était le cas, mais apparemment, je m'étais trompé. J'ai habité avec Haley pendant environ trois mois. Elle désirait devenir chanteuse. Lors de ma dernière tournée, j'ai décidé de lui faire la surprise de rentrer à la maison entre deux concerts, alors que ce n'était pas prévu. Je l'ai trouvée au lit avec mon agent de quarante-cinq ans.

— Waouh, je suis désolée. C'est horrible.

— Oui, et ce n'était que le début. Après ça, j'ai découvert plein de trucs sur les gens qui tenaient soi-disant à moi.

— Je crois comprendre pourquoi tu essayais de me cacher ta situation actuelle, déclara Luca en me caressant l'avant-bras.

Cette conversation devenait déprimante. Je dus me rappeler que nous n'avions pas beaucoup de temps ensemble et que l'heure tournait.

— J'ai une idée, annonçai-je en frottant la fine barbe sur mon menton. Tu te souviens de ce petit jeu auquel on jouait quand on était ados ? Celui où on se disait deux choses vraies et une fausse et où on devait démêler le vrai du faux.

Luca sourit.

— Deux vérités et un mensonge. Comment pourrais-je oublier ? Comme quand tu as eu ton permis de conduire, que tu as fait ton malin la première fois que tu étais dans la file du drive du McDo, et que tu as passé ta commande en criant dans l'ouverture de la poubelle ?

Je me mis à rire. J'avais oublié ça. Apparemment, pas elle.

— C'est ce jeu, oui. Si je me souviens bien, le perdant devait envoyer des stickers à l'autre.

— À force de te battre, j'avais recouvert d'autocollants toute une porte d'armoire.

— C'est parce que je te laissais gagner, jeune fille prétentieuse, mentis-je.

— Mais bien sûr.

— Je pense que l'heure de la revanche a sonné. On n'a qu'une journée et demie pour apprendre à se connaître de nouveau. Quel meilleur moyen d'y parvenir que de jouer à notre bon vieux jeu ?

— Je suis partante, mais je n'ai pas de stickers sur moi dans l'éventualité improbable où tu gagnerais.

— Ce n'est pas grave. On ne va pas jouer pour des stickers, cette fois.

— Ah bon ? Pour quoi allons-nous jouer alors, monsieur Quinn ?

— Des baisers. Le gagnant peut choisir l'endroit où il veut en faire.

CHAPITRE 15

Luca

De mon point de vue, quel que soit le vainqueur de ce petit jeu, j'allais sortir gagnante si ça se terminait par un baiser de Griffin.

Nous nous installâmes confortablement sur le canapé.

— Je commence, annonça-t-il. Deux vérités et un mensonge.

Il se frotta les mains.

— Alors, un jour, j'ai gagné une paire de baskets ayant appartenu à Elton John sur eBay. Et puis une fois, en plein concert, j'ai eu un trou de mémoire et j'ai oublié les paroles d'une des chansons devant des milliers de personnes. Pour terminer, sache que je n'ai pas parlé à mon père depuis deux ans.

Je pris le temps de réfléchir en me massant les tempes.

— J'ai l'impression que c'est un piège. L'histoire des baskets paraît tellement bizarre qu'on serait presque *obligé* de penser que c'est un mensonge, alors que c'est la vérité. Même si je n'ai pas envie de croire que tu n'as pas parlé à ton père depuis aussi longtemps, vu ton passé avec lui, j'ai bien peur que ce soit vrai aussi. Alors, je vais dire que tu n'as jamais oublié les paroles de la chanson.

Griffin me fixa pendant quelques secondes, avant d'imiter le bruit du buzzer.

— J'ai faux ? demandai-je.

— Oui.

Il se mit à rire.

— Bon sang, j'ai perdu la main.

— Pourquoi est-ce que je voudrais des vieilles chaussures d'Elton John ? C'était ça le mensonge.

— Je ne sais pas ! Tu semblais apprécier te balader sur eBay avant que ton compte soit supprimé, et je me souviens que tu aimais beaucoup ce chanteur quand tu étais plus jeune. Alors... ça m'a paru plutôt logique.

— Je l'aime bien, mais pas à ce point !

J'essuyai mes larmes de rire avant de prendre la parole.

— Bon... Oh, mon Dieu. Deux ans sans avoir parlé à ton père, Griffin ?

— Oui, avoua-t-il en fronçant les sourcils.

— Pourquoi ?

Il poussa un soupir.

— Eh bien... tu te souviens qu'il ne m'a jamais soutenu dans mon désir de faire de la musique ? Ça n'a jamais vraiment changé. Ce n'est que lorsque j'ai commencé à me faire un nom qu'il a commencé à se dire que j'avais peut-être pris la bonne décision. Quoi qu'il en soit, notre relation a toujours été tendue à cause de la façon dont il a traité maman avant sa mort, mais malgré tout, j'ai toujours essayé de maintenir la paix. Ça a pris fin quand il a donné une interview à un tabloïd anglais contre une grosse somme d'argent. L'article s'intitulait « Le père de Cole Archer raconte tous ses secrets » ou une connerie comme ça. Bref, j'ai arrêté de lui parler après ça.

Ça me faisait mal au cœur. Le père de Griffin était la seule famille proche qui lui restait depuis le décès de sa mère. Je comprenais ce que ça faisait d'être enfant unique et de n'avoir presque personne autour de soi. Cependant, la douleur devait être différente quand l'un de nos parents nous trahissait.

— Je suis vraiment désolée, Griff.

Il haussa les épaules. Je pouvais voir d'après sa façon de contracter sa mâchoire qu'aborder ce sujet le contrariait.

— Tant pis pour lui. Peut-être qu'un jour je passerai au-dessus de ça et que je l'appellerai, mais ce n'est pas encore près d'arriver.

Je lui pris la main et la serrai. Le toucher, même de façon innocente, était électrisant.

— Bref... poursuivit-il. Mon oubli de parole a été enregistré et est disponible sur YouTube. Tu peux facilement le trouver si tu veux la preuve. Au départ, quand la célébrité m'est montée à la tête, je me suis vite mis à boire et à faire la fête. Ce concert a été la goutte d'eau qui a fait déborder le vase. Le label a menacé de me virer. Je me suis vite repris après cette humiliation. Je n'ai plus jamais consommé d'alcool avant de monter sur scène.

— Waouh. Si tu peux rebondir après avoir eu un blanc devant des milliers de personnes, tu peux survivre à tout. Rien que me tenir là devant eux serait mon plus grand cauchemar, alors je n'imagine même pas devoir chanter en me souvenant des paroles.

Je frissonnai rien qu'en y pensant.

— À ton tour, ma belle. Deux vérités et un mensonge.

Je pris une grande inspiration et réfléchis à ce que j'allais dire.

— D'accord. Deux vérités et un mensonge, répétai-je, avant de marquer une pause. J'ai développé une peur panique des araignées… Je n'ai jamais fait l'amour en laissant la lumière allumée, ou… mes lecteurs pensent que je suis un homme.

Il écarquilla les yeux, puis il afficha un air amusé.

— Pourquoi tes lecteurs te prennent-ils pour un homme ?

— Et pourquoi ce serait la vérité ?

— Il est tellement évident que cette peur des araignées est un mensonge. Toute personne vivant avec un cochon doit très bien tolérer les autres sortes de créatures. Et puis, il est impossible que tu souffres à la fois d'arachnophobie *et* d'agoraphobie.

— Très bien, tu es doué.

— Oui, je le suis… et dans bien des domaines, précisa-t-il en me faisant un clin d'œil.

Je sentis la chaleur monter en moi, alors je m'expliquai :

— Donc, mes lecteurs pensent que je suis un homme, car mon nom d'emprunt est…

Je me préparai à la suite.

— … Ryan Griffin.

Il prit un instant pour digérer cette information.

— Griffin ? Ryan… Griffin.

— Je n'ai jamais mentionné ce nom d'autrice, et tu ne me l'as jamais demandé, mais ce sont nos deux noms réunis, confirmai-je. Enfin, mon faux nom de famille et ton vrai prénom. Mon vrai nom est Vinetti.

— Vinetti. C'est italien, comme ton père. J'adore.

— Merci.

— Alors, Ryan Griffin. C'est fou, mais aussi génial que tu m'aies choisi. C'est un honneur. Maintenant que tu es au courant pour ma fausse identité, j'ai hâte de découvrir la tienne comme il se doit. Est-ce que tu me laisseras lire tes livres ?

— Ce n'est pas comme si je pouvais t'en empêcher si tu en as vraiment envie, étant donné que tu connais mon pseudonyme.

— Tu as tort. Si tu ne voulais pas que je les lise, je ne trahirais absolument pas ta confiance.

Je soupirai.

— Tu peux les lire. Tu vas peut-être penser que je suis encore plus dingue que tu ne le penses déjà… mais vas-y.

— Non, impossible, me taquina-t-il. Mais sérieusement, j'ai envie de les lire tous à la suite pour découvrir ce que l'esprit complexe de ma Luca peut inventer. Je suis super impatient, je t'assure.

— Génial, répliquai-je en levant les yeux au ciel et en riant.

Même si le fait qu'il puisse lire mes romans me rendait nerveuse, j'étais aussi curieuse de savoir ce qu'il allait en penser. Je voulais le rendre aussi fier que je l'étais de lui.

— Alors, tu ne t'es jamais envoyée en l'air avec la lumière allumée? C'est assez facile à rectifier. Tu avais une raison particulière?

— Eh bien, ma première fois a eu lieu dans une voiture sombre, et les fois suivantes, je leur ai fait éteindre la lumière. C'est juste que je n'ai jamais eu envie de laisser ces types me voir. Je ne sais pas vraiment pourquoi ça m'est venu en tête. Je suppose que je n'ai rien trouvé d'autre sur le moment.

— Tu y as songé parce qu'être avec moi te fait penser au sexe, rétorqua-t-il en remuant les sourcils. Tu nous as imaginés nus tous les deux, en train de faire notre affaire contre le mur juste là, en plein jour. Je me trompe?

Je déglutis.

Je n'y pensais pas avant, mais maintenant, il est certain que je le fais!

— Bon sang, Luca. Tu rougis. Est-ce que ça t'a excitée, bébé?

— Un peu.

— Juste un peu?

— Peut-être plus que ça.

— Tu es tellement adorable.

Il s'approcha pour pouvoir me parler à l'oreille.

— Ça me rappelle que je dois récupérer ma récompense, pas vrai? murmura-t-il, alors que la chaleur de son souffle me donnait la chair de poule.

— Où vas-tu m'embrasser? demandai-je en ayant des frissons.

— Il n'y a pas de mauvaise réponse à cette question. J'adorerais t'embrasser là où tu me donneras la permission de le faire. Mais étant donné que tu m'as bien fait comprendre que nous n'irions pas trop loin ce soir, je devrais probablement te demander quelles sont mes options.

J'avais envie qu'il m'embrasse partout, mais je savais que lui laisser trop « d'options » pourrait mener à des choses auxquelles je n'étais pas prête.

— Est-ce que je peux y réfléchir ?

— Évidemment. Et si tu préfères que je ne t'embrasse plus ce soir, tu n'as qu'à me le dire. Je peux garder ma récompense pour une autre fois. Parce que j'espère vraiment te revoir. J'aurais tellement aimé que tu restes plus d'une journée.

Je réfléchis à ses propos. Honnêtement, si j'avais pu rester plus longtemps... est-ce que j'aurais pu m'intégrer dans sa vie ici ? J'étais quasiment certaine que la réponse était non.

Il dut remarquer mon air inquiet.

— Qu'est-ce qui ne va pas, Luca ? Parle-moi. Je suis toujours celui à qui tu peux tout dire, malgré tous les trucs tape-à-l'œil que tu peux voir autour de toi. Ignore tout ça et dis-moi ce que tu as en tête.

Après quelques secondes de silence, je le regardai dans les yeux.

— Comment ça pourrait fonctionner, Griffin ?

— On a déjà vu plus incroyable que ça, répondit-il en prenant ma main dans la sienne. J'ai vécu une histoire avec de fichues lettres ces dernières semaines. Elles étaient mon seul accès à ton âme. Et tu sais quoi ?

Ça m'a rendu plus heureux que je ne l'avais été depuis longtemps, même avec uniquement tes mots et rien d'autre.

— Mais à présent, on ne peut plus revenir à ça, on ne peut plus retrouver ce qu'on avait. Tu mérites plus qu'une femme qui peut à peine sortir de chez elle sauf pour aller faire ses courses au beau milieu de la nuit. Ce n'est qu'une question de temps avant que tu prennes conscience qu'il n'y a aucun moyen que ça marche. Tu ne te rends pas compte à quel point je suis limitée.

Il regarda au loin, perdu dans ses pensées.

— Tu veux bien me rendre un service ? demanda-t-il lorsque ses yeux croisèrent à nouveau les miens.

— Oui.

— Est-ce que le temps d'une soirée, tu pourrais oublier toutes les raisons pour lesquelles nous ne sommes pas faits l'un pour l'autre, et te contenter d'être avec moi ? Parce que pendant que tu t'inquiètes à propos de l'avenir, je n'arrête pas de penser à quel point j'ai de la chance que la fille de mes rêves ait traversé tout le pays pour venir voir le vrai moi. Je suis sur un petit nuage à l'heure actuelle, Luca. Tu n'imagines même pas. Et pendant que tu es assise là à essayer de me convaincre que ça ne pourrait jamais fonctionner entre nous, tout ce que je me demande, c'est si ton goût est aussi délicieux que ce que tu me fais ressentir.

Il serra ma main.

— Est-ce que tu peux faire ça ? m'interrogea-t-il. Est-ce que tu peux simplement être avec moi et envoyer balader le reste pendant un moment ?

Comment refuser ?

— Oui, je peux le faire, acceptai-je, les larmes aux yeux.

— Super.

Il se leva.

— Et si je te faisais visiter un peu ?

— Avec plaisir.

Griffin me fit faire le tour de son immense maison. Nous nous arrêtâmes dans la salle cinéma du bas, dans laquelle se trouvaient plusieurs rangées de sièges moelleux, ainsi qu'une machine à popcorn.

Nous nous laissâmes tomber dans deux des fauteuils, et il passa sa main le long de l'accoudoir en velours.

— Et dire que je n'utilise même pas ce super cinéma. Quand je regarde des films, c'est généralement seul le soir dans ma chambre, après une longue journée au studio. Je n'arrive pas à me rappeler la dernière fois que j'ai regardé quelque chose dans cette pièce.

— C'est vraiment du gâchis.

— Tu as raison. Mais cet endroit est fait pour plus d'une seule personne, et quand celles en qui tu peux avoir confiance se comptent sur les doigts d'une main, il est difficile de remplir un cinéma.

Il secoua la tête, comme pour s'empêcher d'aller sur un terrain trop sérieux.

— Je vais te dire une chose, *Ryan*... Quand l'un de tes romans sera adapté sur grand écran, tu peux être sûre que je le diffuserai ici.

Ça me fit sourire.

Ensuite, il me conduisit à l'étage et me montra les chambres. Il y en avait cinq au total, et celle au bout du couloir était la sienne. La suite parentale.

Curieusement, entrer dans sa chambre me sembla un peu intrusif. J'observai la pièce un instant. Une cheminée électrique était allumée, son lit était surmonté d'une immense tête de lit en tissu, et les grands rideaux étaient en satin gris.

— C'est magnifique, observai-je en faisant le tour, avant de me tourner vers lui. J'imagine que cet endroit a connu plus d'action que ton cinéma.

Même si je le taquinais un peu en disant ça, une partie de moi avait conscience qu'en vérité, je cherchais à savoir à quel point il avait été volage.

Il n'avait pas du tout l'air amusé.

— Détrompe-toi. Je n'ai pas ramené beaucoup de femmes dans ma chambre. Pour moi, c'est quelque chose de très intime. Comme je te l'ai dit, je n'ai eu qu'une relation sérieuse depuis que tout ça est arrivé.

Je continuai à regarder autour de moi, stupéfaite, comme si je venais de pénétrer dans un donjon du sexe. Toutefois, ce n'était pas le cas. Ce n'était qu'une simple chambre, mais bizarrement, je paniquais de me trouver ici.

— Pourquoi on ne parlerait pas de ce qui te tracasse en ce moment ? demanda Griffin en posant une main sur mon épaule. Je ne voulais pas parler de choses sérieuses alors que je n'ai pas beaucoup de temps avec toi, mais j'ai l'impression qu'il faut que ça sorte.

Il poussa un soupir.

— Je sais ce que tu t'es dit en entrant dans cette pièce. Ça t'a fait un peu peur. *Je* te fais un peu peur. Peut-être beaucoup, même. Tu penses que je suis un chaud lapin. Comme je te l'ai déjà dit, ça a été le cas pendant un moment. Il n'y en a pas eu des centaines, mais peut-être quelques dizaines au début. On s'en lasse vite, Luca. Tu sais ce qui se passe quand on peut réellement tout avoir? Ironiquement, on n'a plus envie de rien. Devoir courir après quelqu'un me manque. Être un homme normal me manque. Au lieu d'entrer dans cette chambre et de vouloir t'y allonger avec moi pour que je te prenne dans mes bras, tu t'inquiétais à propos de toutes les femmes qui étaient supposées y être venues avant toi. Ça me rend un peu triste, surtout parce que là, maintenant, j'arrive à peine à me souvenir de ce qui s'est passé avant que Luca Vinetti débarque chez moi.

Mon cœur se mit à battre la chamade.

— Je suis désolée de t'avoir donné l'impression de devoir te justifier.

— Ne t'excuse pas. Je comprends. L'une des personnes en qui tu avais le plus confiance n'est pas celle que tu pensais. Mais j'essaie de te dire que je suis *vraiment* cette personne, Luca. Je suis *toujours* lui. Oublie toutes les conneries autour et tu me verras moi. Je suis là.

Je plongeai mon regard dans le sien, avant de le prendre dans mes bras. Nous restâmes ainsi pendant un long moment. Plus les secondes passaient, plus mes peurs semblaient s'éloigner. Ou du moins, elles passaient en arrière-plan – pour l'instant.

— Je dors où ce soir? finis-je par l'interroger.

— Où tu veux. Tu peux faire ton choix parmi les chambres d'amis. La seule chose que je te demande, c'est de ne *pas* insister pour dormir dans le camping-car. Je te veux sous mon toit cette nuit, parce que dans un peu plus d'une journée, je vais te perdre à nouveau.

Je sentis le besoin de défendre mon attitude de ce soir.

— La réalité de la situation s'abat sur moi, Griffin, mais je vais essayer de passer le temps qu'il nous reste à me concentrer sur le moment présent et pas sur ce qui se passera ensuite.

— Ton inquiétude est normale. Promets-moi seulement d'être toujours honnête avec moi. Je promets d'en faire autant à l'avenir. Il faut que tu me dises ce dont tu as peur, surtout si c'est de moi. Il ne devrait y avoir aucun sujet tabou entre nous. Je t'en supplie, n'aie pas peur de moi. Fais confiance à ton cœur, fais confiance à ce qui t'a fait monter dans ce camping-car pour venir ici. Je te promets que si tu peux faire ça, je ferai tout mon possible pour ne pas te décevoir.

— Confiance aveugle, murmurai-je.

— Exactement. Sauf que la partie « aveugle » n'est plus vraiment à prendre au sens propre maintenant qu'on peut se regarder, et peut-être faire d'autres choses quand le bon moment sera venu, ajouta-t-il en affichant un sourire en coin.

Griffin et moi continuâmes à discuter près de la cheminée électrique jusque tard dans la nuit. Il m'en apprit plus sur la façon dont il était devenu une star. Il s'avérait qu'il avait en fait été repéré par un agent artistique américain, alors qu'il chantait dans un bar à Londres. Cet homme lui avait payé le voyage jusqu'aux États-Unis, mais ça n'avait mené à rien. En fin de compte, sur place, Griffin avait rencontré les membres de son groupe actuel le jour où ils avaient tous auditionné en même temps pour une émission de compétition musicale. Le groupe des « refusés » avait tissé des liens et ils avaient fini par devenir Archer.

Ensuite, je lui montrai tous mes livres en ligne, et me rongeai les ongles lorsqu'il les acheta tous et les téléchargea sur sa liseuse.

À presque deux heures du matin, je n'arrivais plus à garder les yeux ouverts. J'étais encore très fatiguée du voyage jusqu'ici. Griffin m'installa dans l'une de ses chambres d'amis. Je choisis celle la plus proche de lui.

Aussi épuisé qu'était mon corps, je n'arrivais pas à dormir. J'étais tendue au possible. Et j'avais une envie pressante. Cette chambre ne possédait pas sa propre salle de bain, alors j'allais devoir utiliser celle qui était au bout du couloir.

Après m'y être rendue, juste au moment de sortir, je percutai le torse musclé de Griffin.

— Waouh. Mince. Est-ce que ça va ? Je ne t'ai pas vue dans l'obscurité, déclara-t-il.

— Oui, je vais bien.

— Tu es sûre ? insista-t-il en frottant mon front.

— Oui.

— J'allais chercher un verre d'eau à la cuisine, m'apprit-il. Est-ce que tu veux quelque chose ?

— Non, merci.

Je suppose que l'un d'entre nous aurait dû s'écarter, mais au lieu de ça, personne ne bougea. Je pouvais sentir la chaleur de son souffle. Sa bouche s'approcha de la mienne, mais il ne m'embrassa pas immédiatement. Seuls quelques centimètres séparaient nos bouches lorsqu'il enroula ses mains autour de mon dos. Je fermai les yeux un instant, et ce fut à ce moment-là que je le sentis dévorer mes lèvres.

Pendant les cinq minutes qui suivirent, nous restâmes dans le couloir sombre à nous embrasser comme des adolescents. Je savais qu'il respecterait ma volonté de ne pas tenter de coucher avec moi ce soir. Pourtant, je n'étais plus très sûre d'en avoir encore quelque chose à faire.

Je sentais la chaleur de son sexe à travers son pantalon, contre mon ventre. Il était tellement dur. Je me sentais mouiller de plus en plus.

— Je sais que tu ne veux pas aller trop loin, souffla-t-il contre mes lèvres. Je respecte ta décision. Mais laisse-moi te faire jouir avec ma main.

J'en mourais d'envie, alors je hochai la tête, incapable de prononcer un mot.

Griffin lécha ses doigts, avant de glisser sa main dans ma culotte, alors que mon dos était plaqué contre le mur. Il m'embrassa fougueusement, tout en faisant des va-et-vient en moi avec ses doigts et en utilisant son pouce pour caresser mon clitoris.

J'étais surprise de voir que malgré toutes ces années sans se parler et mon angoisse de tout à l'heure, le sentir me toucher de cette manière me semblait très naturel.

Il m'embrassa plus vigoureusement en augmentant le rythme de sa main, enfonçant ses doigts plus profondément en moi à chaque poussée. À un moment, il s'arrêta, et ce fut presque douloureux. Il porta sa main à sa bouche et suça les doigts dont il s'était servi juste avant. Il en savoura le goût en fermant les yeux. C'était plus sensuel et érotique que tout ce que j'avais déjà pu vivre auparavant. Mon clitoris palpitait.

Il enfonça de nouveau ses doigts en moi, mais cette fois, il en mit trois. J'étais tellement excitée que j'étais prête à jouir. Il dut sentir mes muscles se contracter quand je poussai les hanches en avant.

— Jouis, bébé. Jouis sur ma main. Fais comme si j'étais en toi. Je suis tellement dur.

J'appuyai ma tête contre le mur et me laissai aller, mes muscles se mettant à pulser lorsque je lui obéis.

— J'adore les bruits que tu fais quand tu jouis, Luca. Tellement magnifique. J'ai rêvé de ça pendant très longtemps, mais rien n'est comparable à la réalité. Absolument rien.

Que pouvais-je répondre ? Ce qu'il venait de faire était si altruiste.

— Merci pour ce moment.

— Tout le plaisir est pour moi. Tu peux me croire, répondit-il en m'embrassant sur le front. Va te reposer. Une grosse journée nous attend demain, et il faut que je file à la douche.

Inutile de se demander pourquoi il allait se doucher à cette heure-ci.

— D'accord, mais il doit se passer quoi demain ?

— Ne t'en fais pas, on n'ira nulle part. Ce sera une journée importante simplement parce qu'on est ensemble.

CHAPITRE 16

Bien que nous ayons peu dormi, Luca et moi nous levâmes avant neuf heures. Alors qu'elle se tenait en face de moi, en train de boire son café, je me dis que c'était complètement surréaliste de l'avoir à mes côtés, dans ma cuisine. Le soleil brillait par la fenêtre, faisant ressortir les subtils reflets roux de ses cheveux foncés. Je n'oublierais jamais ce moment. Je n'étais toujours pas certain de pouvoir la laisser repartir le lendemain.

— Tu as eu des nouvelles de ton ami ? lui demandai-je lorsqu'elle me surprit en train de la fixer.

— En fait, non.

— Tu penses qu'il est levé ?

— Oh, Doc se lève à l'aube. Il croit probablement qu'on dort encore. Je suis sûre qu'il est réveillé depuis un moment et qu'il cherche les oiseaux que tu lui as promis.

Elle haussa les sourcils.

— D'ailleurs, comment tu as géré ça exactement ?

— Allons jeter un coup d'œil, indiquai-je en faisant un signe de tête.

Je lui pris la main et la guidai à une porte coulissante qui menait à une partie de ma propriété qui surplombait le pool house.

Au loin, nous pouvions voir ce cher docteur allongé sur une chaise longue, entouré de toute une variété d'oiseaux perchés sur les mangeoires aux alentours. J'étais ravi de voir que Aiden avait assuré.

Luca en resta bouche bée.

— On a un problème, affirma-t-elle.

— Pourquoi ?

— Il se pourrait qu'il ne veuille plus jamais partir et que je doive trouver un autre moyen de rentrer.

— On pourrait le laisser ici, en Californie, et je pourrais te ramener, proposai-je en lui faisant un clin d'œil.

Elle ne me prit sûrement pas au sérieux, mais j'aurais adoré voyager avec elle et échapper à cette folie pendant un moment pour simplement profiter de la route avec Luca. Pour résumer, laisser Cole à L.A. et vivre en tant que Griffin quelque temps.

— Est-ce que tu restes pendant un certain temps en Californie pour enregistrer, ou est-ce que tu vas bientôt voyager ? m'interrogea-t-elle.

— En fait, je dois prendre un vol pour Vancouver dans moins de deux semaines, révélai-je en grimaçant. On fait partie de la programmation musicale d'un festival là-bas. En attendant, je vais principalement passer mon temps au studio pour enregistrer.

Luca afficha un sourire, mais je voyais bien qu'elle se forçait.

— C'est génial. Je suis sûre que tu vas bien t'amuser.

Je choisis de ne pas relever son commentaire. Nous avions peu de temps, et je ne voulais pas passer une minute de plus à parler de ce qui rendait nos vies si différentes. J'avais besoin de lui montrer que j'étais toujours Griffin, même quand je jouais le rôle de Cole.

— Et si je nous préparais un petit déjeuner avant qu'on fasse une balade en camping-car ?

Luca paniqua aussitôt.

— Je ne suis pas à l'aise en pleine circulation, Griffin.

Je me doutais qu'elle allait peut-être répondre ça, alors j'avais déjà prévu un itinéraire qui évitait les routes les plus fréquentées. Le trajet de vingt minutes nous prendrait sûrement une heure, mais je m'en fichais, car elle serait à mes côtés.

— Je sais. On évitera la 405 et on partira vers onze heures, après l'heure de pointe.

— Pour aller où ?

— Est-ce que tu peux me faire confiance si je te dis que je ne ferais rien qui puisse te faire du mal, ma belle ? répliquai-je en repoussant une mèche de cheveux de son visage et en la regardant dans les yeux.

Sa peur était palpable, pourtant elle prit une grande inspiration et hocha la tête. Ça, c'est super.

Maintenant, espérons que je ne foute pas tout en l'air...

Ce fut un miracle de ne pas être bloqués dans la circulation sur la route du studio. Sérieusement, un vrai miracle. Les dieux veillaient vraiment sur moi aujourd'hui, car depuis que j'habitais à L.A., je n'avais jamais vu aussi peu de voitures que pendant le trajet de ce matin. J'avais convaincu Luca de me laisser conduire le camping-car. Enfin, initialement, elle avait refusé, mais après l'avoir plaquée contre la porte côté conducteur et l'avoir embrassée comme jamais, elle avait fini par accepter à contrecœur. Au cours de la première moitié du trajet, elle avait agrippé le siège passager comme si sa vie en dépendait, mais après un moment, elle s'était détendue et c'était désormais à mon tour d'être plus nerveux qu'elle. Non pas à propos de notre excursion en elle-même, mais plutôt à cause du tas de ferraille que je conduisais. Je n'arrivais pas à croire qu'elle avait fait traverser ce pays à ce tacot. Il tirait sur la droite et se balançait au moindre coup de vent.

— Quel âge a ce truc ?

— Je ne sais pas vraiment. Il appartient à la sœur de Doc. Il a dit qu'elle l'avait depuis longtemps. Je sais qu'il a l'air vieux, mais il n'a quasiment pas de kilomètres.

Je m'arrêtai à un panneau stop, et le moteur trembla et vrombit pendant quelques instants, comme s'il était bloqué à plein régime, avant de crépiter en revenant à la normale.

— Quand les pneus ont-ils été vérifiés pour la dernière fois ? Je pense que tu as un souci d'alignement.

Luca haussa les épaules.

— Il tire un peu à droite, mais on le remarque à peine quand on roule à cent-dix kilomètres-heure sur l'autoroute.

Génial, je me sens beaucoup mieux. Nous roulâmes encore un peu en silence, principalement parce que j'étais en train de faire une liste dans ma tête de toutes les choses à mettre en place une fois que nous serions arrivés à destination.

Trouver un mécanicien spécialiste des camping-cars pour qu'il passe au peigne fin ce véhicule ce soir.

Aller chercher un GPS portable pour l'installer sur le tableau de bord. La quantité de cartes pliées et d'itinéraires imprimés étalés sur le sol était ahurissante. Je n'arrivais pas à imaginer Luca conduire cet énorme véhicule à travers le Colorado, le long des routes montagneuses, alors qu'il se balançait au gré du vent, tout ça en regardant des plans en même temps. Ça me terrifiait. J'allais l'appeler toute la journée, tous les jours, jusqu'à ce qu'elle soit rentrée dans le Vermont. Ce qui me rappelait...

Envoyer Aiden acheter un support pour téléphone et des écouteurs. Quand je l'appellerais, ce serait super qu'elle puisse me répondre sans quitter la route des yeux.

Nous nous engageâmes dans la rue de notre destination, et je souris. Aiden nous attendait sur le trottoir et avait fait exactement ce que je lui avais demandé. En nous voyant approcher avec le camping-car, il nous fit signe de la main et avança pour ramasser certains des plots orange qu'il avait disposés pour bloquer notre place. Il avait également réservé deux places de voitures devant et derrière l'espace où serait garé le véhicule.

Luca observa l'homme qui se tenait devant nous, puis se tourna vers moi.

— On est arrivés ? Qui est ce type ?

— On y est. Et c'est mon assistant, Aiden. Je l'ai fait venir plus tôt ce matin pour qu'il nous garde une place de parking et qu'il s'assure que personne ne se gare trop près de nous.

— Mais on est où ? demanda-t-elle en regardant aux alentours.

Les bâtiments entourant ce studio d'enregistrement étaient principalement industriels. C'étaient surtout de vieux entrepôts qui avaient été transformés en ateliers d'artistes, en lieux de stockage, en divers plateaux de tournage et studios de musique.

— C'est ici que je vais enregistrer aujourd'hui, mais détends-toi, je ne te demande pas de venir avec moi. Laisse-moi une minute pour garer ce truc et je t'explique.

Évidemment, ce vieux tacot ne possédait pas de caméra de recul, alors j'étais ravi qu'Aiden ait réservé toute cette place supplémentaire. Je pus me garer simplement une fois les plots enlevés. Je coupai le moteur et pris la main de Luca dans la mienne.

— Tu te débrouilles super bien. Continue de me faire confiance, bébé.

Elle hocha la tête, même si elle avait de nouveau l'air nerveuse. Je sortis pour parler à Aiden en privé pendant quelques secondes, avant d'ouvrir la porte arrière pour entrer dans le coin salon du camping-car.

— Tu veux bien que je fasse entrer Aiden une minute ? Il va juste installer quelques appareils en un rien de temps.

— Oui, bien sûr.

Je fis signe à Aiden d'entrer et fis les présentations.

— Aiden, je te présente ma copine, Luca. Luca, voici Aiden, celui qui me sauve la peau quotidiennement.

Mon assistant lui serra la main.

— Enchanté, Luca.

Il lui fallut moins de cinq minutes pour installer une connexion Wi-Fi, un écran Mac, un ampli et des haut-parleurs.

— Voilà, patron, c'est tout bon, annonça-t-il en me tendant un casque Bose sans fil.

Je hochai la tête.

— Merci. Est-ce que tu peux leur dire que j'arrive dans cinq minutes ?

— Pas de problème.

Aiden dit au revoir à Luca et sortit du véhicule. Elle était toujours assise sur le siège passager, alors je lui tendis la main pour qu'elle me rejoigne à l'arrière.

— Qu'est-ce que tu manigances ? me demanda-t-elle.

— Assieds-toi et laisse-moi te montrer, répondis-je en fermant le rideau occultant derrière elle.

Elle s'installa sur le canapé et je tournai l'écran devant elle en lui donnant le casque.

— Je dois enregistrer pendant quelques heures aujourd'hui. Je veux que tu regardes, mais je sais que tu n'aimes pas être entourée ni les bâtiments publics. Entre les gars du son, les arrangeurs, l'équipe d'enregistrement et les producteurs, il y a au moins dix personnes dans le studio pendant que je travaille. Alors je leur ai fait installer une caméra dans la cabine pour que tu puisses me voir chanter, et ce casque te permettra d'entendre. Ce sera comme si tu regardais, mais sans la foule.

En voyant son visage se décomposer, je me dis qu'elle était peut-être déçue. C'était plutôt égoïste de penser qu'elle allait avoir envie de rester assise seule dans un camping-car à me regarder travailler, pas vrai ?

— Désolé. Tu n'es pas obligée de faire ça si tu n'en as pas envie. Je peux leur dire que je prends une heure pour te ramener à la maison.

— Non, *bon sang, non*. J'ai hâte de voir ça. C'est juste que je m'en veux pour tout le mal que tu t'es donné pour moi.

Je m'agenouillai devant elle.

— Il n'y a aucun mal. Et même si c'était le cas, tu en vaux la peine.

— Merci, Griffin, prononça-t-elle alors que son expression s'adoucissait.

Je l'embrassai.

— Tu pourras me remercier plus tard. J'enverrai Aiden te faire signe quand j'aurai terminé. *Ne viens pas frapper si tu vois le camping-car remuer.*

J'allai pour me lever, mais Luca me retint par la main.

— Tu m'as désignée comme ta copine.

— Ah oui ? répliquai-je en fronçant les sourcils.

Elle confirma d'un signe de tête.

— Quand tu m'as présentée à ton assistant, tu lui as dit « je te présente *ma copine*, Luca ».

Je n'avais même pas remarqué. Mais dans le fond, c'était la vérité.

— Tu es ma copine, Luca. Tu t'en apercevras bien assez tôt toi aussi.

CHAPITRE 17

— Contrôle. Un, deux, trois. Un, deux, trois.

Griffin portait un casque et se rapprocha du micro pour parler. J'entendis d'autres personnes discuter en arrière-plan, mais la caméra avait été installée dans la petite cabine d'enregistrement, alors la seule chose que je voyais sur le grand écran, c'était le visage de Griff. Ce qui m'allait très bien. Honnêtement, j'avais eu envie de passer du temps à l'observer depuis qu'il avait frappé à la porte du camping-car. C'était l'occasion parfaite de le reluquer sans qu'il me prenne sur le fait.

Pendant quinze minutes, il procéda à tout un tas de vérifications et de tests de son. Il resta dans la cabine à répéter des mots et à parler à des gens. Mes yeux étaient rivés à l'écran et parcouraient chaque centimètre de son visage magnifique. Sérieusement, il était encore plus beau que ce que j'aurais pu imaginer. Il avait de beaux et grands yeux marron, et des cils foncés qui donnaient l'impression qu'il avait appliqué de l'eyeliner. Sa peau bronzée était légèrement dorée, et sa mâchoire virile était recouverte d'une fine barbe. J'aimais *vraiment* beaucoup cette barbe. Alors que je le fixais, Griffin regarda droit dans la caméra et baissa la voix.

— Les gars, ce message s'adresse à ma copine, alors bouchez-vous les oreilles.

Il afficha un sourire en coin sexy.

— Bébé, j'ai oublié de te dire que je t'ai laissé un petit quelque chose dans la console centrale si jamais l'envie te prend pendant que tu regardes, murmura-t-il dans le micro.

J'eus des papillons dans le ventre. Cet homme était tout aussi gentil que sexy, et ce mélange dangereux semblait me ramollir le cerveau. Je dus me forcer à détourner les yeux de l'écran pour aller voir dans la console centrale, et lorsque je l'ouvris, j'éclatai de rire.

OK, donc il était gentil, sexy, *et pervers*. Ce fou m'avait laissé un porte-clés Furby vibrant. Dieu seul savait combien il en avait acheté.

Je retournai à l'arrière avec mon vibro de fortune en souriant comme une imbécile, mais je me figeai en entendant Griffin commencer à chanter.

Oh, mon Dieu. Sa voix est magnifique.

Je m'agenouillai par terre devant l'écran, complètement envoûtée par sa voix éraillée et émouvante. Il chantait une sorte de ballade, et j'en ressentais chaque mot dans ma poitrine de la manière la plus bouleversante qui soit. Quand la chanson se termina, il ouvrit les yeux, et je me rendis compte que j'avais retenu ma respiration pendant tout ce temps.

Je pris quelques grandes inspirations en expirant doucement, afin de faire ralentir mon rythme cardiaque.

Bon sang, j'étais fichue.

Totalement fichue lorsqu'il s'agissait de cet homme.

Je secouai la tête et posai les yeux sur l'animal en peluche que je serrais encore dans ma main.

— Qu'est-ce qu'on va faire, Mimi ? Il va nous briser le cœur.

Mimi n'avait aucune réponse, alors je le repris au creux de ma paume et fermai les yeux.

— Je vais *définitivement* avoir besoin de toi plus tard.

— Alors... tu en as pensé quoi ?

Griffin ouvrit la porte et monta à l'arrière du camping-car, où j'étais toujours assise sur le canapé. Il avait passé environ trois heures à chanter, et j'en avais passé tout autant scotchée à l'écran. Ce fut une expérience géniale et étonnamment intime. Il m'avait parlé entre les prises, et à la fin de chaque chanson, il avait adressé son sourire enfantin à la caméra ou m'avait fait un clin d'œil.

— Je pense que je suis fan.

Il réduisit la distance entre nous et s'installa à côté de moi sur le canapé.

— Ah oui ? Tu veux jouer à la groupie et à la rockstar ? proposa-t-il en me soulevant pour que je vienne le chevaucher.

Je hochai la tête en enroulant mes bras autour de son cou.

— Est-ce que je peux enlever ma culotte pour la lancer à tes pieds ?

— Si tu retires ta culotte, j'embrasse tes pieds, répliqua-t-il, alors que son regard s'assombrit.

Je me mis à rire et posai mon front contre le sien.

— Sérieusement, Griff. C'était absolument incroyable. Ta voix est magnifique. Je ne sais même pas quoi dire. C'est comme si tu chantais avec ton cœur. Je ressentais des tas d'émotions dans tes mots. J'ai adoré chaque minute de cette journée, mais la chanson que tu as chantée à la fin, celle qui disait que le paradis avait plus besoin d'elle que toi, m'a fait craquer. J'ai même pleuré un peu en l'écoutant.

— Je l'ai écrite pour ma mère.

— Je m'en suis doutée, révélai-je en hochant la tête. Je sais que je ne l'ai jamais connue personnellement, mais je suis certaine qu'elle t'entend et qu'elle est tout aussi fière de toi que je le suis.

Griffin s'approcha pour déposer un baiser tendre sur mes lèvres.

— Ça me touche beaucoup. Merci.

Un coup résonna derrière moi. Quelqu'un frappait à la porte du camping-car. Je m'apprêtai à quitter les genoux de Griffin, mais il me maintint en place.

— Reste. C'est probablement Aiden.

— Patron? interpella une voix derrière la porte fermée.

— Tout est réglé? demanda Griff par-dessus mon épaule.

— La voiture sera là à dix-huit heures.

— Parfait. Merci de t'être occupé de tout.

— Envoie-moi un message si tu as besoin d'autre chose.

— À demain, Aiden.

Je regardai Griffin.

— Ce n'est pas poli. Tu viens juste d'avoir une conversation à travers une porte fermée.

— Bébé, avance un peu tes fesses en avant, répondit-il en souriant.

Je fronçai les sourcils alors il me décala, me faisant avancer sur ses cuisses jusqu'à ce que je sente la chaleur entre mes jambes. *Et quelque chose de dur.* Il observa mes sourcils se hausser lorsque je compris.

— C'est plus poli de parler derrière une porte plutôt qu'avec une érection prête à s'échapper de mon pantalon, tu ne crois pas, trésor ?

Trésor.

J'aimais aussi beaucoup ce surnom.

Ce que j'aimais également, c'était la façon dont nos corps étaient alignés. Alors je me penchai pour l'embrasser, tout en me frottant contre son sexe et en glissant mes doigts dans ses cheveux. Bon sang, j'avais tellement envie de le sentir en moi que c'en était douloureux. Griff agrippa mes fesses et se mit à me guider d'avant en arrière contre lui. Nous portions tous les deux un jean, mais la friction entre nous fit monter la température à la limite de l'embrasement. Je pensais sincèrement pouvoir atteindre l'orgasme juste en faisant ça.

Mais... ce n'était pas à mon tour. Même si j'étais terrifiée à l'idée de m'attacher à Griffin et de finir par être blessée, je ne voulais pas non plus être égoïste. Je rompis notre baiser et frottai mon nez contre son oreille.

— Est-ce que tu as verrouillé la porte derrière toi ?

— Non, souffla-t-il, frustré.

J'hésitai à me lever pour aller le faire, mais je ne voulais vraiment pas gâcher ce moment, alors je décidai de faire fi de toute prudence.

— Eh bien, si quelqu'un entre, il en prendra plein les yeux, murmurai-je.

Je déposai des baisers le long de son cou.

— *Putain*, gémit-il quand je glissai mes mains entre nous et que je commençai à retirer sa ceinture.

Il laissa retomber sa tête contre le canapé, et le désir dans sa voix me stimula. J'avais envie de le faire mourir d'envie comme il l'avait fait avec moi.

J'attrapai l'ourlet de son T-shirt, puis fis courir ma langue de son torse à ses abdominaux contractés. J'aurais pu passer la journée à tracer les lignes sculptées de ses muscles, mais j'avais des choses plus urgentes à faire. Je me remis assise et déboutonnai son jean. Le bruit de sa braguette qui descendait résonna dans l'air.

Griffin m'observa quitter ses genoux et m'agenouiller par terre devant lui. Je tirai sur la ceinture de son jean pour le faire glisser sur ses cuisses. L'énorme renflement qui déformait son boxer amplifia mon désir, et je léchai inconsciemment mes lèvres.

— *Putain, Luca*, souffla-t-il. Cette bouche. *Cette foutue bouche.*

Sérieusement, j'ignorais qui de lui ou de moi en avait le plus envie. J'avais hâte de lui faire du bien. Nous agrippâmes son sous-vêtement en même temps, et nous le baissâmes à la hâte. L'érection de Griffin se libéra et ma bouche en saliva. *Oh, punaise.*

Évidemment, il fallait qu'il ait un sexe aussi gros.

Comme si son visage magnifique, son corps parfait et sa voix sexy ne suffisaient pas... Dieu avait décidément fait Son maximum quand Il avait créé cet homme.

Je me redressai sur mes genoux, enroulai mes mains autour de son membre épais, et levai les yeux avant de baisser la tête.

— *Tu es tellement belle comme* ça, prononça-t-il d'une voix tendue.

Je souris, et sans un mot, je positionnai ma main à la base de son sexe et le pris dans ma bouche, sans jamais le quitter du regard.

— *Bon sang.*

Je fis quelques va-et-vient pour trouver mon rythme, puis passai ma langue sous son gland. Griffin gémit et empoigna mes cheveux. J'aimais voir à quel point son désir le rendait plus brusque. Ses mains liées guidèrent ma tête plus bas, puis tirèrent pour la relever. C'était moi qui avais commencé ça, mais il était définitivement en train de prendre le contrôle.

— *Putain. Juste comme* ça. *C'est trop bon.*

Griffin souleva ses hanches et se mit à remuer dans ma bouche. J'étais tellement excitée que j'étais sûre de pouvoir me faire jouir en deux secondes si je passais la main entre mes jambes pour me toucher.

— Luca...

Griff tira légèrement sur mes cheveux pour me mettre en garde, mais je résistai et continuai ce que j'étais en train de faire.

Il parla plus fort en supposant sûrement que je ne l'avais pas entendu la première fois.

— Bébé, je vais jouir.

Je levai les yeux vers lui pour lui faire savoir que j'avais bien entendu, puis le suçai aussi profondément que possible.

— Putain…

Griffin agrippa plus fort mes cheveux et fit deux mouvements de bassin supplémentaires avant d'immobiliser ma tête. Tout son corps trembla lorsque la chaleur de son orgasme se répandit dans ma gorge.

Sa poitrine se soulevait et s'abaissait à un rythme rapide. C'est moi qui venais de faire de l'aérobic du cou la bouche pleine, pourtant, c'était lui qui était essoufflé comme s'il venait de courir un marathon. Il peinait à reprendre sa respiration.

— Bon sang, Luca. Tu es *sacrément* douée, déclara-t-il en relâchant mes cheveux.

Son compliment me réjouit.

— Je te l'ai dit, la série porno Pour les Nuls.

Il se mit à rire.

— Ils ont quoi d'autre ? Je commanderai tous les films qu'ils ont produits dès que j'aurai la force de bouger les bras et de sortir mon téléphone.

Je me levai et vins me blottir contre lui.

— Je suis quasiment sûre qu'ils avaient aussi *Le sexe anal pour les Nuls, Le soixante-neuf pour les Nuls,* et *Ménage à trois pour les Nuls.* Mais je n'ai regardé que celui-ci.

— J'achèterai les deux premiers, mais pas celui sur le ménage à trois. Je ne te partage pas, bébé.

La chaleur se répandit en moi, mais une pensée me traversa l'esprit et un frisson repoussa toute l'assurance que j'avais pu ressentir. *Une groupie et une rockstar.*

Voilà la vie que menait Griffin. J'étais certaine que les femmes faisaient la queue après chaque concert pour lui offrir ce que je venais de lui faire. Elles pensaient probablement qu'il chantait pour elles aussi.

J'étais devenue silencieuse, et il le remarqua.

— Qu'est-ce qui se passe dans ta tête, bébé? demanda-t-il en caressant mes cheveux.

— Rien.

Il remonta son boxer et son jean et se tourna vers moi.

— Parle-moi, Luca. Que vient-il de se passer? Tout allait bien, et puis ça a changé d'un coup.

— Désolée, m'excusai-je en secouant la tête et en baissant les yeux. C'est stupide.

Griffin releva mon menton pour que je le regarde.

— Crache le morceau, Vinetti.

Je soupirai.

— Eh bien... tu as dit que tu ne me partageais pas, et je me disais juste qu'il devait y avoir des dizaines de femmes prêtes à se mettre à genoux après un concert. Ou même dès que tu claques des doigts.

— J'aimerais pouvoir faire en sorte que tu te sentes mieux en te disant que c'est faux, mais je ne vais pas te mentir, avoua-t-il en soutenant mon regard. Les occasions ne manquent pas, mais ça ne veut pas dire que je les accepte. Je sais que tu viens juste d'arriver et que notre situation est un peu unique, mais je ne plaisantais pas quand j'ai dit que tu étais ma copine. Tu *es* ma copine, Luca. Et tu sais quoi? Ce n'est sûrement pas la chose la plus pratique pour nous deux vu les circonstances, mais ça ne change rien à ce que je ressens. Je n'ai pas fréquenté de femme depuis presque deux mois, depuis le moment où tu as répondu à ma première lettre. Ce n'est pas parce que des filles veulent de moi que *je* veux d'elles aussi. Tu es ma copine, Luca. On va trouver une solution à tout ça.

Les larmes me montèrent aux yeux. Je voulais avoir son optimisme et son courage, mais j'étais terrifiée. Griffin avait été honnête avec moi, alors j'en fis de même.

— J'ai peur d'être ta copine.

Il afficha un sourire triste et posa sa main sur ma joue.

— Ça va aller. Je te connais, Luca. Avoir peur ne dure qu'un temps, et ensuite tu agis avec bravoure. Rien ne presse. On a déjà attendu tellement d'années. Qu'est-ce qu'un peu de temps en plus ?

Je laissai aller ma tête contre sa main et embrassai sa paume.

— Merci, Griffin.

Il déposa un baiser sur mon front, garda ses lèvres contre moi, et je sentis son sourire contre ma peau.

— C'est plutôt moi qui devrais te remercier après ce que tu viens de faire.

CHAPITRE 18

J'avais vraiment envie que Luca profite de ses dernières heures en Californie. Je savais que ça voulait dire faire tout ce qui était en mon pouvoir pour m'assurer d'éviter les lieux fréquentés ce soir. Même si j'espérais qu'elle réussirait à surmonter un jour sa phobie, ça n'allait pas arriver en une nuit, et certainement pas durant ce séjour. Je devais faire avec et essayer de ne surtout pas la forcer.

Aiden avait fait en sorte qu'une voiture vienne nous chercher chez moi. Le chauffeur avait reçu l'ordre de prendre les petites routes. J'avais loué un espace privé dans mon restaurant préféré, qui possédait une entrée arrière souvent proposée aux célébrités. Elle offrait un accès direct à un salon qui était séparé de la salle où mangeaient les autres clients. Je connaissais bien le gérant et j'avais confiance en sa discrétion. Marcus était aussi doué pour faire en sorte que ses employés gardent le silence quant à ma présence, alors j'étais serein à l'idée d'emmener Luca ici.

Nous nous installâmes l'un en face de l'autre à notre table éclairée aux chandelles, pour profiter de notre repas en toute intimité. Nous commençâmes à manger nos salades en attendant le plat principal.

— Est-ce que tu trouves ça bizarre si je te dis que les lettres vont me manquer ? demanda-t-elle en piquant les feuilles dans son assiette.

— Pas du tout. Mais qui a dit qu'elles devaient s'arrêter ?

— On n'en a jamais parlé, mais est-ce qu'on va continuer à s'envoyer des courriers manuscrits maintenant qu'on s'est rencontrés ?

Je posai ma fourchette et lui pris la main.

— Je veux qu'on reste en contact, Luca. Je veux avoir de tes nouvelles tous les jours, que ce soit par e-mail, par téléphone, ou par un foutu télégramme chanté par un type en costume de bite. Je veux juste avoir de tes nouvelles.

Cependant, je pouvais comprendre cette sensation de manque à venir concernant les lettres. Notre connexion invisible était une énorme partie de nous. Nous ne ressentirions plus cette intimité de la même manière. J'espérais que les choses seraient encore mieux à l'avenir, mais les inquiétudes de Luca au sujet de ma vie n'étaient pas vraiment infondées. Je ne savais pas trop si j'arriverais à lui prouver qu'elle avait tort d'hésiter à propos de notre relation. Je le voulais vraiment... mais est-ce que je le pouvais ? Ma situation était compliquée. En fait, c'était même un vrai bordel.

Nos plats finirent par arriver. J'avais commandé le filet mignon, et Luca avait choisi la truite à la sauce ail et citron.

— Tu as eu des nouvelles de Doc ? l'interrogeai-je en coupant ma viande.

— Il m'a appelée juste avant que la voiture ne vienne nous chercher. La connexion était mauvaise alors je ne comprenais pas vraiment ce qu'il disait, mais il avait l'air très heureux. Où as-tu chargé le chauffeur de l'emmener ?

— J'ai contacté le zoo pour savoir si je pouvais louer la volière après sa fermeture. Voilà où il se trouve à l'heure actuelle. Il l'a pour lui tout seul.

— Waouh, réagit Luca en affichant un grand sourire. Il doit être fou de joie. Merci d'avoir organisé ça. Pour quelqu'un qui a adopté une vie minimaliste, Doc semble vraiment bien s'habituer à ton pool house, ta gouvernante et tout ce traitement de faveur.

— Eh bien, il sera toujours le bienvenu. Tes amis sont mes amis. J'espère que tu le sais.

— Merci. Sincèrement. Merci pour ton hospitalité.

— Avec plaisir. Je dois beaucoup à Doc pour t'avoir aidée à venir ici. C'est un vrai cadeau. Qui sait combien de temps il m'aurait fallu avant de trouver comment te parler de Cole. Je lui serai toujours reconnaissant... ainsi qu'à ma petite espionne.

Elle s'essuya la bouche.

— L'espionnage était réciproque, si je me souviens bien.

— C'est vrai.

Nos regards se croisèrent. Je repensai à cette fellation incroyable qu'elle m'avait offerte tout à l'heure, et mon sexe durcit. Tout ce que je voulais, c'était lui rendre la pareille ce soir.

— Quand est-ce que tu pars pour Vancouver, déjà ? demanda-t-elle, m'interrompant en plein fantasme.

Penser à mon prochain déplacement me fit peur.

— Dans une semaine environ.

— C'est un festival musical, c'est ça ?

— Oui. Ça s'appelle Beaverstock.

— Beaver ? Comme *beaver*, qui veut dire « castor » en anglais ? Ce n'est pas le surnom que donnent les Canadiens au sexe féminin ?

— Si, c'est un festival dédié au vagin.

— Quoi ?! s'exclama-t-elle en écarquillant les yeux.

— Je plaisante. Apparemment, le nom vient des castors qui résident en ville.

— Oh, d'accord.

— C'est la deuxième année qu'on le fait.

— Et ensuite, tu pars quand en tournée ?

— La partie américaine commence dans un mois environ. Une douzaine de villes. Et ensuite, on a une petite tournée européenne quelques mois après ça.

— Douze villes à la suite ?

— Oui.

— Ça doit être vraiment intense. Est-ce que c'est non-stop ?

— Quasiment. Parfois, on a un jour de repos ou deux, mais je préfère que ce soit comme ça. Autant en finir au plus vite pour avoir à nouveau du temps pour moi.

Je pouvais quasiment voir les craintes qui se bousculaient dans sa tête, les visions de filles dans le bus de tournée, les soutiens-gorge envoyés de tous les côtés. L'alcool coulant à flots. La musique à fond. Les rails de cocaïne. Sa peur était palpable.

— Même si ma vie peut être dingue parfois, il y a aussi des accalmies… des semaines où je peux partir et faire ce qui me plaît, précisai-je. C'est plutôt animé en ce moment avec l'enregistrement du nouvel album, mais une fois que ce sera fait et que la tournée sera terminée, les choses se calmeront un peu.

J'avais ajouté ça pour essayer de la convaincre que ma vie était aussi faite de périodes de « normalité ».

— Qu'est-ce que tu feras en rentrant, Luca ?

Elle soupira, comme si répondre était intimidant.

— J'ai prévu de commencer à rédiger le livre dont j'ai rêvé sur le chemin pour venir ici.

— Est-ce que tu dois le rendre avant une certaine date ?

— Non. Je suis très en avance sur ma deadline, alors j'ai une grande marge de manœuvre. Je me fixe un programme, mais ce n'est pas la fin du monde s'il change un peu.

— C'est génial. Parle-moi de ton nouveau personnage. Quelle est son histoire ?

— Eh bien… Il est anglais.

— Ah oui ? répliquai-je en lui faisant un clin d'œil. Tu t'es inspirée de quelqu'un en particulier ?

— Je mentirais si je répondais que nos interactions n'avaient pas influencé cette décision. Mais tu n'es pas un tueur en série. Lui, si. Donc voilà. C'est la principale différence.

— Un détail… plaisantai-je en haussant les épaules.

Cette histoire nous fit bien rire, et visiblement, je finis par fixer Luca, comme je le faisais souvent, mais elle le remarqua.

— Quoi ? demanda-t-elle alors.

— Rien. C'est juste que parfois, je n'en reviens pas de pouvoir te regarder dans les yeux. Pas une seule fois je les ai observés sans me dire à quel point j'avais de la chance de le faire.

Elle rougit, et c'était vraiment très beau à voir. J'espérais avoir un jour l'occasion de l'observer faire ça alors que nos corps seraient connectés autant que nos âmes semblaient l'être.

Jusqu'ici, la soirée s'était passée sans le moindre accroc. Et j'aurais dû me douter que c'était trop beau pour être vrai. Parce qu'après le repas, au moment de sortir par la porte *censée* être privée pour rejoindre la voiture qui nous attendait, une nuée de flashs nous accueillit. Quelques paparazzi avaient campé dehors en attendant notre départ. Apparemment, il y avait une taupe parmi les serveurs qui nous avaient souri ce soir.

Les grands yeux magnifiques de Luca étaient pleins de confusion.

Dans toute ma carrière, je n'avais jamais pété les plombs à cause des paparazzi – jusqu'à maintenant.

— Foutez-nous la paix ! m'écriai-je. Ça ne me dérange pas quand je suis seul, mais ce n'est pas sympa ! Elle n'a rien demandé à personne.

Toutes leurs questions semblèrent se mélanger.

— *Est-ce que c'est votre petite amie, Cole ?*

Flash.

Flash.

Flash.

— *Comment elle s'appelle ?*

Flash.

Flash.

— *Comment se présente le nouvel album ?*

Flash.

Flash.

Flash.

J'enroulai mes bras autour de Luca pour la protéger. Heureusement, la voiture était tout près et nous n'avions pas à l'attendre.

Après que nous étions montés à l'intérieur et avions fermé la portière, tout devint étrangement silencieux.

Je reportai ma colère sur le chauffeur.

— Pourquoi vous ne m'avez pas prévenu qu'ils étaient là ?

— J'ai essayé de vous joindre, monsieur. Je n'ai eu aucune réponse.

Je vérifiai mon téléphone, mais il n'y avait aucun appel manqué.

C'est quoi ce bordel ?

J'ignorais ce qui s'était passé. Peut-être avait-il composé le mauvais numéro ou je ne savais quoi d'autre. Ça n'avait aucune importance.

— Ramenez-nous à la maison, s'il vous plaît, lui ordonnai-je.

Je n'avais qu'une mission. *Une seule.* Offrir à Luca une soirée normale à l'extérieur sans aucune interférence. J'aurais dû m'en douter.

— Tu vas bien ? l'interrogeai-je en la serrant contre moi.

— Oui. C'est arrivé tellement vite que j'ai à peine eu le temps de réagir.

— Voilà ce qui arrive parfois.

— Comment ont-ils su qu'on était là ?

— Une personne du restaurant nous a probablement dénoncés. Les employés ont l'ordre de ne rien dire, mais il suffit d'une seule personne, d'une serveuse qui envoie un message à son amie par exemple, pour que la rumeur se répande comme une traînée de poudre. En temps normal, je m'en fiche. Je fais avec. Mais je voulais tellement y échapper le temps d'une soirée avec toi, avouai-je d'une voix tendue. Je suis désolé, Luca.

Elle caressa la fine barbe sur ma mâchoire.

— Je sais que ce n'est pas ta faute.

— Si, ça l'est. J'aurais dû savoir que je ne pouvais pas t'emmener dans un lieu public en étant certain qu'il n'y aurait aucun paparazzi.

Le trajet se fit sans un bruit, jusqu'à ce que le chauffeur nous dépose devant chez moi. Le silence continua à nous suivre dans la maison, puis lorsque nous montâmes l'escalier en colimaçon.

Luca avait l'air fatiguée, alors je l'accompagnai à sa chambre.

— Attends-moi ici, d'accord, ma belle ? Allonge-toi et détends-toi. Je reviens d'ici cinq minutes.

Je traversai le couloir jusqu'à la salle de bain principale, fis couler l'eau dans la grande baignoire, puis m'assurai que la température était parfaite en y plongeant la main. J'étais encore furieux. Tout ce que je voulais, c'était aider Luca à se relaxer pour qu'elle puisse bien dormir ce soir. Elle avait besoin d'une bonne nuit de sommeil avant de devoir reprendre la route.

Une fois la baignoire remplie, je retournai dans sa chambre.

— Viens, lançai-je en lui tendant la main.

Elle me la prit et me suivit dans le couloir.

— Est-ce que je suis censée entrer là-dedans ? demanda-t-elle en voyant le bain plein de mousse.

— *On* va entrer là-dedans.

Elle déglutit. Je me rendis compte qu'elle devait peut-être penser que j'avais d'autres idées derrière la tête. Ce qui se comprenait.

— Je garderai mes sous-vêtements. Je veux juste te prendre dans mes bras.

Je me tournai pour lui indiquer qu'elle pouvait se déshabiller et s'installer dans l'eau.

— Dis-moi quand c'est bon.

— C'est bon, indiqua-t-elle deux minutes plus tard.

Seule sa tête était visible. Elle m'observa retirer mes vêtements, sauf mon boxer, et elle plissa les yeux en semblant remarquer pour la première fois le tatouage sur mon torse. Il représentait le prénom de ma mère auquel se mêlaient des roses et du fil barbelé.

— Libby. Ta mère, prononça-t-elle en souriant.

— Oui. Je me le suis fait faire environ un an après sa mort.

— C'est magnifique.

— Merci, répondis-je en me glissant dans l'eau, derrière elle.

J'enroulai mes bras autour de sa taille et l'attirai contre moi, puis posai mon menton sur sa tête, avant d'y déposer un baiser. Des tas de pensées se bousculaient dans mon esprit. Étais-je fou de penser que cette relation pouvait fonctionner ? Je savais à quel point j'en avais envie, mais était-ce suffisant ?

— Une partie de moi aimerait pouvoir rester ici avec toi pour toujours sans avoir à s'inquiéter de quoi que ce soit, déclarai-je.

— Si j'étais le genre de personne à pouvoir s'intégrer à ton mode de vie, tu ne ressentirais pas ça. Ce serait facile.

— Ce n'est pas parce que quelque chose est facile que c'est mieux. On a tous nos problèmes, mais être avec toi est quand même meilleur que tout le reste. Parfois, les meilleures choses sont aussi les plus complexes. C'est comme ça.

Lorsque je bougeai la main pour la première fois en effleurant le dessous de sa poitrine, je me rendis compte qu'elle avait aussi retiré son soutien-gorge. Puisque je ne l'avais pas vue se déshabiller, je ne savais pas si elle avait choisi de le garder ou non. Mon sexe se dressa devant cette constatation, alors je réajustai ma position pour qu'elle ne le sente pas appuyer dans son dos. Aussi intime qu'était ce bain, ça ne semblait pas être le bon moment d'avoir une érection.

— C'est tellement agréable, me confia-t-elle. Et je me sens vraiment en sécurité quand je suis avec toi, Griffin. Je veux que tu le saches. Ce sont tous les autres qui me font peur.

— Je le sais, bébé. Pour l'instant, il n'y a que nous, alors profitons-en.

Luca garda le silence pendant un long moment, puis j'entendis le rythme de sa respiration changer. Quand je penchai la tête pour voir son visage, je m'aperçus qu'elle s'était endormie. Ce voyage l'avait épuisée.

Un peu plus tard, elle se réveilla juste assez longtemps pour se sécher et enfiler un de mes longs T-shirts. Je la portai jusqu'à sa chambre et déposai un baiser chaste sur ses lèvres, avant de la regarder se rendormir. Je ne retournai pas dans mon lit. Au lieu de ça, je me glissai à côté d'elle et restai éveillé toute la nuit pour l'observer dormir. Je savais que j'allais le payer le lendemain matin, mais je ne pouvais pas me résoudre à m'endormir volontairement à un moment comme celui-ci.

Le soleil matinal filtrait par la fenêtre. Elle ouvrit les yeux et remarqua que j'étais allongé à côté d'elle.

— Je ne savais pas que tu étais là.

— Je n'ai pas pu me résoudre à retourner dans ma chambre.

— Tu es resté là... avec moi... toute la nuit ?

— Oui. Est-ce que tu trouves ça flippant ?

— J'écris des romans avec des tueurs en série, mon cochon est comme mon enfant, et j'ai traversé tout le pays pour venir te traquer... Autant dire que rien ne devrait me paraître flippant.

Elle sourit, mais elle se mit rapidement à froncer les sourcils d'un air pensif.

— Qu'est-ce qui ne va pas ? m'enquis-je.

— Je pensais juste à ce qu'un des paparazzi m'a dit hier soir avant qu'on entre dans la voiture...

Mon ventre se noua. J'avais été tellement occupé à les insulter que je n'avais pas entendu tout ce qu'ils nous avaient balancé.

— Et qu'est-ce que c'était ?

— Il m'a dit : « Eve… est-ce que c'est toi ? Tu as l'air en forme. Continue comme ça. »

Je baissai la tête.

Il fallait que je m'explique.

— Il parlait d'Eve Varikova.

— Qui est-ce ?

— C'est… le mannequin avec qui je suis sorti brièvement il y a quelques mois. Ce n'était rien de sérieux, mais elle est très connue, alors la presse s'en est donné à cœur joie quand on a été aperçus ensemble.

— Est-ce que je lui ressemble ?

— Tu as les cheveux foncés, et c'est à peu près tout. Je pense que cette personne avait dû fumer parce qu'elle doit faire trente centimètres de plus que toi.

— Pourquoi avoir ajouté « continue comme ça » ?

— Parce qu'Eve avait un problème avec la drogue dont j'ignorais l'existence quand j'ai commencé à la fréquenter. Peu de temps après, elle est partie en désintox. Je ne lui ai pas reparlé depuis, mais j'ai entendu dire qu'elle allait mieux.

Je pris une grande inspiration, car je voyais bien à l'expression de Luca qu'elle se remettait à trop réfléchir. Elle allait probablement taper le nom d'Eve sur Google à la seconde où elle remonterait dans le camping-car, et ça ne mènerait qu'à d'autres recherches lui donnant de fausses informations sur moi. Ça me rendait réellement malade.

— Tu veux bien me promettre quelque chose ? lui demandai-je.

— Oui… répondit-elle en hochant la tête.

— Peux-tu essayer de ne pas entrer mon nom sur Google ? La plus grande partie de ce que tu trouveras sera des conneries. Ou encore mieux... Fais-le quand tu es *avec* moi, au téléphone ou en personne. Laisse-moi être là pour t'expliquer ce qui est vrai ou non. Je ne te mentirai jamais. C'est juste que je déteste l'idée que tu lises toutes ces conneries sans savoir quoi croire.

Elle semblait avoir du mal avec cette idée. Je savais qu'il serait extrêmement difficile pour elle de tenir cette promesse. Si je me mettais à sa place, je n'étais pas totalement sûr de pouvoir m'en empêcher.

Elle cligna des yeux plusieurs fois, comme si elle étudiait ma demande.

— D'accord, finit-elle par accepter. Il a fallu que j'y réfléchisse pour être certaine de pouvoir faire ce genre de promesse et de la respecter. Je promets de ne pas faire de recherches sur toi... sans te tenir au courant.

Je poussai un soupir de soulagement.

— Merci. Je sais que ce ne sera pas facile, mais je t'assure que tu ne rates rien d'exceptionnel. Je peux te dire tout ce qu'il est important que tu saches. Et si tu as des questions, il te suffit de *me* les poser.

Elle tendit la main pour approcher mon visage du sien. Le désir qui bouillonnait en moi se transforma rapidement en besoin urgent lorsque je l'embrassai passionnément.

— Tu es sûre que je ne peux rien faire pour te convaincre de rester plus longtemps ? murmurai-je contre ses lèvres.

Elle n'était pas obligée de me donner sa réponse. Je la connaissais déjà.

Même si la rançon du succès était élevée, je n'avais jamais vraiment souhaité pouvoir faire tout disparaître. C'était avant Luca. À ce moment précis, si on m'en donnait le choix, j'aurais renoncé à la tournée de douze villes à venir pour pouvoir faire un road trip à travers le pays dans un camping-car délabré.

CHAPITRE 19

Je n'avais jamais entendu Hortencia grogner autant. Après être allée la chercher à la ferme où je l'avais laissée, j'ouvris ma porte d'entrée et me rendis compte que bizarrement, l'endroit qui avait toujours été mon havre de paix me paraissait bien trop vide.

Il était encore tôt, trop tôt pour appeler Griffin à l'heure de la côte Ouest, alors je lui envoyai un message, en espérant qu'il le reçoive en se réveillant.

Luca : Je suis bien arrivée à la maison.

À ma grande surprise, il répondit immédiatement.

Griffin : Dieu merci. J'étais tellement inquiet pour toi dans ce foutu tacot.

Luca : Pourquoi tu es encore debout ?

Griffin : Je n'ai pas réussi à dormir.

Luca : Eh bien, je suis saine et sauve.

Griffin : Tu me manques terriblement. J'ai un million de choses à faire, mais je n'ai aucune énergie. Je suis complètement déprimé.

Luca : C'est exactement ce que j'ai ressenti en mettant les pieds ici. D'habitude, ma maison est mon refuge. Ça me semble différent à présent.
Griffin : Tu as laissé ton Furby chez moi. La gouvernante me l'a apporté avec un air confus.
Luca : Si seulement elle savait !
Griffin : *soupir* Luca, Luca, Luca. J'ai besoin de te revoir.

J'avais envie de lui demander si et quand ce serait possible, mais en même temps, je n'étais pas sûre qu'il connaisse la réponse. Il était en train de finir un album et devait bientôt partir pour le Canada.

Luca : Tes affaires sont prêtes pour Vancouver ?
Griffin : J'ai bien peur que non. Comme je te l'ai dit, aucune motivation.

J'avais eu beaucoup de temps pour réfléchir pendant le voyage. L'une des choses qui me titillaient le plus était le besoin d'écouter la chanson que Griffin avait écrite. Celle que je supposais être à mon sujet vu le titre. Techniquement, ça reviendrait à faire une recherche sur lui, ce que j'avais promis de ne pas faire.

Luca : J'ai un aveu à te faire.
Griffin : D'accord...
Luca : J'ai dû prendre sur moi plusieurs fois pour ne pas utiliser Google sur le chemin du retour. Je veux que tu saches que je n'ai pas cédé une seule fois. Mais il faut que j'en sache plus à propos d'une chose.
Griffin : Très bien. Laquelle ?

Je pouvais sentir son agitation.

Luca : Ta chanson… Celle qui s'appelle *Luca*.

Soudain, mon téléphone se mit à sonner. C'était lui, alors je décrochai.

— Salut…

— J'allais t'en parler. Je ne savais pas si tu étais au courant. Tu n'as jamais abordé le sujet, alors je me suis dit que tu ne l'avais pas encore découverte.

— Eh bien, je l'ai vue sur Internet, mais je n'ai pas eu la chance d'entendre les paroles.

— Luca… écoute. Quand j'ai écrit cette chanson… je ne savais pas.

— Je sais. Ce n'est pas grave. Je ne le prendrai pas personnellement.

— Pour résumer, c'est la version musicale de la lettre que je t'ai envoyée quand j'étais bourré. Un discours plein de rage… qui s'est vendu à plusieurs millions d'exemplaires.

— Est-ce que je peux l'écouter ?

Il poussa un long soupir dans le téléphone.

— Bien sûr.

— Ça te va si je la lance sur YouTube maintenant ?

— Oui, évidemment, accepta-t-il d'une voix un peu défaite. Je reste en ligne.

Tout en gardant Griffin au bout du fil, j'ouvris mon ordinateur portable, me connectai, et tapai « Luca Cole Archer » dans la barre de recherche.

Une vidéo proposant une version sous-titrée de la chanson apparut, et j'appuyai sur le bouton lecture.

(Intro)

Le visage magnifique de Griffin commença à chanter les premiers mots.

The letters were the window to your soul.
(Les lettres étaient le reflet de ton âme.)
Before you left me with a giant hole.
(Avant que tu ne me laisses avec un énorme vide.)
When you disappeared into thin air
(Quand tu t'es volatilisée)
And proved you didn't really care.
(Et que tu m'as prouvé que tu t'en fichais.)

Now I see your soul was black.
(À présent je me rends compte que ton âme était noire.)
Because you're never coming back.
(Parce que tu ne reviendras pas.)
You're nothing but ink and lies.
(Tu n'es rien que de l'encre et des mensonges.)
A devil in disguise.
(Un diable déguisé.)

Luca, Luca, Luca
Were you just a dream ?
(Étais-tu juste un rêve ?)
Luca, Luca, Luca
You make me want to scream.
(Tu me donnes envie de hurler.)

Luca, Luca, Luca
Are you happy now ?

(Es-tu heureuse aujourd'hui ?)
Luca, Luca, Luca
If so, baby, take a bow.
(Si c'est le cas, bébé, je m'incline.)

(Musique)

Looks like the joke was on me.
(Apparemment, je me trompais.)
So blinded by love, I couldn't see.
(Si aveuglé par l'amour, je ne voyais rien.)
In the end,
(En fin de compte,)
You were never my friend.
(Tu n'as jamais été mon amie.)

The really messed-up part…
(Le plus tordu dans tout ça…)
You're still living in my heart.
(C'est que tu vis encore dans mon cœur.)
And if I had to do it all again,
(Et si tout était à refaire,)
I'd still have lifted that damn pen.
(J'aurais quand même pris ce foutu stylo.)

Luca, Luca, Luca
Were you just a dream ?
(Étais-tu juste un rêve ?)
Luca, Luca, Luca
You make me want to scream.
(Tu me donnes envie de hurler.)

Luca, Luca, Luca
Are you happy now ?
(Es-tu heureuse aujourd'hui ?)
Luca, Luca, Luca
If so, baby, take a bow.
(Si c'est le cas, bébé, je m'incline.)

(Musique)

Take a bow.
(Je m'incline.)
Take a bow.
(Je m'incline.)
Take a bow.
(Je m'incline.)

Luca, Luca, Luca.

Yeah, yeah, yeah.

(Fin de la musique)

J'avais dû l'écouter une bonne centaine de fois ces dernières vingt-quatre heures.

Même si elle était magnifique, cette chanson était également triste et intense, ce qui allait parfaitement avec mon humeur mélancolique. Je n'arrêtais pas de me remémorer une phrase en particulier.

Luca, Luca, Luca

Étais-tu juste un rêve ?

Parce que c'était ce que je commençais à ressentir à propos de la semaine dernière. Comme si ça n'avait été qu'un immense rêve. Un rêve incroyable, mais qui resterait hors de portée. J'avais passé une grande partie de la journée à me traîner comme si quelqu'un était mort. J'avais réussi à écrire, mais j'étais presque sûre que mon coup de blues avait déteint sur mes personnages, et que mon thriller était en train de se transformer en un roman féminin larmoyant.

Puisque j'avais vidé mon frigo avant de partir en Californie, je n'avais rien à manger chez moi, alors un voyage nocturne au supermarché était inévitable. Le parking était presque vide, et je parcourus les rayons sans croiser personne, jusqu'à arriver à la caisse.

Doris était en train de scanner les courses d'un jeune homme et me sourit. Je ne lui avais pas parlé de mon road trip en Californie, ni de Griffin d'ailleurs, et j'en étais ravie, car la dernière chose dont j'avais envie, c'était d'en discuter. Mes émotions partaient dans tous les sens, et j'aurais probablement éclaté en sanglots en lui racontant à quel point ça avait été génial de pouvoir enfin rencontrer l'homme pour lequel je craquais depuis plus de dix ans.

Le type juste devant moi dans la file avait des tas de tatouages. Quand je cessai de m'apitoyer sur mon sort assez longtemps pour bien l'observer, je remarquai qu'il avait aussi des épingles à nourrice tout le long de la mâchoire. De vraies épingles à nourrice qui traversaient sa peau, attachées à son visage. Les clients étaient toujours intéressants à deux heures du matin. Il me surprit en train de le fixer et je détournai le regard, sans parvenir à faire comme si je ne l'avais pas scruté, en me demandant ce qui avait bien pu le mener à penser que faire une telle chose était une bonne idée.

Mes yeux se posèrent sur le présentoir à bonbons juste à côté de moi. Pour essayer d'avoir l'air crédible, j'attrapai une barre de chocolat Hershey sur l'étagère et la jetai dans mon Caddie. Juste à droite des bonbons se trouvait la presse à scandales, alors je choisis un magazine et me mis à le feuilleter sans réfléchir. Jusqu'à ce que j'atteigne la *page trois*. Mes yeux sortirent de leurs orbites.

Une photo de Griffin et moi sortant du restaurant.
Je n'arrivais pas à y croire.

Griffin tendait une main devant lui pour s'assurer que les photographes restent à bonne distance, tandis que l'autre était enroulée autour de mes épaules. Mon visage était blotti contre son torse pour éviter les paparazzi, alors il serait difficile pour la plupart des gens de dire que c'était moi avec seulement une partie de mon profil.

Mais évidemment, moi, je le savais.
*Je suis dans l'*Enquirer.
Oh, mon Dieu.
Je lus la légende dessous.

Cole Archer et une femme mystérieuse photographiés au Mariano's dans le centre-ville de L.A. Est-ce que le crooner essaie de faire passer le manque de son ex-petite amie, Eve Varikova, en la remplaçant par des sosies ?

Mon ventre se noua.

Je ne savais pas ce qui me dérangeait le plus entre le fait de voir ma photo dans un tabloïd ou de lire que Griffin pourrait essayer de remplacer une ex. Je savais que cette dernière supposition était ridicule puisqu'il m'avait parlé d'elle. Pourtant, bizarrement, ça me contrariait quand même.

— La terre à Luca.

J'aperçus Doris agiter la main devant moi. Je levai les yeux, les clignai plusieurs fois, puis me rendis compte que l'homme aux épingles était parti, et que la caissière m'attendait pendant que je paniquais intérieurement devant un stupide magazine.

— Salut. Désolée, je... je... balbutiai-je en levant le *National Enquirer* dans ma main. J'ai été happée par l'un des articles.

Doris se pencha pour voir ce qui avait retenu mon attention.

— Cole Archer. En général, j'évite les hommes de moins de quarante ans, mais je ne le virerais pas de mon lit même s'il met des miettes partout, si tu vois ce que je veux dire.

Elle remua ses sourcils.

— J'adorerais lécher les miettes sur son corps, murmura-t-elle.

J'écarquillai les yeux, ce qu'elle trouva très drôle. Évidemment, elle pensait que c'était parce que j'étais choquée de l'entendre dire des cochonneries à propos d'un jeune homme, étant donné qu'elle ignorait que je m'étais réellement trouvée dans le lit de Griffin la semaine dernière. Je me mis à rougir et à m'agiter.

— J'aime lire les articles, déclarai-je en posant le tabloïd sur le tapis de la caisse.

Doris gloussa en pensant que j'étais timide.

— Tu n'es pas la seule, ma belle.

Pendant les dix minutes suivantes, je vidai mon Caddie et discutai avec Doris dans un brouillard total. Je n'arrivais pas à me remettre du fait que mon visage était placardé sur un magazine de supermarché. Je ressentais une sensation bizarre dans le ventre, mais je ne savais pas vraiment pourquoi. Être dans un magasin me faisait toujours stresser, mais ce sentiment était amplifié. J'avais l'impression que quelqu'un avait violé mon espace personnel, même si ce n'était qu'une photo et qu'il était fort probable que personne ne me reconnaisse. À la dernière seconde, juste au moment où je m'apprêtais à payer avec ma carte, je fis demi-tour et attrapai tous les exemplaires du *National Enquirer* sur l'étagère.

— Tu veux acheter tout ça ? demanda Doris d'un air interrogateur.

— Oui.

— Ils disent tous la même chose, tu sais.

— Je... Je viens d'adopter un oiseau et j'ai besoin de quelque chose pour tapisser le fond de la cage.

— Oh. Je peux sûrement convaincre le gérant de mettre de côté une partie des magazines invendus pour toi si tu veux. On arrache juste la première page et on la redonne au livreur pour obtenir un remboursement. Le reste va au recyclage.

— Euh, oui, d'accord. Ce serait gentil, Doris. Merci.

— Aucun problème.

Elle scanna les journaux, et je passai ma carte pour payer.

— Comment il s'appelle ?

— Hein ?

Elle fronça les sourcils.

— Ton oiseau. Comment il s'appelle ?

Bon sang, je m'enfonçais de plus en plus. Je lui répondis la première chose qui me passa par la tête.

— Chester. Il s'appelle Chester.

— C'est un prénom fantastique.

— Oui. Chester l'oiseau. Il est vraiment spécial.

Je jetai le reste de mes sacs dans mon Caddie, impatiente de sortir d'ici. J'étais tellement pressée que je faillis oublier de lui laisser les articles que j'avais achetés pour elle. Je fis quelques pas en arrière après lui avoir dit au revoir, et posai le sachet de friandises sur le comptoir.

— Bonne nuit, Doris.

— À toi aussi, ma belle. À bientôt.

Une fois en sécurité dans ma voiture, je sortis le magazine et le fixai. Une pensée me traversa l'esprit alors que j'étais assise là, le moteur tournant au ralenti. Plusieurs photographes avaient été présents sur place, alors est-ce que j'apparaissais dans d'autres articles ? Peut-être sous différents angles, avec la possibilité que ça me rende identifiable ? Même si je me sentais d'habitude soulagée en me retrouvant à l'intérieur de mon véhicule après ma mission supermarché, je ressentis soudain le même genre d'angoisse que j'expérimentais juste avant d'y entrer.

Il était deux heures et demie du matin dans le Vermont, mais seulement vingt-trois heures trente en Californie. Griffin était un couche-tard, alors je sortis mon téléphone pour l'appeler et il décrocha à la première sonnerie.

— Salut, bébé. Tu es encore debout ?

Mes épaules se détendirent un peu au seul son de sa voix.

— Salut, soupirai-je.

— Tout va bien ?

— Je viens d'aller au supermarché.

— Oh. Comment ça s'est passé ? Quels trucs bizarres tu as vus ce soir ?

J'avais oublié que j'avais partagé avec lui certaines des choses étranges dont j'avais été témoin lors de mes visites nocturnes. Cependant, ce que j'avais découvert aujourd'hui surpassait tout le reste.

— J'ai vu une photo de moi, une photo de nous, dans le *National Enquirer*.

— Merde, pesta Griffin. Ce foutu Marty Foster.

— Qui ça ?

— L'un des photographes du restaurant. J'ai chargé mon assistant de joindre les autres pour acheter les photos qu'ils avaient prises, mais Marty ne nous a pas rappelés. J'espérais que c'était parce qu'il n'avait pas obtenu de bons clichés et n'avait donc rien à vendre. Il faut croire que j'avais tort.

D'après le ton de sa voix, j'imaginais Griffin en train de passer une main dans ses cheveux.

— Je suis désolé, Luca. J'ai essayé.

— Oh, mon Dieu. Ne sois pas ridicule. Ce n'est pas ta faute. Je n'arrive pas à croire que tu aies acheté les autres photos. Je ne savais même pas que tu pouvais faire ça.

— L'argent achète à peu près tout dans cette ville. Les paparazzi se fichent de qui achète leur travail. Ils veulent juste être payés. Et puis, je leur ai proposé plus que ce qu'ils auraient récupéré avec les tabloïds, alors les trois autres étaient bien contents de me les vendre.

— C'est super gentil d'avoir fait ça, mais je t'assure que ce n'est pas nécessaire. Je ne veux pas que tu gâches ton argent pour des choses de ce genre.

— Tout ce que je pourrais acheter et qui te rendra heureuse ou moins angoissée est un bon investissement, Luca.

Mon stress redescendit encore d'un cran.

— Merci, Griffin.

— Inutile de me remercier. J'essaie juste de prendre soin de ma copine.

Je pris une grande inspiration en savourant le fait qu'il m'avait appelée sa *copine*, et expirai en me libérant de ce que j'avais vu dans le *National Enquirer*.

— Est-ce que je t'ai réveillé ? Tu faisais quoi ?

— Non, j'ai de la compagnie ce soir. Les membres du groupe sont passés à la maison. On célèbre la fin de l'album. On était censés le terminer demain, mais on a réussi à tout boucler un jour en avance.

— Oh, waouh. Félicitations, c'est génial. Tu dois être heureux.

— Oui, je suis plutôt content du résultat.

— C'est super, mais je vais te laisser. Je ne m'étais pas rendu compte que tu avais de la compagnie. C'est bien silencieux derrière toi.

— Je suis sorti dans le jardin quand j'ai vu que c'était toi qui m'appelais. Je suis sûr qu'ils vont me charrier quand je vais rentrer.

— À propos de quoi ?

— Il disent que je suis un petit toutou.

— Un petit toutou ?

— Oui, le petit toutou de ma copine. Ils sous-entendent que tu me tiens en laisse.

— J'avais bien compris, répliquai-je en riant. Ce que je voulais savoir, c'est pourquoi ils disent ça.

— Oh. En temps normal, quand on finit une tournée ou un enregistrement, on organise une énorme fête pour célébrer ça. Mais je n'étais pas d'humeur ce soir, alors j'ai dit aux gars qu'ils pouvaient venir, mais que les femmes n'étaient pas autorisées. Et voilà que je suis au téléphone avec toi.

— Tu ne voulais pas que leurs copines viennent chez toi ?

— Ils n'ont pas de copines, Luca. Pour eux, une fête se résume à de l'alcool, un groupe de fans, et quelques strip-teaseuses.

— Ah.

— Bref, on est juste entre mecs.

— Je devrais te laisser y retourner, alors.

— Non... Je préfère te parler plutôt qu'écouter leurs histoires. Je les ai déjà toutes entendues une bonne dizaine de fois. On a tendance à entendre toujours les mêmes choses quand on passe des mois à voyager dans un bus avec les mêmes personnes.

— J'imagine, répondis-je en souriant.

— Alors, dis-moi... Comment as-tu géré le fait de voir ton visage dans les tabloïds pour la première fois ?

Pour la première fois.

— J'ai peut-être hyperventilé un peu.

— On s'y habitue.

J'avais été tellement absorbée par cette photo de moi en version papier que je n'avais pas pris une seconde pour réfléchir à ce que Griffin devait vivre. Les paparazzi m'avaient seulement prise en photo parce que j'étais avec lui. Ce n'était qu'un petit aperçu de ce qu'il devait subir tous les jours.

— Comment toi, tu gères ça ?

— On apprend à l'ignorer. Le pire, ce ne sont pas les photos. Ce sont les conneries qu'ils inventent sur toi pour vendre une histoire. Une fois, j'ai touché le ventre d'une fan enceinte en signant un autographe. Elle m'a dit que son bébé était fan aussi et qu'il n'avait cessé de gigoter pendant mon concert. Elle jurait qu'à chaque fois qu'elle lançait une de mes chansons, le petit bougre se mettait à danser dans son ventre. Son mari se tenait à côté d'elle et confirmait ce qu'elle affirmait. Alors je me suis baissé et j'ai commencé à parler à son nombril pour plaisanter, pour voir si le bébé allait se mettre à bouger. Et quand il l'a vraiment fait, ils m'ont dit de poser les mains sur son ventre pour le sentir. C'était plutôt cool. Mais le lendemain, tous les journaux à sensation avaient affiché la photo en première page en racontant que cette femme portait mon enfant illégitime, et que son mari était venu au concert pour me supplier de le laisser adopter mon futur fils.

— C'est dingue. Il leur faut une source vérifiable pour imprimer ces trucs.

— Certaines célébrités les ont poursuivis en justice et ont gagné pour marquer le coup, mais ce qu'ils dépensent pour les procès occasionnels ne représente pas grand-chose comparé à ce qu'ils gagnent en vendant leurs magazines, alors ça ne les arrête pas. Les seules personnes qui profitent de ces conneries, ce sont les avocats.

— C'est certain, soupirai-je.

— Bref... J'ai beaucoup réfléchi ce soir. On doit aller au Canada pour le festival après-demain, et on doit faire quelques apparitions après ça pour promouvoir le nouvel album. Si tu es d'accord, j'aimerais voir si on peut s'arranger pour que je vienne passer quelques jours dans le Vermont.

Mon cœur s'emballa.

— J'adorerais ça. Quand ?

— Je ne sais pas encore. Mon emploi du temps est assez chargé, mais je me suis dit que je devrais pouvoir arranger ça avec mon attachée de presse et mon assistant, pour pouvoir réorganiser les choses et libérer un peu de temps. Peut-être la semaine prochaine ou celle d'après ?

— Ce serait génial.

— Est-ce que certains jours t'arrangent plus que d'autres ?

— Non, viens quand tu veux. L'un des rares avantages à être une autrice agoraphobe et solitaire travaillant à la maison, c'est que ma vie sociale est quasiment inexistante.

Il se mit à rire.

— Tu crois faire passer ça pour une mauvaise chose, mais chaque fois que tu en parles, je suis de plus en plus jaloux de ta liberté.

— C'est drôle. J'ai l'impression d'être tout sauf libre. La plupart du temps, je me sens comme un oiseau enfermé dans une cage à cause de toutes mes peurs.

Des voix s'élevèrent en arrière-plan.

— *Te voilà ! Tu parles à qui, monsieur le petit toutou ?*

Griffin rit de nouveau.

— Je ferais mieux d'y aller. Les gars commencent à s'agiter en mon absence.

— D'accord.

— Est-ce que tu vas mieux ?

J'y réfléchis. Parler avec lui m'avait vraiment détendue.

— Oui, je crois. Tu m'as apaisée.

— Tu vois, on peut y arriver ensemble, bébé. Tu verras, on va gérer, mais fais attention sur la route en rentrant.

— Promis. Amuse-toi bien avec tes amis.

Je raccrochai et restai assise encore quelques minutes dans ma voiture. Bon sang, j'espérais que Griffin avait raison, que nous pouvions y arriver. Parce qu'à ce stade, si ce n'était pas le cas, ça allait faire sacrément mal.

CHAPITRE 20

— Il faut que tu te montres. Arrête de te renfermer comme ça.

Mon attachée de presse, Renée, entra chez moi sans attendre d'y être invitée.

— Entre, grommelai-je en fermant la porte derrière elle.

J'avais prévu de l'appeler aujourd'hui, mais apparemment, elle en avait marre d'attendre que je réponde à ses coups de fil et avait pensé qu'une visite à l'improviste à sept heures du matin était une bonne idée. Les gars n'étaient partis qu'à cinq heures, alors je n'étais pas ravi.

— Il est tôt, Renée.

Je la suivis dans la cuisine. Elle se dirigea tout droit vers la cafetière et se mit à ouvrir des placards pour en sortir ce qu'il fallait pour faire du café. Je m'appuyai contre l'encadrement de la porte et l'observai passer à l'action.

— Tu penses qu'on peut faire ça un peu plus tard ? Je suis allé me coucher il y a seulement deux heures.

— On aurait pu faire ça par téléphone si tu avais répondu à l'un de mes appels cette semaine.

Je les avais évités. Chaque fois que je lui parlais, dix choses étaient ajoutées à mon planning, alors que tout ce que je désirais, c'était passer un peu de temps seul dans le Vermont avec Luca. Elle était repartie depuis plus d'une semaine, et j'avais pris conscience que c'était déjà une semaine de trop passée loin d'elle.

Puisque j'avais besoin que Renée déplace des petites choses pour pouvoir quitter cette ville quelque temps, je me dirigeai vers le placard où je rangeais le café, en sortis une boîte et la lui tendis. Elle me regarda de la tête aux pieds en la prenant.

— Tu n'as pas une si mauvaise tête pour un lendemain de soirée de fin d'enregistrement.

— Ce n'était pas la folie habituelle.

— Ah oui ? Pourquoi ça ? demanda-t-elle en haussant les sourcils.

Il allait bien falloir que je lui parle de Luca, de toute façon, étant donné que j'avais besoin de son aide. Alors je lui avouai la vérité.

— J'ai une petite amie à présent. Je n'avais pas envie que les gars fassent venir une vingtaine de fans et de strip-teaseuses.

Renée appuya sur quelques boutons et me redonna la boîte de café pour que je la range.

— Une petite amie, hein ? Est-ce que c'est la femme qui apparaît dans le *National Enquirer* d'hier ? Et je suppose que c'est aussi la raison pour laquelle tu as surpayé tous les paparazzi de la ville pour acheter les droits des photos de vous deux ?

— Comment tu sais que j'ai payé les photographes ? l'interrogeai-je en haussant un sourcil.

Elle secoua la tête.

— C'est mon travail de savoir ce que tu fais. Ou qui tu te tapes, d'ailleurs.

J'aimerais me taper Luca. Je m'assis à la table de la cuisine et déballai tout ce dont j'avais besoin, avant que Renée ait l'occasion de débiter ce qu'elle attendait de moi.

— J'ai besoin d'un peu de temps pour aller rendre visite à ma copine dans le Vermont. Tu penses pouvoir annuler certaines de mes apparitions prévues pendant quelques jours ?

— Il faut que *j'ajoute* plus de choses à ton planning, répliqua-t-elle en croisant les bras. Ça fait un moment que tu évites tout ce qui concerne les relations publiques. Il faut qu'on commence à te faire de la pub. Un album va sortir, et ensuite il y a la tournée. Parle-moi de cette copine. Est-ce qu'elle est connue ? Est-ce que je peux m'en servir pour les médias ?

— Absolument pas. Elle est très discrète, et j'aimerais que ça reste ainsi. Elle n'aime pas vraiment la foule ni que l'attention soit sur elle.

Renée secoua la tête.

— Alors évidemment, selon elle, le choix logique a été de sortir avec un musicien qui remplit des stades et attire les foules rien qu'en mettant un pied dehors.

Je soupirai.

— Est-ce que tu peux me libérer quelques jours ?

J'ai vraiment besoin d'y aller pendant un moment pour passer du temps avec elle.

— Tu apprécies vraiment cette fille, n'est-ce pas ? s'enquit-elle en parcourant mon visage des yeux.

— Elle est spéciale, acquiesçai-je.

La cafetière bipa, et Renée se tourna pour attraper deux tasses dans le placard où je les rangeais. Elle les remplit, s'installa à table en face de moi, puis fit glisser un mug dans ma direction.

— On peut négocier. Quand veux-tu partir ? Est-ce qu'on peut prévoir quelques apparitions publiques avant cette date et quelques émissions télé à ton retour ?

— Je serai à Vancouver demain pour le festival, mais je peux faire ce que tu veux le lendemain. Est-ce que tes apparitions publiques peuvent se faire sur une seule journée ?

— Tu es un emmerdeur, tu le sais ? rétorqua-t-elle en fronçant les sourcils.

Je lui adressai un grand sourire, car je savais que c'était sa façon de dire oui.

— Tu es la meilleure, Renée.

— Tu me gardes une journée complète, reprit-elle en agitant son doigt devant moi. Je veux une ou deux bonnes actions que je pourrai faire fuiter aux paparazzi, et ensuite, tu mangeras à l'extérieur pour signer des autographes aux fans. Embrasse des bébés et laisse les ados prendre des selfies avec toi et te suivre dans quelques magasins.

— C'est faisable.

— Tu travailleras deux fois plus en rentrant. Tu ne pourras pas te plaindre non plus.

— Oui, madame. Je ne me plaindrai pas. J'ai compris.

Une pensée me traversa l'esprit, et je me grattai le menton.

— Est-ce que je peux choisir les bonnes actions et l'endroit où je ferai du shopping ?

— Qu'est-ce que tu as en tête ?

Je souris.

— De quoi faire apprécier un peu plus les tabloïds à Luca la prochaine fois.

— Tu aurais pu choisir un endroit qui sentait meilleur, déclara Renée en se pinçant le nez, tout en évitant de marcher dans un énorme tas de merde.

— Je t'ai dit que c'était une ferme. Tu peux me dire pourquoi tu as mis des talons ?

— Tu as dit que c'était un refuge. J'ai cru que tu allais faire une séance photo avec des petits animaux mignons qui se baladaient dans des collines verdoyantes, pas que tu allais effectuer des corvées et nettoyer de la crotte dans une porcherie délabrée.

Un jour, j'étais passé devant la ferme de Charlotte & Wilbur, et je m'étais souvenu du panneau qui indiquait qu'ils cherchaient des bénévoles. Quand je les avais appelés pour leur expliquer qui j'étais et leur dire que j'aimerais leur offrir un peu de mon temps, amener des photographes et les aider à sensibiliser les gens à cette cause, en plus de faire un don important, les propriétaires avaient été ravis. Travailler dans un refuge pour cochons n'était pas vraiment une cause très à la mode chez les célébrités. J'essuyai mon front et regardai autour de moi. Cet endroit était vraiment vétuste. La vieille clôture bancale qui entourait la propriété avait besoin d'être remplacée, et on aurait dit qu'un bon coup de vent aurait pu soulever le toit affaissé de la grange. Cependant, cette ferme en difficulté avait recueilli quatre-vingts cochons nains et vietnamiens. Les petits porcs étaient sacrément mignons, et intelligents aussi. Charlotte, la femme âgée qui gérait ce lieu, m'avait dit que dans les années 80, les cochons étaient devenus des animaux de compagnie populaires, et qu'à un moment donné, ils avaient accueilli plus de deux cents animaux abandonnés. Apparemment, les gens les ramenaient chez eux sans se rendre compte à quel point les cochons pouvaient devenir gros et salissants, et il n'y avait aucun endroit sûr où ils pouvaient les laisser. Cette ferme était le seul refuge du coin qui ne pratiquait pas l'euthanasie.

J'étais arrivé tôt ce matin, et j'avais aidé toute la journée avant que les paparazzi n'arrivent. Ensuite, j'avais posé pour toute une flopée de photos avec différents porcs. Avec mon bandana rouge et mon jean sale et déchiré, je ressemblais plus à l'un des paysans qu'à un donateur ayant été invité sur place. Mais Renée m'avait fait tenir l'un des cochons nains dans un bras, pendant que je me servais de l'autre pour soulever mon T-shirt et essuyer la sueur sur mon front, ce qui avait évidemment exposé mes abdos. Les paparazzi avaient avalé toutes ces conneries.

— Tu es prêt à partir ? me demanda Renée. J'espère que tu as prévu de te doucher avant ta petite virée shopping.

J'ouvris grand les bras, puis souris en avançant vers elle.

— Est-ce que je t'ai remerciée d'avoir changé mon planning ? Viens par ici que je te fasse un gros câlin.

Elle tendit la main devant elle.

— Touche-moi en sentant comme ça et je t'ajoute vingt émissions pour ados d'ici ce soir. Tu n'auras pas le temps de voir ta copine avant des mois.

Je me mis à rire.

— Merci encore, Renée. Tu peux prévenir les paparazzi qu'ils pourront me retrouver au prochain endroit à dix-neuf heures, et je resterai sur place pendant au moins une heure pour signer des autographes parce que tu es la meilleure.

— Tu ne diras pas ça quand tu rentreras et que tu seras surbooké, répliqua-t-elle en secouant la tête. Mais amuse-toi bien avec ta copine hors des radars.

— Compte sur moi. Merci.

Je prévois de prendre du bon temps, tout comme Luca quand elle ouvrira la porte et se rendra compte que j'arrive plus tôt que prévu.

CHAPITRE 21

Luca

— Oh, mon Dieu! m'écriai-je, avant de couvrir ma bouche. Il a perdu la tête.

Ça faisait deux jours de suite que je recevais trente roses multicolores et un carton de tabloïds de supermarchés enveloppés d'un gros nœud rouge. Les magazines d'hier étaient pleins de photos de Griffin travaillant dans un refuge pour cochons. J'avais fondu en voyant la méga rockstar toute sale, en train de tisser des liens avec les animaux. C'était la chose la plus étrange, mais aussi la plus mignonne qu'il aurait pu faire après avoir appris que j'avais paniqué en voyant ma propre photo dans les journaux la semaine dernière. Toutefois, les magazines d'aujourd'hui me firent presque écarquiller les yeux, car il y avait des tas de photos de Griffin dans une librairie. Sur certaines, il signait des autographes, sur d'autres, il parcourait les étagères, mais sur chacune d'elles, il tenait à la main un exemplaire de mon livre relié!

Je n'en revenais pas. Si j'avais pu penser une seconde qu'il était en train de m'oublier en se baladant dans L.A. avec toutes ces femmes magnifiques et exubérantes, il savait sans aucun doute comment me faire oublier ça. J'essayai de le joindre, mais je tombai directement sur sa messagerie. Il m'avait dit qu'il devait se rendre à un rendez-vous important cet après-midi et qu'il m'appellerait après, toutefois, j'étais trop impatiente.

Ces derniers temps, nous nous appelions en visio tous les soirs, alors je me dis que ce serait chouette de le remercier pour son attention en m'apprêtant et en portant une tenue sexy pour notre appel de tout à l'heure. Je retournai mon tiroir à sous-vêtements pour trouver l'ensemble parfait, puis je me fis couler un bain. Ma peau avait été très sèche ces derniers jours, alors je relevai mes cheveux décoiffés et appliquai un masque hydratant à base de boue, que je pourrais garder en faisant trempette. Juste au moment où j'allais entrer dans la baignoire, mon téléphone sonna et le nom de Griffin apparut à l'écran. Je ris toute seule en étant ravie que ce soit un appel normal et pas un FaceTime, parce qu'il était hors de question que je le laisse me voir dans cet état.

Je répondis depuis la salle de bain en mettant le haut-parleur.

— Salut.

— Salut, bébé. Je suis désolé d'avoir loupé ton appel. Je conduisais pour me rendre à ma réunion.

— Oh, ce n'est pas grave. Je voulais juste te dire que j'ai reçu ton colis. Je n'arrive pas à croire que tu aies fait ça. C'est vraiment gentil, ajoutai-je en retirant mon peignoir et en le laissant tomber par terre. J'ai prévu quelque chose en retour, mais ce n'est pas encore tout à fait prêt.

— Ah oui ? Ce sera prêt quand ?

Je plongeai un orteil dans le bain pour tester la température de l'eau, qui était chaude et agréable.

— Dans une heure environ.

— J'ai hâte. Je dois aller à ma réunion, mais je voulais d'abord te poser une question.

— Quoi donc ?

— Quand tu as dit que je pouvais passer te voir dans le Vermont quand je voulais, est-ce que tu le pensais vraiment ?

— Évidemment. Je suis impatiente que tu puisses venir. J'espère que ce sera la semaine prochaine et pas celle d'après.

Je grimpai dans ma baignoire, et j'étais sur le point de m'y asseoir lorsqu'on sonna à ma porte.

— Mince. Quelqu'un vient de sonner chez moi et je viens juste d'entrer dans mon bain avec un masque à la boue partout sur le visage. C'est probablement la livraison UPS que j'attendais. J'espère qu'il va laisser le colis devant chez moi, parce que je ne peux pas répondre avec cette tête.

— Eh bien, moi aussi je t'ai envoyé autre chose. Il faut que tu signes pour cet envoi, alors tu devrais y aller.

— Oh, zut. D'accord. Attends une seconde. Laisse-moi aller ouvrir et je reviens.

Je sortis de l'eau et enfilai mon grand peignoir douillet. J'aperçus mon reflet dans le miroir et secouai la tête. *Le livreur va trouver que je fais peur, mais bon, il aura raison.*

Je me précipitai à la porte d'entrée, plus stressée à propos de ce que Griffin avait bien pu m'envoyer que de mon apparence.

Lorsque j'ouvris, je fus accueillie par un énorme bouquet de fleurs. Ce truc était tellement gros qu'il couvrait le visage du livreur.

— Oh, waouh ! m'exclamai-je en souriant. Mince, alors. Laissez-moi aller chercher un pourboire. Juste une seconde.

Je me tournai pour sortir mon portefeuille, mais une voix me fit stopper net.

— Est-ce que je peux choisir le genre de pourboire que vous allez me donner ?

J'écarquillai les yeux et tournai précipitamment la tête.

— Griffin ?

Il décala les fleurs pour révéler son magnifique visage souriant.

— Tu as dit *quand je veux*. J'espère que là, maintenant, ça te va.

— Je n'arrive pas à y croire, répliquai-je, en ayant l'impression que mon cœur allait quitter ma poitrine.

— Tu peux y croire. Je suis là et tout à toi pour quelques jours.

J'avais envie de pleurer de joie. Griffin était tellement sexy avec sa veste en cuir et son jean déchiré. Ses cheveux étaient décoiffés à cause du long voyage, mais honnêtement, il était encore plus canon comme ça. Moi, en revanche, j'avais une tête *horrible*.

Il me tendit les fleurs.

— Regarde-moi, c'est un vrai désastre, déclarai-je en désignant mon visage.

— Tu t'es encore roulée dans la boue avec Hortencia, c'est ça ?

— C'est un masque de beauté, ce qui est plutôt ironique, parce que c'est loin d'être séduisant.

— Même avec de la boue sur le visage, tu es toujours la plus belle fille du monde. Viens par ici, ajouta-t-il en ouvrant les bras.

— Je suis affreuse. Je...

Il ne m'écouta pas et me serra contre lui, avant de déposer un énorme baiser sur mes lèvres malgré le truc gluant sur mon visage. Maintenant, il en avait lui aussi sur le sien.

Après quelques secondes à inspirer son odeur et à goûter sa langue, j'arrêtai de me préoccuper de mon apparence. Tout ce qui comptait, c'était que Griffin avait fait tout ce chemin pour venir me voir et que je l'avais pour moi toute seule pendant quelque temps.

Mon animal de compagnie arriva en courant dans la pièce et se mit à grogner. Ce ne fut qu'à cet instant que Griffin s'écarta de moi.

— Ah, voici la fameuse Hortencia, observa-t-il en frottant ses lèvres gonflées.

Il se baissa pour lui parler.

— Ravi de te rencontrer, charmante demoiselle. Tu sais, j'ai vu des copains à toi l'autre jour. Ils te passent le bonjour.

Grouik.

Je me mis à rire.

— Laisse-moi aller me rincer le visage rapidement et te rapporter une serviette pour que tu essuies le tien.

Je posai les fleurs sur la table et Griff me suivit à la salle de bain.

— Je suis désolé d'avoir interrompu ton bain, déclara-t-il en apercevant ma baignoire remplie.

Puis il sourit.

— En fait... je ne le suis pas du tout, avoua-t-il.

— J'avais tout prévu. J'ai choisi de jolis dessous et j'allais les enfiler pour notre appel. Mais d'abord, j'allais prendre un bain. Évidemment, tu es arrivé et tu as bouleversé mes plans.

— Je t'en prie, tu peux reprendre là où tu en étais.

Je lui caressai la joue.

— Tu dois être épuisé après ton vol.

— Je m'en fiche, répliqua-t-il en prenant mes mains dans les siennes. Ça en valait totalement la peine. Je mourais d'envie de te retrouver.

— D'après les photos que j'ai vues, tu as été très occupé. Tu as à peine eu un moment pour souffler cette semaine. Ça représente beaucoup pour moi que tu sois venu.

— Tout ce que j'ai fait, c'était pour venir ici. Crois-moi, je veux profiter au maximum de ces trois jours.

Il fallait vraiment que je retire cette boue de mon visage.

— Laisse-moi prendre un bain rapide, m'habiller, et je te rejoins juste après. Pourquoi tu n'irais pas te détendre un peu ? Fais comme chez toi. J'ai du thé glacé dans le frigo, ou tu peux ouvrir la bouteille de vin rouge sur le comptoir.

Il soupira.

— D'accord. Fais vite.

Je ne voulais pas gâcher une seule minute de mon temps avec lui, alors je rinçai le reste de la boue sur mon visage et frottai mon corps rapidement dans la baignoire. J'enfilai la lingerie que j'avais préparée et retournai au salon. Griffin était allongé sur le canapé, les yeux fermés. Le pauvre, il devait être épuisé.

— Je suis de retour.

Il ouvrit les yeux en s'asseyant. Il resta sans voix en remarquant mon corps uniquement vêtu d'un ensemble violet en dentelle. J'avais détaché mes cheveux pour les laisser couvrir ma poitrine, sinon elle aurait été complètement exposée sous la dentelle. Je me sentais un peu vulnérable en ne portant pas grand-chose devant lui, mais c'était le moins que je pouvais faire étant donné que je l'avais accueilli en ressemblant à la fiancée de Frankenstein.

— Luca… tu… bon sang, bafouilla-t-il en se frottant les yeux. Est-ce que je suis en train de rêver ?

— Ça ne te dérange pas si je reste dans cette tenue ce soir, n'est-ce pas ?

— Tant que ça ne t'ennuie pas de me voir continuellement en érection ou de devoir m'échapper aux toilettes de temps en temps pour me masturber… alors non.

— Je m'en accommoderai, répondis-je en riant.

— Très bien, marché conclu.

Il se leva et avança vers moi. Bon sang, il sentait tellement bon, comme une odeur de sucre et d'épices. Mes mamelons durcirent.

Je lui pris la main, et son pouce caressa le mien.

— Est-ce que tu veux que je te fasse faire le tour ?

— Hein ? bafouilla-t-il, les yeux rivés sur mes seins.

Je ris en sentant mes joues s'empourprer.

— Est-ce que tu veux que je te fasse visiter ?

— Visiter ?

— La maison...

— Oh... oui. Oui. Montre-moi ça.

Nous avançâmes ensemble, et il posa sa main dans le creux de mes reins, ce qui me donna des frissons.

— Désolé... Je suis encore un peu distrait en te voyant.

Griffin resta près de moi en me suivant jusqu'à l'autre côté de la maison. Je lui montrai la salle de jeu d'Hortencia, et enfin, la pièce où je travaillais la plupart du temps.

— Voici mon bureau. C'est principalement ici que j'écris. Ces bibliothèques étaient déjà là à mon arrivée dans la maison, indiquai-je en les pointant du doigt. En fait, elles donnent accès à un espace de rangement caché juste derrière, alors c'est très pratique.

— Superbe, observa-t-il, sauf qu'il ne regardait pas les bibliothèques.

Il me regardait moi... *en moi*, d'un regard sombre et plein de désir.

Griffin était *affamé*. Il essayait d'être patient et respectueux, mais je voyais bien qu'il avait beaucoup de mal à se retenir. Bon sang, moi aussi j'en mourais d'envie.

Bordel, Luca. Qu'est-ce que tu fais ?

Cet homme avait fait tout ce chemin. Il n'avait fréquenté aucune fille depuis des semaines. *Et tu penses qu'il est intéressé par des bibliothèques pratiques ?* Il me fixait comme s'il voulait me dévorer, et honnêtement, je ne désirais rien de plus que de le laisser faire.

Cette visite pouvait attendre. Tout le reste pouvait attendre.

Je me jetai presque sur lui en enroulant mes bras autour de son cou.

Son souffle chaud contre ma peau me donna la chair de poule.

— Putain, Luca. Tu m'as manqué.

Nos bouches se trouvèrent, et il m'embrassa si passionnément que je faillis fondre en lui.

Je fis glisser ma main vers le bas pour venir caresser l'érection qui étirait son jean. Son sexe était chaud et frémissant, et désormais, je l'étais aussi.

Il gémit en posant une main sur la mienne, appuyant davantage ma paume contre lui.

— Il est impossible de cacher ce que je ressens en ce moment, souffla-t-il d'un ton bourru. J'ai envie de toi.

Griffin m'embrassa plus fort, tandis que j'enfouissais mes doigts dans ses cheveux. Il baissa la tête pour atteindre mes seins et suça ma peau à travers la dentelle. Mes tétons étaient en feu. *Tout* mon corps l'était.

— Est-ce que tu sais à quel point tu es belle ce soir ? me demanda-t-il en s'écartant pour m'observer.

Il me souleva et me porta jusqu'au grand bureau en bois, sur lequel il me déposa.

— C'est ici que tu uses de ta magie ?

— Oui.

— Est-ce que tu veux bien me laisser user de la mienne... à cet endroit? m'interrogea-t-il en écartant mes jambes.

Incapable de parler, je déglutis et hochai la tête.

— Dis-le, Luca. J'ai besoin de t'entendre le dire pour être de sûr de comprendre *exactement* ce que tu veux et ce que je suis autorisé à faire...

— Je veux que tu me prennes... ici, sur ce bureau, affirmai-je en haletant.

— Dieu merci, murmura-t-il. Parce que j'ai besoin de toi ce soir.

— Je sais, répondis-je doucement.

Il prit ma main et la posa sur sa poitrine pour que je puisse sentir à quel point son cœur battait vite.

— Ne doute jamais de ce que ceci signifie pour moi.

J'avais besoin de ça. Besoin de sentir son cœur, de savoir que ça représentait bien plus pour lui qu'un autre trophée à son tableau de chasse.

Il sortit un préservatif de la poche de sa veste en cuir et le jeta à côté de nous, puis il glissa ses doigts sous les bretelles de mon soutien-gorge.

— Je veux sentir ta peau contre la mienne.

Il me débarrassa rapidement de ma petite tenue, avant de la jeter et de prendre quelques instants pour observer mon corps nu. Je m'étais rasée façon ticket de métro, et je remerciai ma bonne étoile d'avoir eu le bon sens de prendre soin de moi étant donné la nature imprévue de sa visite.

Il retira sa veste et la laissa tomber, puis passa à son T-shirt en exposant son torse si parfaitement sculpté et hâlé.

Ses pupilles se dilatèrent lorsqu'il baissa les yeux sur moi. Je n'avais jamais vu ce côté de Griffin auparavant, la bête de sexe prête à être libérée.

Nos langues se mirent à danser de manière frénétique et affamée, telle une compétition de celui qui pourrait goûter l'autre le plus vite. Le métal de ses bagues en argent était froid contre mes seins quand il les pressa.

La sensation de sa peau chaude contre ma poitrine nue était incroyable. Mes doigts impatients parcoururent son dos musclé.

Je ramenai mes mains sur sa ceinture et la défis aussi vite que possible, puis je baissai son boxer et libérai son sexe énorme, qui me parut plus large que dans mes souvenirs. Il se mit à frotter son gland contre mon clitoris, m'excitant avec son liquide séminal tout en dessinant des cercles sur ma peau.

Une fois qu'il sembla ne plus en pouvoir, Griffin attrapa le préservatif, l'ouvrit avec ses dents et le glissa sur son érection. Il appuya sur l'extrémité, puis me regarda dans les yeux une dernière fois. Ensuite, il me pénétra d'une seule poussée puissante, faisant basculer mon corps. Mon monde.

Mes jambes étaient enroulées autour de lui pendant qu'il me prenait si fort que je voyais presque des étoiles. Ça me fit un peu mal au début, mais je m'en fichais. La douleur disparut rapidement et fut remplacée par l'extase pure. Ses testicules frappaient contre mes fesses. Jamais un homme ne m'avait possédée comme ça, avec tant d'urgence et si profondément. Mes ongles s'enfoncèrent dans son dos, mais je n'en avais toujours pas assez.

— Plus fort. Vas-y plus fort, Griffin.

Je voulais qu'il me prenne violemment. J'étais au bord de l'orgasme depuis qu'il m'avait pénétrée, comme si des picotements de plaisir parcouraient mon corps, prêts à exploser à n'importe quel moment. Cette sensation finit par atteindre son apogée lorsqu'il saisit ma taille et s'enfonça encore plus loin, encore plus fort. Ma peau s'électrisa, et une vague de chaleur se répandit en moi au moment où mon orgasme remonta à la surface, faisant trembler tout mon corps.

Quand Griffin me regarda droit dans les yeux en jouissant en moi, ce fut le sentiment le plus intense que j'aie jamais vécu, en rien comparable avec ce que j'avais ressenti auparavant. Nous poussâmes un cri en même temps, nos gémissements de plaisir résonnant dans la pièce.

À bout de souffle, je restai allongée sous lui sur le bureau, rassasiée, pendant qu'il couvrait mon visage de baisers.

— Hé, lança-t-il entre deux souffles rapides.

— Oui ?

— Les lumières sont allumées.

Je jetai un coup d'œil autour de moi.

— Tu as raison.

— Je suis le premier avec qui tu fais ça, indiqua-t-il en souriant.

— C'est vrai.

Les lumières ne m'avaient même pas troublée, ni même le fait qu'il puisse clairement voir le moindre centimètre de mon corps nu. Je savais que c'était parce que je lui faisais entièrement confiance. Sans oublier que j'étais trop occupée à me perdre en lui. Il s'était occupé de moi en utilisant toute l'énergie qu'il lui restait, jouant avec mon corps comme d'un instrument de musique, me prenant comme la rockstar qu'il était.

CHAPITRE 22

Griffin

Je commençais à penser que je pourrais sérieusement vivre cette vie d'ermite pour toujours.

Tout d'abord, qui pouvait dire qu'il s'était réveillé le matin en se faisant embrasser par un cochon ? Je ne savais pas vraiment si c'était ce qu'Hortencia était en train de faire, mais son groin était collé à ma bouche, alors j'étais forcé de penser que c'était quelque chose du genre.

Notre première journée ensemble commença par du sexe matinal, suivi d'une promenade avec Hortencia, puis à nouveau du sexe, avant un déjeuner de deux heures constitué de tapas réalisés avec ce qu'il restait dans le frigo. Pour terminer l'après-midi, Luca me lut une partie de son dernier roman pendant que je lui faisais un massage des pieds, puis je parvins à la convaincre de coucher encore avec moi avant de faire une sieste. Une fois réveillés, nous dînâmes et continuâmes à parler, jusqu'à ce qu'il soit l'heure d'aller faire des courses nocturnes.

Ironiquement, se rendre au supermarché au beau milieu de la nuit était plutôt une bonne idée pour une célébrité essayant de se cacher des regards indiscrets. C'était comme si certaines des habitudes étranges de Luca étaient faites pour moi.

À Los Angeles, je devais porter une casquette et des lunettes de soleil partout où j'allais, de jour et de nuit, si je ne voulais pas être reconnu. Ici, j'avais pris le risque de ne rien porter alors que nous avancions dans le magasin à l'heure habituelle de Luca.

Il était presque vide. Et c'était le bonheur.

Tandis que Luca tapait sur une pastèque avec son index, je ne pus m'empêcher de remarquer à quel point elle était mignonne. Elle l'approcha de son oreille. Vu son air concentré, on aurait pu croire qu'elle écoutait le bruit des vagues à l'intérieur. Sa vie était peut-être recluse, mais elle savait apprécier les petites choses. Je commençais à me rendre compte que ces petites choses, ces moments avec elle, étaient en fait de *grandes* choses. J'aurais aimé pouvoir passer plus de temps dans le Vermont pour en vivre d'autres.

— Qu'est-ce que tu fais ? finis-je par lui demander, en faisant référence à son examen du fruit.

— J'essaie de savoir si elle est bonne. Il y a une façon de choisir une pastèque.

— Et moi qui pensais être un expert en caresses de melons...

— Oh, crois-moi, c'est le cas, assura-t-elle en me faisant un clin d'œil.

Elle me fit rire.

— Alors, quel est le secret pour bien choisir ?

— C'est simple. Si ça sonne creux à l'intérieur, alors c'est probablement bon.

— L'opposé des hommes, en quelque sorte, hein ? C'est ce que je ressentais avant de te trouver. Je me sentais vide à l'intérieur. Idéal pour une pastèque, mais pourri pour un homme.

Elle reposa le fruit et plaça sa main sur ma joue.

— Ça me rend triste.

— Je ne me sens plus comme ça, indiquai-je en attrapant ses poignets. Pas ici avec toi. Je me sens humain pour la première fois depuis des années. Ça, juste être dans un magasin avec toi, c'est tellement libérateur. On pourrait croire qu'avoir tout l'argent du monde pourrait offrir plus de liberté à une personne, mais c'est différent quand on est une célébrité. Notre vrai nous est en grande partie emprisonné par notre personnage. On ne peut pas retrouver la vie qu'on avait avant, notre anonymat, alors dès qu'on retrouve un semblant de normalité, même si c'est bref, on voit ça comme un cadeau.

— Est-ce que tu regrettes tout ça ?

J'étais vraiment partagé en réfléchissant à sa question.

— Je suis fier de ce que j'ai accompli. La musique a toujours été une partie importante de ma vie, et pouvoir en faire mon métier ne devrait pas être pris pour acquis. Mais ce qui est sûr, c'est que je ne savais pas dans quoi je m'embarquais. Même si je le regrettais aujourd'hui, je ne pourrais pas y changer grand-chose, alors j'essaie simplement de ne pas regarder en arrière et d'aller de l'avant. Ce dont j'ai besoin… c'est d'un moyen de trouver un juste milieu, déclarai-je en regardant autour de moi. Et cette conversation est bien trop profonde pour le rayon fruits et légumes.

Luca me prit dans ses bras.

— Eh bien, je suis fière de toi et de ce que tu as accompli, si je ne te l'avais pas déjà clairement fait savoir.

— Moi aussi je suis fier de toi. Tu réussis très bien de ton côté. Je crée de la musique et je joue sur scène, mais toi, tu crées des mondes imaginaires tout entiers. Ce n'est pas rien, ma belle.

Lorsque nous reprîmes notre chemin dans les rayons déserts avec notre Caddie, je me retrouvai à attraper tout ce qui me faisait envie sur un coup de tête, principalement des produits transformés que je ne voudrais pas qu'on me surprenne à manger à L.A.

— Est-ce qu'on organise une soirée pour le Super Bowl dont j'ignore l'existence ? plaisanta-t-elle.

— Non, mais je suis heureux, alors j'ai envie de fêter ça en étant vilain, en mangeant des choses que je ne peux pas consommer en temps normal.

Toi y compris.

Je ne m'étais pas rendu compte à quel point j'avais besoin de normalité avant d'y avoir goûté pendant ce séjour. Enfin, même si faire des courses en pleine nuit n'était pas tout à fait « normal ». Mais je pourrais m'habituer à ça, à me cacher avec Luca, à faire l'amour toute la journée, avant de sortir seulement le soir pour me nourrir.

— Je dois juste te prévenir que Doris est fan de toi, alors elle va probablement te reconnaître, me mit-elle en garde lorsque nous nous rendîmes en caisse. Je ne lui ai encore parlé de rien, donc je ne sais pas comment elle va réagir. Elle va peut-être griller ta couverture.

Luca avait déjà mentionné cette caissière, cette personne chaleureuse et amicale qui travaillait toujours de nuit.

— Je pense que je m'en remettrais si elle me dénonce, étant donné qu'il n'y a que deux autres personnes ici mis à part nous. On ne risque pas vraiment de créer une bousculade.

Nous arrivâmes en caisse avec notre Caddie.

— Salut, Doris.

— Salut, Luca.

La caissière se mit à passer les articles, avant de finir par me remarquer. Sous le choc, elle écarquilla les yeux et scanna machinalement plusieurs fois le même paquet.

Luca se racla la gorge.

— Doris... Je te présente...

— Vous êtes... commença-t-elle en me pointant du doigt. Vous êtes... Cole Archer.

— Oui, c'est moi.

— Vous êtes... dans mon supermarché.

Je regardai autour de moi en hochant la tête.

— On dirait bien, oui.

— Vous êtes... ici avec Luca? demanda-t-elle en nous regardant tour à tour.

Cette dernière sembla peiner à trouver les mots.

— Doris... Cole est mon...

Elle hésita.

Je me rendis compte à ce moment-là qu'elle ne savait pas dans quelle catégorie me mettre. Ce qui était compréhensible, puisque nous n'avions jamais discuté de titre officiel. Je l'avais présentée comme *ma* copine, mais je ne m'étais jamais désigné comme *son* copain.

— Petit ami, terminai-je pour elle.

Luca se tourna vers moi.

— Petit ami ?

J'ignorais si elle était prise au dépourvu.

Mon cœur se serra et je me demandai si j'avais merdé en étant présomptueux.

— J'ai dit une bêtise ?

Lorsque ses lèvres s'étirèrent en un sourire, mon pouls ralentit légèrement.

— Non, c'est parfait, me rassura-t-elle.

— Bien, murmurai-je. Très bien.

Nos regards se croisèrent, jusqu'à ce que Doris nous interrompe.

— Comment c'est arrivé ?

— Vous avez combien de temps, Doris ? l'interrogeai-je.

Elle soupira, des étoiles dans les yeux.

— Toute la nuit… Toute la nuit pour vous.

— Parfait, alors.

Elle me fixa en attendant avec impatience mon explication.

— Eh bien, tout d'abord, mon vrai prénom, c'est Griffin. Et notre histoire a commencé bien avant que je devienne célèbre. Quand on était petits, Luca était ma correspondante. On s'écrivait des lettres sans savoir à quoi l'autre ressemblait. Je suis tombé amoureux d'elle à travers ses mots, mais je ne le lui ai jamais dit. À cause d'un terrible malentendu, on a été séparés pendant très longtemps. J'ai eu le cœur brisé. Et puis un soir de cette année, j'ai trop bu et je lui ai réécrit, sans jamais penser qu'elle me répondrait.

Je jetai un coup d'œil à Luca et gardai les yeux sur elle.

— On s'est rendu compte de notre erreur et on a repris les choses là où elles s'étaient arrêtées. Sauf que cette fois, on a pris de gros risques. On s'est rencontrés pour la première fois, et j'ai pris conscience que je suis encore plus amoureux d'elle que ce que je pensais.

J'étudiai l'expression choquée de Luca l'espace d'un instant, puis me tournai vers la caissière.

— Je suis dans le pétrin, Doris. Je suis inquiet, parce que partout où je vais, les gens me reconnaissent, ou du moins, ils pensent savoir qui je suis. Ce n'est pas une vie normale. Et ma copine... a peur de la foule. C'est la pire combinaison possible. J'ai parfois l'impression que tout est contre nous. Mon plus grand espoir, c'est qu'elle continue de croire en moi, de croire que ce que nous partageons est plus fort que tout ce qui joue contre nous. Je suis tellement heureux d'être ici, Doris... avec elle, et avec vous.

La boîte d'œufs que la caissière tenait lui échappa des mains et s'écrasa par terre.

Elle sembla totalement insensible aux œufs brisés et continua à nous fixer.

— C'est la plus belle chose que j'aie jamais entendue. Je... Je vais vous chercher une autre boîte. Je suis désolée.

Elle s'échappa avant que je puisse ajouter quoi que ce soit, alors je saisis cette occasion pour me tourner vers Luca.

— J'espère que ça ne te dérange pas que j'aie avoué… être tombé amoureux de toi, Luca. Je t'aime. Je suis fou de toi.

— Je t'aime aussi, Griffin, révéla-t-elle, en pleurs. Vraiment. Je t'ai toujours aimé.

Nous nous embrassâmes.

— Je n'imaginais pas que ça sortirait comme ça, mais maintenant que c'est fait… je veux que tu saches que j'en pense chaque mot, lui murmurai-je à l'oreille.

— De nouveaux œufs pour vous, annonça Doris en revenant, essoufflée.

Elle se remit à scanner le reste des articles à un rythme rapide, comme pour rattraper le retard accumulé.

Après avoir payé nos courses, je voulus lui donner un petit extra, alors je lui tendis un billet de cent dollars.

— Merci d'avoir pris soin de ma Luca quand je ne pouvais pas le faire.

— Avec plaisir, répondit-elle en souriant. Merci beaucoup, monsieur Archer.

— À bientôt, Doris, la salua Luca.

— J'espère bien, répliqua-t-elle alors que nous nous éloignions.

Nous rejoignîmes la voiture avec nos sacs. Après avoir rempli le coffre, je m'arrêtai pour observer le ciel. C'était une magnifique nuit étoilée, et le plus beau dans tout ça, c'était qu'il n'y avait absolument personne en vue.

La liberté.

J'attrapai Luca sur un coup de tête et me mis à danser lentement avec elle au milieu du parking. Sa main dans la mienne, nous nous balançâmes en silence. À quel autre moment dans ma vie pourrais-je faire ça sans que quelqu'un prenne une photo ? Je voulais danser sous les étoiles avec ma copine sans que personne nous regarde.

J'ignorais pourquoi, mais la première chanson qui me vint à l'esprit fut *Maybe I'm Amazed* de Paul McCartney. Elle me semblait parfaitement appropriée. Je l'entonnai doucement, tandis que Luca laissait sa tête posée sur mon épaule.

Ces quelques minutes passées à bouger avec la femme que j'adorais furent magnifiques. J'avais l'impression de rêver. Si seulement ma vraie vie n'allait pas me pousser à me réveiller d'ici deux jours.

— Est-ce que tu pourrais envisager un plan à trois ? demandai-je lorsque notre danse prit fin et que nous remontâmes en voiture.

Son air choqué était adorable.

— Non, jamais.

— Je ne faisais pas référence à *ce* genre de plan à trois. Mais je me disais... que tu me laisserais peut-être m'immiscer dans ta séance Furby de ce soir.

Je ne voulais pas partir. Et je ne parlais pas d'après-demain. Je voulais dire *jamais*. Luca avait posé sa tête sur mon torse, et un charmant petit ronflement faisait vibrer ses lèvres chaque fois qu'elle expirait. Bon sang, j'aimais même ses ronflements.

J'étais foutu.

Complètement foutu.

Comment allais-je pouvoir prendre la route pendant des semaines, parfois même des mois, sans la voir ? Je n'avais même pas envie de partir une seule journée. Et puis, j'aimais vraiment son mode de vie. Même les sorties au supermarché à deux heures du matin me paraissaient plus normales que tout ce que j'avais vécu depuis des années. Je m'imaginais très bien ratisser les feuilles devant la maison en automne, déblayer la neige en hiver, et faire de longues promenades au printemps en compagnie de Luca. Même si j'avais plus d'argent que je ne l'aurais jamais espéré, j'avais toujours l'impression qu'il me manquait quelque chose. Cependant, j'ignorais ce que c'était. Jusqu'à maintenant.

J'aime cette fille comme un dingue.

Et maintenant que je savais ce qui me rendait heureux, il était hors de question que je laisse le bonheur me filer entre les doigts. Alors je sortis du lit en faisant attention à ne pas réveiller Luca et me rendis à son bureau. Je me souvenais qu'elle avait un grand calendrier ici, un de ces grands sous-mains *old school*, et j'en avais besoin pour mettre en place mon plan.

— Qu'est-ce qui sent si bon ?

Luca apparut derrière moi et enroula ses bras autour de mon torse nu, alors que j'étais aux fourneaux.

Je posai la spatule et me tournai pour enfouir mon visage dans son cou.

— Toi. C'est *toi* qui sens bon. Il était temps que tu te lèves. Je meurs de faim.

— Tu aurais pu manger ton petit déjeuner sans moi.

Je glissai mes mains sous l'ourlet du T-shirt qu'elle portait, *mon* T-shirt – et j'adorais ça –, puis empoignai ses fesses.

— J'ai pris mon petit déjeuner il y a trois heures. Je parlais du déjeuner. C'est toi que je vais manger, trésor. Juste là, indiquai-je en désignant le comptoir juste à côté de nous d'un signe de tête. Je vais écarter tes jambes et te lécher jusqu'à ce que tu me dises oui.

— Te dire oui à quoi ? demanda-t-elle en reculant son visage.

Je secouai la tête.

— Chaque chose en son temps. On va y venir. Mais d'abord, je t'ai préparé ce que tu préfères. Du bacon... Du bacon de *dinde*, précisai-je en soulevant une feuille d'essuie-tout. Pour que tu puisses savourer le goût et continuer à regarder ton animal de compagnie dans les yeux après ça.

Je soulevai le couvercle d'une casserole posée sur la plaque de cuisson.

— De la purée de pommes de terre. De la vraie, pas celle en poudre que tu achètes quand tu es seule. Les quatre pansements sur mes doigts prouvent que j'ai épluché moi-même les patates. Et du poulet frit croustillant enrobé de céréales, ajoutai-je en ouvrant la porte du four, où je gardais le plat principal au chaud.

Luca se lécha les lèvres.

— Oh, mon Dieu. Je n'arrive pas à croire que tu aies fait tout ça. Je n'avais même pas la plupart des ingrédients pour faire ces recettes. Tu as dû aller faire des courses aussi.

Ce qui me rappelait que je m'étais également arrêté dans une boulangerie lors de mon excursion. Je n'avais porté ni casquette ni lunettes de soleil, et pas une personne n'avait eu l'air de me reconnaître ou de vouloir me prendre en photo. En fait, le vieil homme à la boulangerie avait même été désagréable avec moi. Bon sang, j'adorais le Vermont. Je me déplaçai jusqu'au frigo, ouvris la porte, et sortis la boîte à gâteaux blanche.

— Cheesecake à la confiture de fraise. Même si je dois admettre que celui-ci est plus pour moi que pour toi. J'ai hâte de l'étaler partout sur tes superbes seins et de le lécher directement sur ta peau.

— Je n'en reviens pas que tu te souviennes de tous mes plats préférés et que tu les aies préparés, déclara-t-elle avec un regard doux. Jamais personne n'a fait quelque chose comme ça pour moi.

Je l'embrassai sur les lèvres.

— Assieds-toi. Il est l'heure de manger. Tu seras encore de meilleure humeur avec le ventre plein. Ensuite, on pourra parler.

Luca poussait des petits gémissements continus quand elle mangeait quelque chose qu'elle aimait vraiment. Je ne pus m'empêcher de me demander si j'arriverais à les lui faire reproduire quand elle serait à quatre pattes.

— Quoi ? demanda-t-elle en posant sa cuisse de poulet, avant de s'essuyer la bouche avec une serviette et de me regarder en plissant les yeux. On dirait que tu penses à un truc cochon.

Je souris.

— Comment le contraire serait-il possible ? Tu es assise à table sans sous-vêtements. Et *putain*, je bande rien qu'en te voyant planter tes dents dans cette cuisse de poulet. On appelle ça la *sitophilie*. J'ai cherché pendant que tu te régalais avec mes pommes de terre. J'ignorais que j'avais un fétichisme alimentaire.

Luca mordit sa lèvre inférieure.

— En parlant de fétichisme, je parie que tu as dû... faire beaucoup de choses... enfin, tu vois, tester des choses avec des femmes. Je suis sûre que les opportunités n'ont pas manqué.

C'était définitivement une conversation que nous ne devrions pas avoir, alors je la réorientai dans la direction initiale.

— Je veux faire des tas de choses avec *toi*.

— Comme quoi ? s'enquit-elle en inclinant la tête.

— La première qui me vient en tête ? Eh bien, j'aimerais retirer ton haut pour une branlette espagnole. Je voudrais glisser ma queue entre ces gros et magnifiques seins, avant de jouir sur ton cou délicat.

Ses joues s'empourprèrent et sa main vint se poser près de sa gorge.

— Quoi d'autre ?

— Puisque tu le demandes... J'aimerais te pencher sur mes genoux et fesser plusieurs fois ton cul sexy, suffisamment fort pour que tu le sentes et pour laisser une empreinte sur ta peau claire. Ensuite, je veux te maintenir la joue pressée contre ton bureau et te prendre par-derrière tout en observant mon œuvre.

Elle déglutit.

— Oh, waouh. D'accord. Quoi d'autre ?

J'avais envie de lui faire un million d'autres choses. Je voulais la posséder de tant de façons, par tous les orifices, dans toutes les positions. Mais il y avait une chose en particulier que j'avais envie de faire avec elle depuis le moment où j'avais posé les yeux sur elle devant chez moi, en Californie. Ce n'était pas du tout érotique, pourtant, c'était ce que je désirais.

— Tu sais ce que j'aimerais vraiment faire ? Peut-être qu'on pourrait tenter ce soir ?

— Quoi donc ?

— Boire une bouteille de vin, faire l'amour, puis commander une pizza et la manger au lit en restant nus.

Elle éclata de rire en même temps que moi. Luca se leva et vint s'asseoir sur mes genoux.

— Pour être honnête, rien ne me ferait plus plaisir que de passer notre dernière soirée ensemble de cette façon, Griff. C'est parfait.

Elle avait raison, c'était parfait. Seulement, il fallait que je corrige un petit détail, et elle venait de me permettre d'enchaîner sur la conversation que je mourais d'envie d'avoir avec elle depuis très tôt ce matin.

— On va passer une super soirée, commençai-je en la prenant dans mes bras. Il faut juste qu'on règle une petite chose à propos de ce plan.

Elle sourit.

— D'accord. Quoi donc ?

— Faisons en sorte que ce ne soit pas notre dernière soirée ensemble. Je veux passer plus de temps avec toi, car je partirai bientôt de nouveau en tournée et ma vie sera dingue. Je veux que tu viennes avec moi tant qu'on en a encore l'occasion, Luca.

Elle paniquait plus que ce que j'avais imaginé.

J'avais écrit mon planning du mois à venir sur son calendrier, et je l'avais posé devant elle pour lui expliquer ce que j'avais prévu. Je posai mon doigt sur vendredi.

— Je dois aller à New York après-demain pour l'enregistrement d'un talk-show de fin de soirée. Samedi, je pars dans le Connecticut pour une interview dans une station de radio universitaire, puis lundi, je reviens à New York pour trois émissions de radio matinales. Mardi est un jour de repos, mais je dois rejoindre Détroit mercredi pour un showcase privé que ma maison de disques a organisé avec des représentants du milieu. On va jouer quelques chansons de notre nouvel album pour des critiques de magazines et les grands blogueurs de musique. Jeudi, on va à Chicago pendant trois jours pour tourner le clip du premier single, et ensuite, j'ai une semaine de repos avant le début de la tournée. Voilà à quoi je pensais.

Je pris sa main dans la mienne et la portai à mes lèvres pour y déposer un baiser.

— Écoute-moi et essaie de garder l'esprit ouvert.

Luca ferma les yeux un instant pour tenter de rester calme. Lorsqu'elle les rouvrit, je souris.

— Ça, c'est ma copine. Bon… c'est parti. D'abord, on va à New York en voiture. On part tard demain soir pour qu'il n'y ait personne sur la route. J'ai trouvé un Airbnb dans le Lower East Side. C'est un brownstone dont j'ai réservé les deux étages pour qu'il n'y ait que nous dans le bâtiment. Il dispose d'un grand bureau avec une fenêtre où tu pourras travailler pendant notre séjour. On y restera du jeudi au mardi. Je passerai la journée du samedi dans le Connecticut et je reviendrai le soir. Tu pourras écrire pendant mon absence. Dimanche, on pourrait passer la journée au lit à tester certaines des choses que j'aimerais te faire et à regarder de vieux films. Lundi, tu travaillerais pendant que je me rendrais aux dernières émissions de radio, puis on voyagera de nuit jusqu'à Détroit avant de continuer jusqu'à Chicago. Après ça, on rentrera dans le Vermont et on y restera une semaine. Mon assistant m'enverra mes guitares ici, et il a trouvé un studio où je pourrais répéter en journée, pour ne pas faire trop de bruit pendant que tu écris. Ensuite, la tournée débutera, mais on aura les deux semaines à venir pour faciliter les choses, et on va éviter d'y penser pendant un moment.

Les yeux de Luca s'emplirent de larmes.

— Parle-moi, soufflai-je en coinçant une mèche de cheveux derrière son oreille. Dis-moi ce que tu en penses.

Une grosse larme roula sur sa joue, et mon cœur se serra quand j'essuyai son joli visage.

— J'en ai envie. J'en ai vraiment *très* envie. Mais j'ai peur, Griff. Et si je faisais une crise d'angoisse en plein milieu du séjour ?

— Et si tu n'en faisais pas et que tu passais un bon moment ?

Elle fronça les sourcils et ferma les yeux.

— Tu es adorable, mais je suis sérieuse. Je pense que tu ne comprends pas bien à quel point ce genre de crise peut être invalidant. Rien que le fait de prévoir quelque chose me provoque un stress énorme. Je ne suis pas simplement nerveuse quelques minutes avant d'entrer dans un bâtiment, Griffin. La seule possibilité d'avoir une crise de panique me hante. Je n'arrive à penser à rien d'autre quand je sais que je dois faire des choses qui me mettent mal à l'aise. La peur monte de jour en jour, jusqu'à ce que j'en vienne à craquer.

— Et si on avisait au jour le jour, alors ? Viens avec moi pour une nuit. Ne prévois pas de rester pour une deuxième. Après la première journée, tu peux décider ce que tu veux faire le jour suivant. Je peux te reconduire chez toi à n'importe quel moment.

— Je ne sais pas, Griff. Tu as un planning à tenir. Tu n'as pas le temps de raccompagner ta copine agoraphobe chez elle si elle devient un cas désespéré.

J'avais l'impression de commencer à perdre la bataille.

— Ne t'inquiète pas pour ça. Dans une relation, tout est question de concessions. Tu sortirais de ta zone de confort pour être avec moi, et si j'ai besoin de prendre une journée pour te ramener chez toi, alors c'est ce qu'on fera. Ma mère avait un dicton à propos des relations. Pour être honnête, je ne l'ai jamais vraiment compris, mais je pense que c'est parce que je n'ai jamais eu de relation sérieuse auparavant.

— Que disait-il?

— *Ce qui est facile à obtenir ne durera pas longtemps, et ce qui dure longtemps n'est pas facile à obtenir.*

— Ta mère était une femme intelligente, constata Luca en m'offrant un sourire triste.

— C'est vrai. Alors, qu'est-ce que tu en dis? lui demandai-je en posant mes mains sur ses joues. Tu veux bien essayer? On commencera par une journée et on verra pour la suite.

Elle me fixa, et je pus lire la pure terreur sur son visage. Cependant, je savais que nous pouvions y arriver ensemble. Elle enroula sa main autour de mon poignet, alors que je tenais toujours sa joue.

— Est-ce que je peux y réfléchir?

Juste à ce moment-là, la sonnette retentit. Le timing ne pouvait pas être plus parfait.

— Oh, bon sang. Je ne suis pas habillée et je n'attends personne.

— Moi, oui, révélai-je en prenant Luca dans mes bras, avant de me lever et de l'emmener avec moi. Va enfiler quelque chose. J'ai emprunté ton téléphone pour appeler Doc. Je l'ai invité ici.

Elle fronça les sourcils.

— Doc? Pourquoi?

Je déposai un baiser sur son nez et la reposai par terre.

— Parce que je savais que tu aurais besoin de parler à quelqu'un de la proposition que je viens de te faire.

Luca m'adressa un vrai sourire, cette fois.

— Je t'aime vraiment, Griffin, déclara-t-elle en se mettant sur la pointe des pieds.

— Je t'aime aussi. Maintenant, va t'habiller pour qu'on puisse discuter de tout ça avec Piafman, avant de pouvoir revenir à ce qu'on avait prévu de faire ce soir.

— Ce qu'on avait prévu ?

— Tu as déjà oublié ? Boire, s'envoyer en l'air, et rester à poil au lit pour manger des pizzas.

CHAPITRE 23

Luca

— Je pense que c'est une très bonne occasion de continuer ta désensibilisation, Luca.

Doc et moi étions en train de marcher côte à côte dans les bois. Il faisait un peu frais aujourd'hui, alors j'avais enfilé une veste légère. Mon bon vieux psy, quant à lui, portait un pull de Noël à col rond, sur lequel se trouvait un dessin de Jésus qui levait deux doigts pour faire le signe de la paix. On pouvait y lire « Faisons la fête, car c'est l'anniversaire du Big Boss ». Doc gardait ses vêtements hors-saison dans le coffre de sa voiture, car il n'avait pas beaucoup d'espaces de rangement dans sa *tiny house*. Apparemment, c'était le premier truc qu'il avait pu trouver pour notre promenade.

— Je sais, mais je ne pense pas que notre couple est prêt pour ça. C'est tellement nouveau... Ça ne fait même pas un mois qu'on s'est vus pour la première fois. Et si je n'y arrivais pas et que je faisais une grosse crise d'angoisse et que... ça lui faisait peur ?

Doc s'arrêta pour me regarder.

— Laisse-moi te poser une question. Est-ce que le fait que vous vous soyez rencontrés il y a peu de temps rend tes sentiments pour lui moins réels ?

— Eh bien, non...

— D'accord. Alors, la façon dont tu en es arrivée à ce stade dans ta relation n'a aucune importance. Je veux bien admettre que cette situation est assez unique, mais tu as appris à connaître cet homme pendant plus de dix ans. Ce n'est pas comme si tu te lançais dans quelque chose avec un inconnu. Je suppose que tu es amoureuse de lui, non ?

Je soupirai.

— Je le suis. Très.

— Dans ce cas, il faut que tu voies si cette vie à deux peut fonctionner. J'ai l'impression qu'il serait capable de se plier en quatre pour trouver des solutions. Tu ne penses pas que ce serait pire de s'attacher encore plus que tu ne l'es déjà et de découvrir ensuite que vos vies ne sont pas compatibles ?

— Sans doute...

— Laisse-moi te parler des agapornis.

— Des quoi ?

— Les perroquets africains. On les appelle les inséparables.

— Oh, d'accord. Et donc ?

Doc me fit signe de reprendre la balade sur le sentier boisé. Il aimait raconter ses histoires en marchant.

— La plupart des gens voient les inséparables comme des oiseaux que leur cher et tendre pourrait leur offrir à la Saint-Valentin dans un geste romantique, car ils restent unis pour la vie. Mais en fait, ils n'ont pas besoin de s'accoupler pour survivre. Les inséparables ont besoin de compagnie, et ce lien peut se créer avec un humain s'il n'y a pas d'autre oiseau disponible. On ressemble beaucoup aux inséparables. On n'a pas besoin de se mettre en couple pour survivre. En fait, je suis sûr que tu survivrais très bien avec Hortencia pour seule compagnie. Mais quand les inséparables s'engagent dans une relation monogame, ils deviennent plus calmes et plus stables.

— Êtes-vous en train de dire que *je* serais plus calme si j'étais en couple ?

— C'est bien ça, Luca. Ce n'est pas rare que les personnes ayant des troubles anxieux s'isolent comme tu l'as fait. Elles essaient de cacher leur état pour éviter la honte ou la peur de faire une crise d'angoisse devant les autres. Voilà pourquoi un réseau de soutien est si important. Une fois que tu te rends compte que les gens que tu aimes et à qui tu fais confiance t'acceptent pour qui tu es et ne te jugent pas, tu deviens plus susceptible de prendre des risques qui pourraient t'amener à laisser d'autres personnes te voir paniquer. Laisser entrer un être cher dans ta vie est la prochaine étape logique pour toi. Tu as fait des progrès fantastiques ces dernières années, mais nous deux, on ne pourra pas aller bien plus loin. À présent, c'est à *toi* de décider de prendre un risque.

Griffin ne me demanda pas ce dont j'avais discuté avec Doc. Il ne m'obligea pas non plus à reparler de ce qu'il m'avait proposé plus tôt dans l'après-midi. Au lieu de ça, il me laissa de l'espace, et nous partageâmes une superbe soirée mêlant sexe et pizza au lit, avant de nous endormir. Enfin, c'était ce que je pensais.

Il était environ deux heures du matin lorsque je fus tirée de mon sommeil. Mes yeux s'ouvrirent et j'aperçus les grands yeux marron de Griffin en train de m'observer.

— Est-ce que c'est flippant que j'adore te regarder dormir ? demanda-t-il en souriant.

— Un peu, répondis-je d'une voix rauque.

Il se mit à rire.

— Est-ce que je t'ai réveillée en t'observant ?

— Je ne crois pas, affirmai-je en repoussant les cheveux de mon visage. Je pense que je me suis réveillée parce que j'ai beaucoup de choses en tête. J'ai tendance à avoir le sommeil agité quand quelque chose me tracasse.

Griffin hocha la tête. Il n'avait pas besoin de me demander de quoi il s'agissait, alors il se contenta de se pencher pour effleurer mes lèvres des siennes.

— Je peux faire quelque chose pour t'aider à dormir ? Te faire du lait chaud ou te masser le dos ?

— Non, ça va aller. Merci.

— J'ai entendu dire qu'une activité intense est une bonne méthode pour induire le sommeil, ajouta-t-il en remuant les sourcils.

Je lui souris.

— Si c'était le cas, j'aurais dû dormir pendant une semaine après ces quelques jours.

Griffin passa son pouce sur ma lèvre inférieure. Son contact était si tendre que je me sentis fondre.

— Eh bien, tant que tu es réveillée, est-ce que je peux t'avouer quelque chose ? murmura-t-il.

— Bien sûr, vas-y.

— J'ai peur, Luca, révéla-t-il en me regardant droit dans les yeux.

Je me redressai en m'appuyant sur un coude.

— Tu as peur de quoi ?

— J'ai peur que tu n'attendes rien de moi. Que tu ne *veuilles* rien de moi.

Mon cœur se serra.

— Oh, bon sang, Griffin. Tu ne pourrais pas être plus éloigné de la vérité. Je *veux* quelque chose de toi. Je veux ça, répliquai-je en posant ma main sur sa poitrine. Je veux ton cœur.

— Mais tu n'as pas *envie* de le vouloir.

Mince, j'avais tout fichu en l'air. J'avais été tellement occupée à m'inquiéter de mon angoisse de me lancer dans cette histoire que je ne m'étais pas arrêtée une seconde pour me dire que Griffin avait peut-être peur de tomber amoureux lui aussi. Il avait été blessé par des femmes, des amis, et avait ses propres doutes. Pourtant, cet homme magnifique avait quand même placé sa confiance en moi, en me disant qu'il m'aimait, en réorganisant sa vie pour qu'elle s'ajuste à la mienne. J'avais des tonnes de doutes et de craintes, mais j'étais sûre de ses intentions et du fait qu'il veuille être avec moi, car Griffin ne m'avait pas seulement *dit* qu'il m'aimait, il me l'avait montré de bien des façons.

Il fallait que j'en fasse autant, que je lui *montre* que je l'aimais. Je pris une grande inspiration et pris la décision d'être une inséparable.

— C'est d'accord. Je partirai avec toi.

Son visage s'éclaira.

— Tu le penses vraiment ?

Je hochai la tête.

— Je suis terrifiée de ce qui pourrait se passer, de l'angoisse qui pourrait s'emparer de moi, mais je suis encore plus terrifiée de te laisser passer la porte demain sans avoir au moins tenté de faire fonctionner cette relation. Mon cœur t'appartient déjà, Griff. Si tu pars sans moi, tu vas l'emporter avec toi, et je serai vide à l'intérieur.

Griffin m'attrapa et me serra fort dans ses bras.

— Je t'aime, bébé, prononça-t-il, la tête enfouie dans mon cou. Merci. Je te promets que je ferai tout ce qui est en mon pouvoir pour m'assurer que tu ne regrettes pas d'avoir pris cette décision.

Je savais qu'il disait la vérité, mais je ne savais pas si ça suffirait à faire en sorte que ça fonctionne entre nous.

Nous avions déposé Hortencia à la ferme qui l'accueillait chaque fois que je m'absentais.

Griffin était en train de charger le SUV qu'il avait loué lorsque je me retirai dans ma chambre pour passer un appel à Doc. Je n'avais que quelques minutes avant de prendre la route. Il était tard puisque nous avions prévu de rouler de nuit, mais j'avais prévenu mon psy que je l'appellerais.

Il décrocha à la première sonnerie.

— Vous êtes partis ?

— On est sur le point de le faire. Je voulais discuter avant d'entrer dans la voiture.

— Aucun problème. Comment tu te sens ?

— Nerveuse, soufflai-je dans le téléphone.

— C'était prévisible...

— Après notre conversation d'hier, j'ai eu l'impression que je me devais à moi-même de tenter ce voyage, mais je me demande encore si je ne fais pas une grosse erreur. Ça représente un long moment loin de chez moi, plusieurs endroits différents... beaucoup de risques de catastrophes... Je...

— Luca... m'interrompit-il. Quelle est la première règle dont nous parlons toujours ?

Je dus réfléchir quelques secondes avant de répondre.

— Rester dans le présent.

— Exactement. Si tu restes dans l'instant présent et que tu ne vas pas où ton esprit essaie de te mener, alors tu seras toujours à l'abri. Il y a une certaine sécurité dans le présent. Là, tout de suite, tu es en train de me parler dans ta chambre, et c'est tout, il n'y a rien d'autre. Tes inquiétudes proviennent d'expériences passées et de ta peur du futur. Mais le passé et le futur ne comptent pas. Seul le présent existe. Si tu t'en tiens à ce mantra, tout ce que tu feras se passera bien. Si tu dois te rappeler une seule chose durant ton séjour, c'est de rester dans l'instant présent. Écoute le bruit de la voiture en mouvement, concentre-toi sur les gouttes de pluie, goûte les plats délicieux que je suis sûr que Griffin t'offrira. Mets en pratique ces outils de méditation.

— D'accord, je vais essayer. Mais s'il vous plaît, restez disponible pour quelques appels au cas où j'aurais besoin de votre aide.

— Toujours, ma chère. Et pour information, je suis extrêmement fier que tu franchisses cette étape.

Griffin entra dans la pièce et tapa dans ses mains.

— Prête ?

Je hochai la tête.

— Bon, Doc, je dois y aller.

— Bonne chance, Luca. Si tu vois des grues du Canada dans le Michigan, prends des photos pour moi, s'il te plaît.

Il ne pense qu'à ça.

— D'accord, c'est compris, acceptai-je en riant.

Après avoir raccroché, je me tournai vers Griffin, qui semblait m'observer.

— Tout va bien, bébé ? demanda-t-il en inclinant la tête.

Mon cœur battait la chamade et j'avais très froid, ce qui m'arrivait souvent quand j'étais très stressée.

— Oui. Juste des angoisses de dernière minute qui tentent de s'inviter.

Il enroula ses mains autour de ma taille pour me parler à l'oreille.

— Ah. Eh bien, il se trouve que j'ai un remède contre les angoisses de dernière minute.

— Ah oui ? Lequel ?

— J'ai entendu dire que s'asseoir sur le visage de son partenaire était une solution radicale.

Je restai bouche bée.

— Oh, vraiment ?

— Oui, ça s'appelle la méthode SOCC, d'ailleurs.

— SOCC ?

— Sexe oral comportemental et cognitif.

J'éclatai de rire.

— Et comment ça fonctionne exactement ?

— Eh bien… on attaque ta façon de penser en remettant en question tout ce qui te fait peur. Pendant ce temps, tu t'assois sur mon visage et je fais en sorte de te conduire à l'orgasme. En fin de compte, tu te rendras compte que rien d'autre n'a d'importance, mis à part le fait de jouir sur ma bouche.

— Ah, ça m'a l'air d'être un remède très particulier, observai-je en riant. Est-ce qu'il faut un diplôme spécial pour l'administrer ?

— On l'apprend seul. En fait, j'ai besoin de m'entraîner un peu, et tu as l'air d'avoir bien besoin de SOCC, alors… tout le monde pourrait y gagner.

— Tu veux que je… m'assoie sur ton visage ? demandai-je en haussant les sourcils.

— La voiture est chargée. On est en avance. Alors oui, je pense que ce serait une bonne façon de faire passer le temps.

Je ne pouvais pas le contredire. Peut-être qu'un orgasme parviendrait à me calmer. Mais m'asseoir sur son visage ? Je n'étais pas certaine d'être à l'aise avec ça.

Il sentit mon appréhension.

— Ça va t'apaiser, je te le promets.

Griffin s'allongea sur le lit et retira son T-shirt. L'ondulation des muscles de son torse ne cessait jamais de me surprendre. Le tatouage sur sa peau hâlée accentuait l'ensemble. Il ne me fallait jamais longtemps pour me mettre dans l'ambiance avec lui. Tout ce que j'avais à faire, c'était le regarder.

— Reste là où tu es, m'ordonna-t-il d'une voix rauque. Déshabille-toi lentement pendant que j'observe. Commence par ton soutien-gorge. Je veux te voir libérer tes seins l'un après l'autre.

Je lui obéis en enlevant mes vêtements un par un. Mes mamelons se dressèrent lorsque Griffin ouvrit son pantalon pour sortir son sexe gonflé. De là où je me tenais, je pouvais voir que l'extrémité était déjà mouillée. Je me léchai les lèvres tellement j'avais envie de le sucer. Il se mit à se caresser en m'observant me déshabiller, jusqu'à ce que je sois totalement nue. J'aimais le voir aussi excité. Ça me rendait dingue.

— Joue avec ton clitoris pendant que tu me regardes me masturber.

Je lui obéis en y appuyant deux doigts et me mis à dessiner des cercles. Alors qu'il passait sa langue sur ses lèvres, je ne cessais de penser à ce que j'allais ressentir quand elle allait me toucher. Je me sentis mouiller et dus me retenir de jouir. Le voir faire ça, voir sa main bouger de haut en bas sur son érection épaisse, m'excitait au plus haut point. C'était une première pour nous. C'était une diversion inattendue, mais bienvenue dans cette soirée stressante.

— Viens par ici, m'invita-t-il en me faisant signe d'approcher avec son index.

J'avançai, puis grimpai au-dessus de lui sur le lit. Il continua à se caresser en me positionnant sur son visage. Dans cette position, la chaleur de sa bouche entre mes jambes était différente, mais très agréable. Sa fine barbe picotait ma peau sensible. Je n'avais jamais fait ce genre de chose avec un homme auparavant. Toute appréhension éventuelle fut rapidement oubliée quand je me perdis dans cette sensation incroyable. Il y avait quelque chose de très dominateur là-dedans, et ça ne rendait que plus intense le plaisir qui se répandait en moi.

— Dis-moi ce qui t'inquiète en ce moment, Luca... prononça-t-il en dessous de moi.

Incapable de former des mots, je me contentai de pousser un long gémissement.

Sa mission était accomplie, car mon cerveau hyperactif s'était transformé en bouillie. Non seulement je n'arrivais pas à me rappeler ce qui m'inquiétait, mais j'arrivais à peine à me souvenir de mon prénom.

Mon clitoris palpitait alors qu'il continuait à me lécher et me sucer, tandis que j'attrapais sa tête et le rapprochais davantage de moi.

— Chevauche-moi, bébé. J'adore te dévorer comme ça. Je peux tout sentir, tout goûter. Je vais jouir tellement fort.

Sa langue touchait toutes mes zones érogènes. Je ne pouvais plus me retenir. L'un des orgasmes les plus puissants que j'aie jamais eus s'empara de moi. Une main sur son sexe et l'autre empoignant mes fesses, la respiration de Griffin devint erratique. Je savais qu'il était en train de jouir. Le bruit étouffé de son propre plaisir vibra contre ma peau sensible.

Il me lécha tendrement, sa langue dessinant lentement des cercles, pendant que nous récupérions tous les deux.

— C'était... génial. Je n'avais jamais fait ça avant, avouai-je, à bout de souffle.

Il me retourna et me plaqua sous lui, sa bouche encore brillante à cause de mon excitation.

— Encore une première fois que je peux revendiquer. Pile ce que j'aime.

CHAPITRE 24

Griffin

La première partie de notre voyage se déroula sans encombre. Comme prévu, le logement que j'avais réservé dans le Lower East Side de Manhattan était à l'abri des regards, alors je n'avais eu aucune crainte à laisser Luca seule pendant mon déplacement dans le Connecticut du samedi. J'avais pris des nouvelles plusieurs fois, et elle m'avait assuré qu'elle passait du bon temps à écrire.

Ce soir-là, sur la route du retour, j'avais hâte de la retrouver. J'avais déjà planifié toute la soirée. Nous allions commander les meilleures pizzas de New York, aux ananas évidemment, ouvrir une bouteille de vin, puis nous « détendre » le reste du temps. Demain, je n'avais rien de prévu. Nous pourrions nous prélasser toute la journée. C'était ma vision du paradis : un dimanche tranquille.

— Chérie, je suis rentré ! annonçai-je dès mon entrée dans le brownstone.

Tout était silencieux. *Hmm.* Peut-être que Luca dormait.

— Luca ? Je suis rentré ! hurlai-je.

Toujours rien.

Après avoir fouillé minutieusement le rez-de-chaussée, elle restait introuvable.

— Luca ? répétai-je.

Ce fut à ce moment-là que j'entendis un bruit venant de la salle de bain située à côté de notre chambre.

— Griffin ? Griffin… Aide-moi.

Sa voix semblait faible de l'autre côté de la porte.

Je me précipitai pour l'ouvrir, mais je me rendis compte qu'elle était verrouillée. *Elle est enfermée à l'intérieur.*

— Ouvre la porte, Luca.

Elle sanglotait.

— Je ne peux pas. Elle ne veut pas s'ouvrir.

Putain !

— Comment ça, elle ne veut pas s'ouvrir ? Tu ne l'as pas verrouillée toi-même ?

— Non, elle est cassée. Elle s'est refermée derrière moi. Je ne peux pas sortir. J'ai tout essayé, elle ne s'ouvre pas.

— C'est quoi ce bordel ? Comment c'est arrivé ?

Je secouai la poignée de toutes mes forces. Elle ne bougea pas. J'allais devoir enfoncer la porte, mais je savais que la salle de bain était petite et je ne voulais pas la blesser.

Réfléchis. Réfléchis. Réfléchis.

— OK, commençai-je en prenant une grande inspiration. Voilà ce qu'on va faire. Je vais avoir besoin que tu te tiennes tout au bout de la baignoire. Je vais enfoncer la porte.

Elle ne répondit pas, mais je pouvais l'entendre pleurer.

— Tu es avec moi, bébé ? demandai-je en posant ma tête contre le bois.

— Oui… oui, affirma-t-elle à travers ses larmes.

— D'accord… Dis-moi quand tu es prête.

— C'est bon, m'informa-t-elle après quelques secondes. Je suis sur le bord de la baignoire.

— À trois, je vais y aller aussi fort que possible. Reste où tu es et couvre ta tête, juste au cas où la porte volerait dans ta direction.

Elle ne répondit pas.

— Luca… Réponds-moi.

— Je t'entends, finit-elle par déclarer d'une voix tremblante.

— Très bien, c'est parti. À trois. Un… Deux… Trois.

Boom !

Je frappai la porte de toutes mes forces. Elle s'ouvrit, mais sortit de ses gonds et reposait désormais contre la baignoire. Heureusement, Luca sortit de derrière, saine et sauve.

Nous avions eu de la chance. La salle de bain était tellement petite que j'aurais pu la blesser sérieusement. La seule lumière provenait de la chambre. À présent, je comprenais pourquoi elle paniquait autant. La pièce n'était pas éclairée. Elle était enfermée à l'intérieur dans le noir total.

Luca tremblait en me tombant dans les bras, puis elle fondit en larmes.

Comment c'est arrivé, putain ?

— Tu es restée là pendant combien de temps, bébé ?

Elle secoua la tête encore et encore, avant de répondre.

— Je ne sais pas. Une demi-heure peut-être. J'ai perdu la notion du temps. Tout ce que je voulais, c'était aller faire pipi. J'ai fermé la porte derrière moi en pensant que l'interrupteur était à l'intérieur de la salle de bain, alors qu'en fait, il était à l'extérieur. Il n'y avait pas de lumière. J'ai essayé d'enfoncer la porte, mais je n'avais pas assez de force. Je n'avais pas mon téléphone avec moi. Heureusement que tu es rentré.

— Tout va bien, ça va aller. Tu es en sécurité.

Je la conduisis jusqu'au lit et la berçai après m'être installé contre la tête de lit.

— Bon sang, je pensais qu'il ne pouvait rien arriver de mal ici, que je pouvais te laisser sans souci. Je n'aurais jamais imaginé que quelque chose comme ça se produirait. Si j'avais su, je ne serais pas parti.

— Ce n'est pas ta faute. Toute autre personne aurait pu gérer ça. Mais je ne peux *rien* gérer, Griffin, encore moins me retrouver coincée quelque part.

— Ne culpabilise pas. N'importe qui aurait paniqué de se retrouver coincé dans une salle de bain minuscule sans fenêtre, même sans avoir de problèmes d'angoisses. Tu ne savais pas quand j'allais revenir. Ta réaction est parfaitement compréhensible.

Elle essuya une larme.

— Je n'ai pas arrêté de prier une seconde. Je priais pour que tu rentres, et ça a fini par se réaliser.

Après l'avoir calmée un peu, je finis par appeler le

propriétaire de cet endroit afin de lui exprimer le fond de ma pensée pour avoir eu l'idée d'installer une porte pouvant enfermer quelqu'un. C'était un grand danger. Après avoir déversé ma colère sur lui, je fis couler un bain pour Luca et moi dans l'autre salle de bain et commandai à manger.

En la tenant dans mes bras pendant que nous regardions un film ce soir-là, je me fis la promesse de faire tout mon possible pour que le reste du voyage soit une expérience positive pour elle. Après tout, ça ne pourrait pas être pire que ce soir, n'est-ce pas ?

Après un passage à Détroit, le reste du séjour s'était déroulé sans incident, jusqu'à notre arrivée à Chicago, dernière destination sur la liste. Le plan de départ était de loger dans un bed-and-breakfast juste en dehors de la ville, mais le propriétaire m'avait appelé pour me prévenir qu'une canalisation avait cédé et que nous ne pourrions pas séjourner là-bas. Il était tard lorsque nous avions appris cette nouvelle, et personne ne répondait à mes appels pour une réservation de Airbnb à la dernière minute. J'avais tant bien que mal réussi à convaincre Luca de dormir avec moi dans le penthouse d'un hôtel de grande hauteur. J'y étais déjà venu plusieurs fois dans le passé et je savais qu'il y avait un ascenseur privatif pour les clients du penthouse. Je m'étais dit que ce serait la meilleure option pour nous en ville, et que c'était celle où nous risquions le moins d'être remarqués.

Cette suite en particulier était l'une des plus belles où j'avais séjourné. L'endroit qui faisait presque quatre cents mètres carrés surplombait le centre-ville de Chicago et offrait des vues panoramiques, ainsi que du mobilier fleuri. C'était luxueux, au point où je m'étais inquiété qu'elle puisse penser que je veuille frimer. Heureusement, Luca avait semblé réussir à se détendre un peu et avait apprécié son séjour ici.

Pendant la journée, j'allais tourner le clip, et elle restait dans la suite pour écrire près de la fenêtre. Elle disait que la vue sur la ville l'avait beaucoup inspirée pour l'histoire en milieu urbain qu'elle rédigeait.

L'action se passerait à Chicago. J'étais ravi de finir ce voyage sur une note positive.

Malheureusement, tout changea lors de notre troisième nuit. Luca et moi étions en train de dormir quand une sonnerie bruyante nous tira du lit. Il me fallut quelques secondes pour prendre conscience que c'était l'alarme incendie.

Incendie?

Non.

S'il vous plaît, non.

Tout sauf ça.

C'était grave. Très grave. Pire que tout ce qui aurait pu se produire.

— Que se passe-t-il? demanda-t-elle, les yeux à moitié fermés.

— C'est l'alarme incendie. Il faut y aller. Enfile tes vêtements.

Luca se figea. J'étais bête de penser qu'elle allait pouvoir s'habiller calmement dans un moment comme celui-ci. Je savais que je devais l'aider à trouver ses habits et à les passer. Après avoir ramassé son T-shirt long qui se trouvait par terre, je le lui enfilai, puis je mis un jean et un T-shirt et partis à la recherche de ses sandales et de mes chaussures. Une fois vêtus tous les deux, je la pris par la main et l'accompagnai jusqu'à la porte. Je savais qu'il n'était pas prudent de prendre l'ascenseur s'il y avait vraiment le feu. Nous allions devoir prendre les escaliers, et malheureusement, ils n'étaient pas privatifs.

Sa main tremblait dans la mienne alors que nous descendions la première série de marches. Son corps suivait le mouvement et elle me laissa la guider.

— Je suis là, bébé. Je suis là.

Lorsque la foule commença à envahir les escaliers, je sus que la situation allait devenir très compliquée. Luca ne disait rien. Elle n'en avait pas besoin. Je savais que son plus grand cauchemar était en train de prendre vie. Et bon sang, c'était moi qui l'avais mise dans cette position. Je lui avais encore fait défaut.

— Reste avec moi, bébé. Ça va aller. On doit juste aller en bas, et ensuite je t'éloignerai de tous ces gens.

— Est-ce que tu penses qu'il y a vraiment le feu ? finit-elle par demander, comme si elle était dans un état second.

— Je ne sais pas. Probablement pas. Je parie que ce sont juste des enfants qui ont déclenché l'alarme.

Son visage devint pâle et ses dents claquaient.

— Et si c'était vrai ?

— Ça irait quand même. Continue simplement à t'accrocher à moi.

Nous descendîmes les multiples marches qui semblaient n'en plus finir, et je ne cessais de prier pour que nous puissions sortir d'ici indemnes. Paradoxalement, ce n'était même pas le feu qui m'inquiétait, mais plutôt l'éventualité d'être assailli sans la présence d'agents de sécurité. Jusqu'ici, personne ne m'avait reconnu ici, mais ce n'était probablement qu'une question de temps.

— Hé, je crois que c'est Cole Archer ! s'écria quelqu'un quand nous arrivâmes au vingt-cinquième étage.

Je serrai davantage la main de Luca. Par chance, ça n'alla pas plus loin.

Il nous fallut longtemps avant d'atteindre le rez-de-chaussée. Et en arrivant, nous fûmes accueillis par une marée humaine. Il n'y avait aucun signe d'incendie, mais le vrai merdier allait commencer. Il allait falloir traverser le hall bondé pour atteindre la porte.

Nous parvînmes difficilement à nous faufiler à travers la foule sans que personne me reconnaisse, puis l'inévitable se produisit. Un groupe de filles finit par me repérer dans la masse.

— Cole !

— C'est Cole Archer !

— Oh, mon Dieu. Oh, mon Dieu. Oh, mon Dieu.

Cette information se répandit comme une traînée de poudre.

Soudain, je sentis les gens me toucher, *nous* toucher. Des mains, des cris, le chaos. Tout se mélangea et se referma sur Luca et moi. Cependant, je ne pouvais pas me concentrer là-dessus, me permettre de regarder quelqu'un ni de répondre. Rien ne me dérouta, pas même les personnes qui agrippaient mes vêtements ni les flashs des appareils photo devant nos visages. La seule chose qui m'importait, c'était de faire sortir Luca d'ici, mes yeux fixés sur les portes tournantes au loin.

Je resserrai ma prise sur sa main. Lorsque je jetai un coup d'œil dans sa direction, je vis les larmes dans ses yeux. J'y lus aussi la terreur. La possibilité que ma présence dans cet hôtel ait fuitée, poussant quelqu'un à déclencher cette alarme, me traversa l'esprit. Il m'était arrivé plus fou que ça. Mais l'origine n'avait aucune importance pour l'instant. Tout ce qui comptait, c'était de retrouver la sécurité du trottoir.

Quand nous arrivâmes enfin à passer la foule et que l'air frais de la nuit nous frappa, je tirai Luca vers moi et m'enfuis. Sa main toujours dans la mienne, nous nous mîmes à courir aussi vite que possible. Il fallait juste que je m'éloigne de tout ça pour pouvoir réfléchir correctement.

Environ trois rues plus loin, nous atteignîmes un endroit désert. Luca tremblait encore lorsque je l'attirai dans une allée et l'appuyai contre le mur en briques d'un immeuble. Je pris son visage dans mes mains et posai mes lèvres sur son front.

— C'est fini, bébé, murmurai-je. On va bien. Tout va bien. Tu vas t'en sortir. Tu es si courageuse. Je t'aime tellement.

Mais rien n'allait vraiment « bien ». Elle ne disait rien, et je savais qu'elle était toujours sous le choc. Elle continuait simplement à pleurer et à trembler.

Tout ce à quoi je pensais, c'était qu'elle m'avait fait confiance et que j'avais grandement merdé. Je lui avais demandé de sortir de sa zone de confort. J'aurais dû me douter que la faire venir dans un hôtel commercial était une mauvaise idée. Je m'étais dit qu'avec la sécurité du penthouse et l'ascenseur privatif, nous pouvions prendre ce risque. Toutefois, je n'avais pas pris en compte la possibilité d'une situation d'urgence. Dans ce cas, plus rien n'allait. Je l'avais mise dans ce qui était probablement l'un des pires scénarios imaginables, un scénario qui s'apparentait à celui qui l'avait traumatisée. J'espérais seulement ne pas avoir causé de dommages irréversibles à son rétablissement.

— Je suis vraiment désolé, Luca. Tellement désolé.

Dans mon cœur, je savais que cette situation était terrible. Ce voyage devait lui prouver que notre relation pouvait fonctionner. J'avais fait tout le contraire. Je lui avais montré que je ne pouvais l'emmener nulle part sans qu'il se passe quelque chose de mal. Je ne voulais pas perdre la femme que j'aimais, mais à quel prix ? Rendre sa vie misérable juste pour pouvoir la garder égoïstement à mes côtés ? Cole Archer ne pourrait jamais être effacé. Il ne pourrait jamais avoir une vie normale. Il ne serait jamais capable de cacher Luca ou de la garder totalement en sécurité. J'avais été tellement aveuglé par mes sentiments pour cette femme que je m'étais persuadé que ce serait plus facile que ça ne l'était réellement. J'avais voulu y croire, mais ce n'était pas facile du tout. C'était sacrément compliqué. Alors qu'elle continuait à trembler dans mes bras, la dure réalité de la situation me frappa enfin, tout comme la vérité que je ne voulais pas accepter : nous pourrions ne pas y arriver.

CHAPITRE 25

— Qu'est-ce que je peux faire ? Il *faut* que je fasse quelque chose.

Je me tirai les cheveux en faisant les cent pas et en parlant à Doc au téléphone. Luca dormait profondément dans la chambre, grâce à une bonne dose de Xanax qu'il lui avait prescrit la première fois que je l'avais contacté, quelques heures plus tôt. Mais elle avait été contre l'idée de prendre ne serait-ce qu'un comprimé, alors je n'allais pas réussir à la convaincre d'en prendre un autre, ce qui signifiait qu'il fallait que je trouve comment réparer ce que j'avais foiré. *Et vite.*

— J'ai bien peur que vous fassiez déjà le maximum, Griffin. Vous lui apportez un soutien moral et un environnement sûr. Elle se calmera. Ça prendra juste un peu de temps.

— Combien ?

Doc soupira.

— Je ne peux pas vous dire ça non plus. La peur de Luca d'être enfermée découle d'une situation qu'elle ne pouvait pas contrôler. Ces dernières années, on a travaillé pour qu'elle pense avoir toujours le contrôle, que ce soit de pouvoir sortir d'un bâtiment ou simplement d'une voiture. Mais en ce moment, elle a l'impression de n'avoir eu aucun contrôle sur la situation qui vient de se passer, et il va lui falloir un peu de temps pour être capable de voir qu'en fait si, elle en avait. Elle vous a permis de prendre les rênes pour quitter l'immeuble, ce qui revient à donner la permission à quelqu'un d'autre de l'aider quand elle en avait le plus besoin. Cependant, je connais notre Luca, et je suis sûr qu'elle ne voit pas les choses comme ça. Du moins, pas pour le moment. Elle a l'impression d'avoir été impuissante. En temps voulu, on pourra faire en sorte de lui faire voir que parfois, permettre à quelqu'un de nous aider est la meilleure décision à prendre et que ça ne veut pas dire qu'on a échoué. C'est en réalité tout le contraire. Laisser quelqu'un prendre le contrôle à notre place est aussi une forme de contrôle en soi.

J'entrouvris la porte de la chambre pour jeter un coup d'œil à l'intérieur tout en parlant à Doc. Elle dormait toujours. Je l'avais amenée chez un ami qui était dans la même maison de disques que moi et qui habitait en banlieue de Chicago. Luca et moi n'avions dormi qu'une heure avant d'être réveillés par l'alarme incendie, alors nous avions tous les deux besoin de nous reposer un peu, et je savais qu'il était inenvisageable de la faire aller dans un autre hôtel. Heureusement, Travis avait répondu au téléphone quand je l'avais appelé à trois heures du matin, et il avait été assez gentil pour me laisser loger chez lui. Il était sur la route pour un concert, alors après un bref arrêt pour emprunter les clés de sa gouvernante, nous avions l'endroit pour nous tout seuls toute la nuit.

— Je ne sais pas vraiment quoi faire, Doc. Elle veut rentrer. Je n'en ai pas envie, mais avant de partir, je lui ai promis qu'on avancerait un jour à la fois et que si elle n'était pas heureuse, je la ramènerais chez elle.

— Je pense que c'est sans doute plus sage. Luca se sentira mieux dans son propre environnement. Après le genre d'événement qu'elle vient de traverser, se sentir à nouveau en contrôle de ce qui l'entoure est d'une importance capitale. Et sa maison est l'endroit où elle se sent le plus en sécurité. Je passerai dès qu'elle sera installée, et on se remettra tout de suite en selle. C'est un contretemps, mais pas la fin du chemin de la guérison pour elle, Griffin.

J'ignorais quelle réponse j'attendais de lui. La ramener chez elle était évidemment la meilleure chose à faire, mais l'entendre me confirmer que je ne devrais même pas essayer de la convaincre de rester me serra le cœur.

— D'accord, je vois. Merci, Doc.

Il dut entendre à ma voix à quel point j'étais découragé.

— Elle est forte, fiston. Luca s'en remettra. Il faut garder la foi.

Le plus important, c'était qu'elle irait mieux. Évidemment, ce qu'il adviendrait de notre couple passait après sa santé mentale et physique. Même si mon côté égoïste ne pouvait s'empêcher de s'inquiéter. Luca allait s'en remettre, mais serait-ce le cas de notre relation ?

Nous avions déjà passé treize heures sur la route et il nous en restait environ deux autres avant d'arriver dans le Vermont. Luca était restée silencieuse pendant presque tout le trajet. Malgré sa préférence de rouler de nuit pour éviter la circulation, nous avions aussi voyagé la journée pour arriver plus vite. Elle était plus calme à présent, presque trop d'ailleurs. Elle me répondait si je lui posais une question, mais il était clair qu'elle n'avait pas vraiment la tête à parler. La plupart du temps, elle se contentait de regarder par la fenêtre, perdue dans ses pensées. Je n'avais pas tenté de discuter de ce qui se passerait quand nous arriverions dans le Vermont, principalement parce que j'avais peur de ce qu'elle pourrait dire. Toutefois, puisqu'il nous restait deux heures, je devais au moins la prévenir de ce que j'avais réussi à faire.

Je pris sa main dans la mienne, puis la portai à mes lèvres pour y déposer un baiser.

— La société de production m'a laissé jusqu'à lundi pour revenir et finir le tournage, alors j'ai réservé un vol pour demain soir.

— Oh, d'accord, répondit-elle en fronçant les sourcils. Je suis désolée que tu aies dû tout repousser. Je suis sûre que le groupe n'est pas ravi de ce retard.

— Ce n'est pas grave. Pas du tout. Une fois, on a dû décaler une séance photo pour la couverture d'un album parce Styx, notre batteur, s'était coincée la langue dans la chatte d'une strip-teaseuse.

Elle plissa les yeux et secoua la tête, comme si elle sortait de ses pensées.

— Est-ce que tu viens de dire qu'il s'était coincé la langue dans une... ?

— Chatte. Son sexe.

Luca sembla confuse, et ça se comprenait.

— Ce crétin a un anneau à la langue. Il a fait un cunni à une strip-teaseuse qui avait un piercing au clitoris. Les deux se sont en quelque sorte emmêlés et ils n'ont pas réussi à les détacher. Il ne s'est pas présenté à la séance photo et ne répondait pas à son téléphone, alors je suis allé chez lui et j'ai frappé à la porte. Je me suis dit qu'il avait dû boire la veille et qu'il comatait. Quand j'ai vu qu'il ne répondait toujours pas, je suis allé voir le concierge de l'immeuble pour qu'il me fasse entrer, et je l'ai trouvé avec la tête entre les jambes de la fille. Ils étaient coincés dans cette position depuis quatre heures. Chaque fois qu'ils essayaient de bouger, l'un d'entre eux avait mal, alors ils sont juste restés au lit, son visage planté entre ses jambes, en attendant que son coloc rentre.

— Est-ce que tu les as... détachés ?

— Mon Dieu, non. J'ai fait ce que tout bon ami aurait fait. D'abord, j'ai appelé les gars en visio pour leur montrer sur quoi je venais de tomber, puis j'ai appelé le 911 et j'ai pris quelques photos pendant que les deux pauvres secouristes cherchaient un moyen de retirer l'anneau de la langue de cet idiot sans exciser la femme. Bref, on a loupé cette séance et tout un tas d'autres trucs à cause des conneries de mes potes. Tout le monde se fout que je prenne quelques jours de congé.

Luca soupira. Mon histoire stupide semblait au moins avoir détourné son attention de la fenêtre.

— Merci de ne pas avoir insisté pour que je reste.

Je hochai la tête.

— Je t'ai dit qu'on aviserait au jour le jour et que je te reconduirais chez toi à tout moment si tu ne te sentais pas bien. Quand je te dis quelque chose, tu peux être sûre que je tiendrai parole. Mais j'espère que tu sais que j'aurais été prêt à tout pour que tu restes.

— Je sais, Griffin, et j'apprécie. Vraiment, affirma-t-elle en se tournant de nouveau vers la vitre. J'ai réfléchi. Quand j'ai commencé à travailler avec mon psy, j'avais des photos d'Isabella et moi dans chaque pièce de ma maison. Celle dans ma chambre était la première chose que je regardais le matin en ouvrant les yeux. Doc m'a convaincue de les retirer pendant quelques jours. Il pensait que si j'arrêtais de me forcer à voir ce que j'avais perdu, ça rendrait un peu plus facile le fait d'avancer. Je n'avais pas voulu le faire parce que j'aimais énormément Isabella. Non, pas au passé. *J'aime* énormément Isabella. Mais il a fini par réussir à me faire obéir.

Je ne savais pas où elle voulait en venir, mais j'étais au moins ravi qu'elle parle.

— OK.

— Tu sais ce qui s'est passé quand je les ai enlevées ?

— Tu as arrêté de penser autant à ce que tu avais perdu ?

Elle hocha la tête et me regarda. Ses yeux brillaient et elle était au bord des larmes.

— Exactement. Et je ressens beaucoup de culpabilité de ne pas les avoir ressorties. Mais Doc avait raison. Il fallait que je le fasse pour pouvoir avancer. Ça ne veut pas dire que je ne l'aime plus. Il y a juste des moments dans la vie où l'amour ne suffit pas, et être forte signifie aussi être capable de voir ça et de prendre une décision douloureuse.

Je n'aimais vraiment pas la tournure que prenait cette histoire.

— Luca…

Elle leva la main pour m'empêcher de parler.

— Tu es un homme formidable, Griffin, et je chérirai toujours le temps qu'on a partagé.

Mon cœur se mit à battre la chamade. Ça ne pouvait pas être vrai. Et je ne voulais pas avoir cette conversation alors que je roulais à cent-dix kilomètres-heure sur l'autoroute. Il fallait que je m'arrête. J'allais passer devant une sortie, et je coupai brusquement trois voies pour m'engager à la dernière seconde. Luca s'agrippa à sa portière et commença à paniquer.

— Accroche-toi, ma belle. On ne va pas avoir d'accident. Tout va bien. J'avais juste besoin de quitter l'autoroute pour qu'on puisse discuter.

Heureusement, la bretelle de sortie donnait accès à une sorte d'entrepôt de la municipalité. J'entrai dans un parking où étaient garés une dizaine de chasse-neiges jaunes, et où se trouvait un bâtiment de stockage de sel. Mis à part ça, le lieu était désert, alors je me mis sur la première place disponible. Je coupai le moteur et sortis de la voiture.

— Qu'est-ce que tu fais ? demanda Luca.

— Je fais une pause pour qu'on puisse parler face à face.

Avant qu'elle puisse protester, je fis le tour pour rejoindre le côté passager et ouvris la portière. Je lui tendis une main pour l'aider à sortir, et lui suggérai de prendre quelques secondes pour étirer ses jambes. Ensuite, je nous conduisis à l'arrière du véhicule, et la soulevai pour l'installer sur le coffre afin que nous nous retrouvions au même niveau.

— OK. Maintenant, on peut discuter.

Luca fixa ses mains.

— Je... Tu as une vie formidable et...

— Regarde-moi, Luca, l'interrompis-je. Si tu t'apprêtes à dire ce à quoi je pense, je veux au moins que tu le fasses en me regardant dans les yeux.

Elle déglutit, prit une grande inspiration, et croisa mon regard en acquiesçant.

— On est tellement différents, Griffin. Tu es un rond parfait alors que je suis un carré. On ne se correspond pas.

Je commençais à être en colère. Elle avait peur, elle se sentait vulnérable, et je le comprenais. Mais je m'en fichais. Elle devait se battre davantage pour nous.

— Contente-toi de le dire, Luca.

Elle baissa de nouveau les yeux, cette fois-ci pendant une bonne minute, avant de les relever vers moi. Une larme roula sur sa joue.

— Parfois, lorsque l'amour ne suffit pas pour tout arranger, on doit laisser tomber.

— Tu as fini ? m'enquis-je en la dévisageant.

Elle sembla confuse, mais hocha la tête.

— Très bien. À mon tour de parler.

— D'accord…

— Je n'ai qu'une seule chose à dire, mais je veux être certain que tu l'entendes haut et fort, Luca.

Elle me regarda et attendit.

Je m'approchai de telle sorte que nos nez se touchent, puis je lui répondis en la fixant droit dans les yeux d'un ton sérieux.

— *Non.*

Apparemment, elle pensait que j'allais ajouter autre chose, mais je ne le fis pas. Après trente secondes de silence, elle fronça le nez.

— Non ?

— C'est ça. *Non.*

— Je ne comprends pas…

— Quelle partie du mot « non » tu ne comprends pas ?

— À quoi dis-tu non ?

— À tout. Au fait que tu me largues, que tu penses que je serais mieux sans toi, que tu croies que je te laisserais tourner le dos à ce qu'il y a entre nous. La réponse est non. *Un énorme putain de non.*

Elle sembla ne pas comprendre, alors que je pensais avoir été très clair.

— Mais…

— Mais rien du tout, Luca.

— Griffin…

Je m'éloignai pour me calmer, la laissant assise sur la voiture pendant quelques minutes.

— Tu es prête à y aller, maintenant ? l'interrogeai-je en revenant, tout en lui tendant la main.

Elle se remit à froncer les sourcils. Je pris une grande inspiration et la soulevai du véhicule pour la reposer par terre, puis je l'embrassai sur les lèvres.

— Quand tu seras prête à discuter de la manière dont on va faire fonctionner notre relation, je serai prêt à avoir cette conversation. Mais j'en ai fini avec celle-ci et je veux rentrer. Je suis fatigué et je veux aller à la maison.

Je fis quelques pas en direction du côté conducteur, avant de me rendre compte qu'elle avait peut-être mal compris ma dernière phrase. Alors je revins sur mes pas pour clarifier les choses alors qu'elle était toujours à la même place.

— Pour éviter toute confusion, quand je dis que je veux rentrer, je ne veux pas parler de ma maison en Californie. Parce que chez moi, ce n'est plus là-bas, Luca. Chez moi, c'est là où tu es.

Il n'y avait aucun bruit dans la maison. Je pouvais entendre la respiration de Luca, mais je ne savais pas si elle dormait ou non. Après notre arrivée dans le Vermont, elle s'était occupée en effectuant des tâches banales, comme regarder son courrier, aller chercher Hortencia, jeter la nourriture périmée du frigo. Bref, tout pour éviter d'avoir une conversation sérieuse. Nous étions tous les deux épuisés après le long trajet, alors nous avions commandé à manger et étions allés nous coucher relativement tôt. D'après le langage corporel de Luca, il était clair que le sexe n'était pas au menu de la soirée. Non pas que j'aie besoin de stimulation, mais je m'étais dit qu'une relation charnelle aurait pu l'aider à se souvenir du lien qui nous unissait. Cependant, elle était venue au lit vêtue d'un pull oversize et d'un jogging, puis m'avait tourné le dos.

J'avais passé l'heure qui venait de s'écouler à fixer le plafond dans le noir, en essayant de trouver quoi faire. Je savais que je ne pourrais jamais dormir avec autant de choses en tête, alors je décidai de laisser sortir ce qui pesait sur ma poitrine, qu'elle m'entende ou non.

— Je ne sais pas si tu es réveillée, mais il faut que je dise plusieurs choses.

Luca ne bougea pas et je n'entendis aucun changement dans le rythme de sa respiration, alors je supposai qu'elle devait vraiment dormir. Mais ça ne m'arrêta pas.

— On a tous une part d'ombre et de lumière en nous, ma belle. On essaie de cacher notre part d'ombre aux autres, car on a peur que ça les fasse fuir, mais cette partie de toi ne m'effraie pas, Luca. Ça me donne juste envie de te tenir la main et d'être ta lumière jusqu'à ce que tu retrouves la tienne. C'est ce que font les gens quand ils sont amoureux. Je ne pourrai pas toujours le faire, car il faudra parfois que tu ailles chercher ça en toi, mais je serai à tes côtés et je te tiendrai la main dans l'obscurité pour que les choses ne soient pas trop effrayantes.

Luca prit une grande inspiration rauque, et je n'étais toujours pas certain qu'elle était réveillée. Jusqu'à ce que j'entende le bruit suivant. Un sanglot brut, déchirant et douloureux, qui retentit comme si on le lui arrachait violemment. C'était horrible. Ses longs pleurs gutturaux pleins de tristesse firent couler mes propres larmes. Elle laissa sortir tant de souffrance que je savais au fond de mon cœur que ces pleurs n'étaient pas seulement pour ce qui s'était passé la veille. Ça ressemblait à des années de tristesse, de solitude et de chagrin refoulés ayant trouvé la sortie d'un long tunnel après avoir été coincés dans l'obscurité pendant si longtemps.

Je la serrai fort dans mes bras et nous restâmes ainsi à pleurer pendant un long moment. Plus tard, après avoir laissé sortir jusqu'au dernier sanglot éprouvant, elle finit par se calmer.

— Le concert était mon idée, prononça-t-elle avec peine.

Oh, bon sang. J'avais l'impression que quelqu'un avait enfoncé sa main dans ma poitrine, avant d'empoigner mon cœur et de le tordre.

— C'était peut-être ton idée, mais ce qui est arrivé n'est pas ta faute. Des millions d'ados se rendent à des concerts tous les week-ends, Luca.

— Elle était toujours souriante.

— Je suis sûr qu'elle était incroyable, soufflai-je en resserrant mon étreinte.

— Elle... Elle me manque tellement.

— Je sais, trésor.

— Je l'aimais.

— Je sais. Tu aimes de tout ton cœur.

— Je n'arrivais pas à la trouver, continua-t-elle d'une voix tremblante. La foule. Elle me poussait vers la porte, et j'ai essayé de regarder autour de moi, mais tout ce que je voyais, c'était du monde partout.

J'avais assisté à suffisamment de concerts pour imaginer comment une horde d'ados en panique réagirait pendant une évacuation d'urgence. Un chaos terrible où tout le monde tirerait et pousserait. Si je n'avais pas compris l'origine de ses peurs avant ce moment, visualiser son petit corps se faire emporter par le public alors qu'elle cherchait désespérément son amie expliquait vraiment son sentiment de ne rien contrôler. Je fermai les yeux. J'avais pratiquement fait la même chose avec elle en la faisant sortir de l'hôtel, en la tirant par la main dans les escaliers, puis à travers les gens.

— Chuut... Tu es en sécurité, à présent. On l'est tous les deux, trésor.

Les pleurs de Luca finirent par l'épuiser tellement qu'elle s'endormit. Un instant elle prenait une inspiration fébrile, étranglée par ses sanglots, et l'instant suivant, elle expirait en ronflant. Je restai éveillé jusqu'à ce que le soleil soit levé en la serrant contre moi et en écoutant le moindre changement dans sa respiration. Des images de la soirée qu'elle avait décrite se rejouaient sans cesse dans ma tête, et j'étais vraiment en colère contre moi-même de ne pas avoir été auprès d'elle, même si je savais que ça n'avait aucun sens. Nous n'étions que des enfants et un océan nous séparait. Pourtant, ce que je ressentais n'en était pas moins réel.

Je finis par m'endormir, et quand je me réveillai en début d'après-midi, mon premier réflexe fut de tendre la main vers ma copine. Un sentiment de panique m'envahit lorsque je ne trouvai rien d'autre qu'une place froide et vide. Ainsi qu'un mot.

Je reviens plus tard. J'ai vidé ta valise et j'ai fait une machine pour que tu puisses préparer tes affaires pour ton vol.

Luca

Au moins, elle n'avait pas écrit ce qu'elle pensait vraiment : « *N'oublie pas de fermer la porte derrière toi.* »

CHAPITRE 26

— C'est juste que je ne vois pas comment ça pourrait fonctionner. Une relation longue distance est déjà assez difficile, mais une relation qui se résume presque à attendre que Griffin vienne me rendre visite dans ma petite bulle bien protégée dès qu'il aura le temps et ne sera pas occupé à être une rockstar, ce n'est pas réaliste.

— Et que pense Griffin de tout ça ?

Doc et moi marchions depuis au moins deux heures. Quand il était arrivé ce matin sans ses jumelles, j'avais compris que cette séance allait être longue et difficile. Nous avions discuté pendant plus d'une heure et demie de ce qui s'était passé à l'hôtel, de ma réaction et de ce que j'avais ressenti. Cette conversation avait mené à ce qui se passait entre Griffin et moi, et nous étions à présent passés au sujet qui me faisait vraiment mal au cœur. *Dire au revoir à Griffin tout à l'heure.*

— Il ne comprend pas comment être avec quelqu'un comme moi pourrait l'entraîner vers le bas. Il a travaillé tellement dur pour en arriver là où il se trouve, et je ne peux pas lui passer la corde au cou. Il a bon cœur, il a de bonnes intentions, mais il mérite tellement plus. Il devrait être avec quelqu'un qui reste sur le côté de la scène pendant qu'il joue devant des stades remplis et qui l'accompagne à des galas de charité.

— Griffin n'a pas l'air d'être du genre à aller à des galas de charité. Il ressemble plus à quelqu'un qui signerait un chèque et ferait un don anonyme à une cause qui lui est chère, avant de rentrer chez lui pour chiller.

Entendre Doc utiliser le mot « chiller » me fit sourire.

— Vous voyez ce que je veux dire. Ce n'est pas l'événement qui importe, mais le fait qu'il puisse partager tous ses succès avec une vraie partenaire. Et s'il gagnait un Grammy ? Je ne serai jamais capable d'aller à un événement comme celui-ci.

— Et tu crois que le seul moyen de partager ce succès est de se tenir physiquement à côté de lui ? On ne peut pas le faire d'une autre manière ? Qu'en est-il d'une femme qui choisit de rester à la maison pour élever les enfants pendant que l'homme va travailler tous les jours ? Est-ce qu'elle ne se tient pas à ses côtés ?

— Ce n'est pas la même chose.

Doc secoua la tête.

— Explique-moi en quoi c'est différent.

— Eh bien, ce sont des choix qu'un couple fait ensemble. Ils ont tout un tas de responsabilités, et ils se les partagent. L'un d'entre eux se charge d'élever les enfants, pendant que l'autre soutient financièrement la famille. Mais dans mon cas, personne ne peut faire de choix, car je suis trop perturbée.

Doc arrêta de marcher et attendit que je me retourne pour lui accorder toute mon attention.

— Tu te trompes, Luca. Quelqu'un fait bien un choix à propos de cette relation et de ce qu'il en adviendra. Et cette personne, c'est *toi*. Tu ne laisses aucun choix à Griffin.

Doc m'avait donné beaucoup matière à réfléchir. Ce n'était pas que je ne voulais pas comprendre le message qu'il essayait de me faire passer, mais je n'étais simplement pas certaine que Griffin sache ce qu'il y avait de mieux pour lui et qu'il soit capable de composer éternellement avec mes problèmes. Il était peut-être prêt à s'adapter à mes limites *aujourd'hui*, alors que tout était encore frais et excitant entre nous, mais être avec quelqu'un qui ne pouvait pas vraiment le soutenir le lasserait vite. J'avais *envie* que les choses fonctionnent avec lui plus que de respirer, seulement, je ne pensais pas que la réalité de nos vies nous le permettrait. Le perdre plus tard serait sûrement plus difficile que de le laisser partir maintenant. Cependant, rien qu'imaginer ça était douloureux. Tout ce dont j'étais sûre, c'était que j'étais complètement perdue.

Griffin était assis au pied de mon lit, les mains sur les tempes, lorsque je rentrai chez moi. Ses cheveux étaient en désordre. On aurait dit qu'il avait passé ses doigts dedans en signe de frustration. Il ne me vit pas sur le seuil. L'observer comme ça, voir à quel point il avait l'air contrarié, me fit prendre conscience de la gravité de la situation. De ce que je lui avais fait. Il faisait tout ce qui était en son pouvoir pour faire les choses bien pour moi, mais ça ne devrait pas être si compliqué. Ce n'était pas juste pour lui de devoir constamment prendre des pincettes pour que je me sente en sécurité et heureuse. Je tenais énormément à lui, et honnêtement, je me demandais si ça signifiait que je devais le laisser partir.

La valise était debout. Ses affaires étaient prêtes. Mon besoin de parler à Doc m'avait coûté des heures précieuses avec Griffin. À présent, il était presque temps pour lui de partir pour prendre son vol retour vers Chicago. Là-bas, il finirait le tournage du clip qu'il avait dû abandonner brutalement à cause de moi. Ensuite, il retournerait à L.A., avant de partir en tournée avec les autres membres du groupe. Il allait se passer un certain temps avant que je puisse le revoir. Si je le revoyais un jour. J'avais le ventre noué.

Il avait fini par rendre la voiture de location et avait insisté pour appeler un Uber, plutôt que de me laisser le conduire à l'aéroport. Je détestais le fait d'être soulagée de ne pas avoir à le faire, mais me déplacer dans l'aéroport était toujours une source de stress tellement la circulation y était dense. Une personne « normale » aurait insisté pour l'y conduire.

Quand Griffin me remarqua enfin, il resta silencieux. Il avait clairement l'air mélancolique, mais je ne savais pas vraiment si c'était de la déception concernant la façon dont s'était terminé notre séjour, ou le fait de devoir partir. Même si j'avais tout gâché, je voulais qu'il reste... pour toujours. Je voulais me blottir contre lui sur le canapé ce soir, commander une pizza à l'ananas, et m'endormir dans ses bras. Je n'étais pas prête à le partager de nouveau avec le reste du monde.

— Je suis désolée que tu doives partir alors que les choses sont en suspens entre nous, finis-je par déclarer.

Il se leva du lit et me rejoignit.

— Rien n'est en suspens de mon point de vue, répliqua-t-il, le regard fatigué. J'ai beaucoup de combativité en moi, Luca. Je suis là pour le long terme si c'est ce que tu veux. Mais en définitive, peu importe ce que j'aurais pu te dire pour que tu ne me quittes pas, je ne peux pas te *forcer* à faire quoi que ce soit. C'est la seule chose que je ne puisse pas faire.

Il essuya une larme sur ma joue.

— Ce ne sera jamais parfait. Ce sera *toujours* effrayant. Alors, n'attends pas que ce ne soit pas terrifiant parce que ça n'arrivera jamais. Il y aura des moments difficiles, mais il y aura aussi des moments incroyables. À toi de décider si notre relation en vaut la peine. Au bout du compte, ça va se résumer à une seule chose, à savoir si l'amour suffit ou non.

— Je t'aime vraiment énormément, lâchai-je à travers mes larmes.

— Je sais, affirma-t-il en embrassant le dessus de ma tête. Je sais.

Un klaxon de voiture retentit, et Griffin ferma les yeux.

— Mince. C'est mon chauffeur.

— Bon sang, pas déjà, protestai-je en agrippant son T-shirt.

— Je me doutais que ce fichu Uber serait à l'heure.

Il m'attira à lui et me serra fort dans ses bras. Je sentis le poids de milliers de mots dans cette étreinte.

— Appelle-moi quand tu auras atterri, s'il te plaît.

— Promis.

Il déposa un long baiser sur mes lèvres, avant de se forcer à reculer.

— Je déteste les longs adieux. Ça craint. Alors je vais y aller.

— Je déteste ça aussi.

Il se dirigea vers la porte en traînant sa valise derrière lui, puis il s'arrêta et se tourna vers moi.

— Au cas où ce n'était pas assez clair, l'amour *est* suffisant pour moi, Luca. Mais il faut que tu me laisses t'aimer.

Les jours suivant le départ de Griffin me semblèrent pour le moins étranges. Ma vie me paraissait plus vide que jamais. L'avoir auprès de moi pendant cette longue période m'avait fait me rendre compte à quel point j'étais seule depuis si longtemps. Ça m'avait fait tellement de bien de l'avoir à mes côtés, de me sentir si protégée.

C'était la première fois que je retournais faire mes courses la nuit depuis que Griffin m'y avait accompagnée. Désormais, cet endroit me faisait penser à lui. Alors que je parcourais les rayons, je me remémorais les choses dont nous avions discuté la seule fois où nous étions venus ici ensemble, ou je me rappelais les articles qu'il avait jetés dans le Caddie lorsque je les avais repérés sur les étagères.

Pastèques : Griffin.

Céréales : Griffin.

Doritos : Griffin.

Je m'appuyai contre le charriot et le poussai en rêvassant, si bien que je faillis ne pas voir un bocal de sauce tomate cassé à mes pieds dans l'allée onze.

Il me fallut plus de temps que d'habitude pour faire le tour du magasin, mais je finis par rejoindre la caisse.

Doris rayonna en m'apercevant.

— Tiens, tiens, tiens. J'attendais de te voir. Je crois que quelqu'un me doit des explications !

Je grimaçai, car je ne voulais pas aborder ce sujet pour le moment.

— Salut, Doris, répondis-je en commençant à décharger mon Caddie.

— Ça fait longtemps, reprit-elle en scannant mes articles, tout en secouant la tête. Cole Archer et toi. Je n'arrive toujours pas à y croire.

— Tu peux me croire, même moi je n'en reviens pas.

— Est-ce qu'il séjourne toujours chez toi ? Où est-il ? demanda-t-elle avec de grands yeux.

— En fait, il est parti en tournée dans une dizaine de villes des États-Unis.

— Tu le revois quand ?

— Je ne sais pas vraiment, répondis-je avec franchise.

— Je veux que tu saches que je n'ai parlé à personne de sa présence dans le Vermont. Je ne voulais pas que vous ayez des ennuis.

— Merci, c'est gentil.

— Ma nièce aurait halluciné si elle avait su. Je n'ai pas pris le risque de le lui dire parce qu'elle a une grande bouche. Je le lui avouerai un jour, ajouta-t-elle en ricanant. Elle va me tuer.

Je hochai la tête en silence.

— Est-ce que tout va bien entre vous ? m'interrogea-t-elle en remarquant mon air inquiet.

Devrais-je être honnête avec elle ? Et puis zut. Je parlais à tellement peu de personnes de façon régulière. J'avais Doc, Doris, et c'était à peu près tout, alors je décidai de m'ouvrir un peu.

— Je ne sais pas si ça va fonctionner. Tu connais... mes soucis... Eh bien, il s'est passé certaines choses pendant mon voyage avec lui, et disons juste que... ça m'a vraiment fait prendre conscience que ça allait être compliqué d'y arriver.

Elle arrêta de scanner.

— Attends une seconde... Tu n'envisages pas de rompre avec lui, n'est-ce pas ?

Lorsque je ne répondis rien, elle en tira ses propres conclusions.

— Luca... ce garçon t'aime. Il *t'aime*. Tu ne peux pas me faire ça.

Lui faire ça à *elle* ? Est-ce que j'avais bien entendu ?

— *Te* faire ça ?

— Oui. Je n'ai pas arrêté de penser à la déclaration qu'il a faite le soir où il est venu avec toi. Ça m'a donné l'espoir que les rêves peuvent vraiment se réaliser, même des choses qui dépassent notre imagination. Enfin, je veux dire, comment cette petite Luca vivant retirée au fin fond du Vermont a fini avec une rockstar, qui s'avère être son correspondant d'enfance ? C'est digne d'un conte de fées, Luca. Et c'est ta vie. Ta fichue vie ! S'il te plaît, ne fous pas tout ça en l'air parce que tu as peur. Tu ne retrouveras jamais ça. Et c'est… magique. De la pure magie.

De la magie. Voilà ce dont j'avais besoin à ce stade. J'aurais aimé pouvoir avoir une baguette magique pour effacer toutes mes angoisses.

Doris avait des étoiles dans les yeux. Je ne voulais pas faire éclater davantage sa petite bulle, mais en même temps, je ne pouvais pas prendre son conseil au sérieux. Elle était trop impressionnée et aveuglée par son émerveillement à l'égard de toute cette situation.

— J'apprécie ton conseil, Doris. Je te promets d'y réfléchir.

— Je ne lâcherai pas l'affaire. Ne laisse pas ce garçon t'échapper et aller faire des bébés magnifiques avec quelqu'un d'autre.

Ce commentaire me frappa là où ça faisait mal. Ça me contrariait pour de nombreuses raisons. Imaginer Griffin avec une autre personne, sans même parler de « faire des bébés » avec celle-ci, était une pilule difficile à avaler. Pourtant, c'était ce qui arriverait si je choisissais de le laisser partir. J'allais devoir assister à tout ça dans les médias, et ça allait me tuer. Mais il y avait aussi autre chose… Quel genre de mère ferais-je si je ne pouvais pas emmener mon enfant partout où il voulait aller ? Et s'il voulait aller à Disney ou assister à un événement ayant lieu dans une grande salle ? Je ne serais pas capable de l'y accompagner. Je secouai la tête pour me débarrasser de ces pensées.

Alors que j'aidais Doris à ranger mes courses dans des sacs, l'ambiance s'allégea et je pris un moment pour repenser à la déclaration d'amour que Griffin m'avait faite ici même, à cette caisse. C'était de loin la chose la plus romantique qui avait eu lieu dans un supermarché en pleine nuit.

CHAPITRE 27

Le lendemain, je partis consulter ma boîte postale et y trouvai la dernière chose à laquelle je m'attendais : une lettre de Griffin.

Il m'a écrit ?

Dire que j'étais perplexe serait un euphémisme. Je pensais que ça n'arriverait plus jamais. Il m'avait appelée tous les jours dès qu'il le pouvait, alors qu'il était sur la route, donc c'était une vraie surprise.

Tandis que je tenais l'enveloppe dans mes mains, cette sensation familière d'excitation se répandit en moi. J'avais oublié à quel point ce sentiment d'impatience m'avait manqué. Je fus surprise de me rendre compte qu'il était toujours là. Après tout, cette histoire avec lui avait été un vrai chamboulement. Tout s'était passé tellement vite après la Californie. J'avais l'impression qu'hier encore, les lettres étaient tout ce que nous avions.

Je me dépêchai de retourner à ma voiture pour l'ouvrir.

Chère Luca,

Je t'écris depuis le bus sombre de la tournée, quelque part sur l'autoroute I-95, au milieu de nulle part, en Virginie. Les gars vaquent à leurs occupations, et je me suis enfermé dans une cabine pour avoir un peu de paix. On pourrait trouver ça horrible d'être dans un espace si minuscule, mais c'est plus grand que ce qu'on pense. Ils appellent ça une cabine « appartement ». C'est sympa et silencieux ici. C'est parfait pour travailler sur de nouvelles paroles, et puis, la plupart des soirs, le mouvement du bus me berce et m'endort.

J'ai un lit et une télé, et bizarrement, c'est tout ce dont j'ai besoin. Attends. Non. Loin de là. La seule chose qui me manque, c'est toi. Je sais qu'on se parle tous les jours, mais ces appels sont trop courts. Et c'est ma faute. Il est généralement trop tard pour appeler quand je finis par être disponible, mais telle est la vie en tournée.

Notre concert du jour à Washington était épuisant. C'est dingue que ça ne m'impressionne pas du tout de me retrouver face à des milliers de personnes hurlant mon nom. Je suis devenu complètement blasé de tout ça et c'est un peu décevant. Sans parler du fait qu'il m'est devenu très difficile de chanter Luca à présent. Et c'est toujours la chanson que tout le monde veut entendre. Je ne cesse d'avoir envie de changer les paroles. Parce que cette histoire ne se résume plus à ça, pas vrai ? Si seulement ils savaient. Enfin, il faut que j'arrête de me plaindre de mon travail, car j'ai énormément de chance de l'avoir, et je le sais. Je ne voulais pas paraître ingrat.

C'est juste que j'aimerais que tu sois là, c'est tout. Je m'étais dit que cette lettre serait légère et amusante comme au bon vieux temps, mais je suppose que j'ai tout gâché, hein ? Nos soirées pizza me manquent. Faire les courses avec toi me manque. Bon sang, même Hortencia me manque. (J'ai refusé du bacon au petit déjeuner, hier. Si ça, ce n'est pas de l'amour.) Bref... Tu me manques.

J'ai entendu une chanson d'ABBA aujourd'hui et j'ai pensé à toi. C'était terriblement déprimant. Elle s'appelle One of Us. *Écoute les paroles et tu comprendras.*

Et puis, Knowing Me, Knowing You[1], *cette lettre mènera vraisemblablement à d'autres. Il ne me reste plus qu'à espérer que ma* Dancing Queen *comprenne le message et me réponde. La seule question, c'est... comment vas-tu réussir à me faire parvenir du courrier ?* Mamma Mia, *quel casse-tête. Prends ça comme un défi. Comment recevoir des lettres sur la route ? Je me fiche de savoir comment tu le fais, mais* Gimme ! Gimme ! Gimme ![2] *Trouve un moyen d'y arriver. Tu as mon planning. Je te mets au défi.* I Have a Dream[3] : que tu y parviennes.

Pourrais-je être encore PLUS agaçant qu'en communiquant avec toi en utilisant des chansons d'ABBA ? (Et revoilà notre ami Chandler Bing.)

---

1   « Nous connaissant » (NdT, ainsi que les suivantes).
2   « Donne-moi ! Donne-moi ! Donne-moi ! »
3   « J'ai un rêve. »

Bon sang, je suis fatigué. Et tendu. Et est-ce que je t'ai dit que tu me manquais ?

À plus,
Griff

En fait...

Je t'aime,
Griffin

P.S. : La réponse est I Do, I Do, I Do, I Do, I Do[4]. *La question est : est-ce que Griffin aime énormément Luca ?*

P.P.S. : Je te mets au défi de glisser les chansons d'ABBA que je n'ai pas utilisées dans ta prochaine lettre. Voyons qui est le meilleur. The Winner Takes It All[5]. *(Encore une dont tu ne pourras pas te servir.)*

P.P.P.S. : Une petite anecdote sur ABBA pour toi. Est-ce que tu sais de quoi parle la chanson Super Trouper *? J'ai cherché, et c'est étrange de voir à quel point ça reflète ma vie à l'heure actuelle.*

Eh bien voilà, il l'avait fait. Il avait réussi à me faire sourire. C'était bien lui, ça.

Je serrai la lettre contre ma poitrine avant de la relire deux autres fois.

Griffin m'avait laissé le calendrier de la tournée, ainsi que le numéro de téléphone du manager au cas où j'aurais besoin de le joindre en urgence. Si je

4   « Oui, oui, oui, oui, oui. »
5   « Le gagnant remporte tout. »

réfléchissais bien, je pourrais envoyer ma lettre dans l'une des salles prévues. C'était ce que j'allais faire. J'allais appeler le manager pour trouver un moyen de faire parvenir du courrier à Griffin, comme il me l'avait demandé. Ce qui signifiait que je devais aussi accepter son défi concernant ABBA.

Plus tard dans la soirée, j'eus l'impression de revenir au bon vieux temps en m'installant sur le canapé pour rédiger ma réponse. Comme une sensation de déjà vu.

Cher Griffin,

Waouh. J'apprends tous les jours quelque chose sur toi. Je n'avais jamais vraiment prêté attention aux paroles de Super Trouper. Certains pensent que cette chanson parle des difficultés de la célébrité. La partie qui m'a le plus touchée, c'est lorsqu'ils évoquent la solitude malgré le fait d'avoir tous ces fans, et à quel point la gloire ne fait pas disparaître le manque d'une seule personne. Mince. C'est comme si ça reflétait exactement ce que tu m'as dit dans ta lettre.

Je m'imagine m'allonger à côté de toi le soir, dans ta petite cabine. Dans mes rêves, il n'y a pas de lumière, mais on n'en a pas besoin. Il n'y a que toi et moi, et le bruit de la route. J'y pense très souvent. Mon cœur est avec toi dans ce bus. Je veux que tu le saches.

Bref, Honey Honey[6], *j'essaie de me reprendre*

---

6   « Chéri chéri. »

avant que cette lettre devienne trop sentimentale ou triste, parce que nos courriers ont toujours eu pour but de soutenir l'autre. (Même quand on se laisse tomber mutuellement.) Se soutenir devrait être The Name of The Game[7]*, mais il faut croire que c'est plus fort que moi. Le côté affectif des choses prend le dessus ce soir.*

The Day Before You Came[8]*, je n'aurais pu imaginer à quel point t'avoir auprès de moi changerait ma façon de voir le monde quand tu n'es pas là. Maintenant que tu es parti, je me rends compte que tout est plus beau quand tu es à mes côtés.* When All Is Said and Done[9]*, je trouve ça très difficile de vivre sans toi, mais je n'ai toujours pas la solution pour que ça marche entre nous à long terme. Je ne sais pas si c'est trop te demander de* Take a Chance on Me[10]*, alors que je pourrais te décevoir. Je n'ai simplement pas la bonne réponse. Tout ce que je désire, c'est que tu continues de* Lay All Your Love on Me[11]*, mais j'ai peur et j'envoie un SOS à l'univers pour qu'il m'aide et me guide dans la bonne direction.*

Bon sang, moi qui voulais rendre ça amusant, c'est totalement raté. C'est plutôt une diatribe décousue et déprimante à propos de mes insécurités, mélangée à tout un tas de chansons d'ABBA. Mais est-ce que je gagne au moins quelques points pour les avoir intégrées comme tu me l'as demandé ?

Bref, tu me manques aussi. Beaucoup. Quelle est

---

7   « Le nom du jeu. »

8   « La veille de ton arrivée. »

9   « En fin de compte. »

10   « Me laisser une chance. »

11   « M'offrir tout ton amour. »

la ville qui diffusera le concert en live ? Il me semble que tu as dit que ce serait vers la fin de la tournée, c'est ça ? J'ai hâte de te voir jouer en direct, Griffin. Même si je devrais être là en personne, je veux que tu saches que je suis très fière de toi, de ta façon de monter sur scène et de jouer lorsque tu es déprimé. Ça demande beaucoup de courage. Et je sais que je suis la cause de certaines pensées qui te démoralisent ces derniers temps. Je meurs d'envie de changer ça, mais il faut que je me change, moi. Et ça a toujours été compliqué.

Je t'aime.
Luca

P.S. : Hasta Mañana. *(Je me suis dit que j'allais en glisser une dernière.)*

Quelques jours plus tard, le téléphone sonna en plein après-midi. Mon cœur s'emballa en voyant que c'était Griffin.

Je décrochai.

— Salut !

— Tu t'es bien débrouillée, bébé. Ils m'ont apporté la lettre dans ma loge au Palladium. Je savais que tu y arriverais.

— Je suis ravie qu'elle soit bien arrivée, déclarai-je, le cœur battant. J'avais vraiment peur qu'elle se perde ou qu'elle te manque de peu, et de devoir trouver un moyen de te la faire parvenir au concert suivant.

— Non, c'était parfait.

Il hésita.

— Écoute, je n'ai pas beaucoup de temps parce qu'ils m'appellent pour faire les balances, mais je voulais te prévenir de quelque chose. Je me suis dit que tu ne devais pas être au courant si tu tenais toujours ta promesse de ne pas faire de recherches sur moi sur Google.

Mon ventre se noua. *Qu'est-ce que j'ignorais ?*

— D'accord...

— Ils ont posté quelques photos de nous quittant l'hôtel de Chicago lors de l'alerte incendie sur un site qui balance des ragots sur les célébrités.

— Je vois, répondis-je en poussant un soupir de soulagement.

— Je sais que tu lis parfois les magazines au supermarché, et je ne sais pas encore si ces photos ont été publiées ailleurs, mais je voulais t'en parler avant que tu tombes dessus.

— Ce n'est pas grave... Crois-le ou non, mais ça ne m'embête pas vraiment d'être photographiée. Enfin, c'est intrusif et pas idéal, mais ça ne me fait pas angoisser.

— Je suis soulagé. Ce moment était déjà assez difficile sans qu'il soit obligé de rester gravé dans l'histoire.

— Ce n'est rien. Ne t'inquiète pas pour ça.

Il soupira dans le téléphone, et je pus sentir son soulagement. Je devais choisir mes batailles. Je ne facilitais déjà pas notre relation, alors je pouvais laisser passer ces clichés.

— Je suis toujours choqué qu'ils n'aient pas encore découvert ton identité. S'ils découvraient que tu t'appelles Luca, tout partirait en vrille. J'imagine déjà les gros titres.

Il resta silencieux un instant, avant de changer de sujet.

— En parlant de tabloïds, j'ai appelé mon père aujourd'hui.

— Ah oui ? demandai-je, surprise.

— Oui. Je ne sais pas ce qui m'a pris. Je pense que j'ai senti qu'il était temps. Il veut que je vienne lui rendre visite à Londres. Il semblait vraiment désolé à propos de ce qu'il a fait et il veut se racheter.

— C'est génial, Griff.

— Oui, mais je vais y aller doucement. Je ne veux pas souffrir une nouvelle fois.

— Je comprends.

L'entendre dire ça me brisa un peu le cœur. Je ne voulais pas être celle qui lui ferait du mal.

Quelqu'un l'appela.

— Mince, je dois te laisser, m'informa-t-il.

— Vas-y. Va te préparer pour le concert. Merci pour cet appel.

— Je t'aime, Luca.

— Je t'aime aussi.

CHAPITRE 28

Une petite fille attira mon attention lorsque je me dirigeai vers la porte du stade. Je reculai et fis signe à mes gardes du corps pour les prévenir que j'avais besoin d'une minute. Ils détestaient que je m'aventure dans la foule, mais je ne pouvais m'empêcher d'aller dire bonjour. Quelques dizaines de fans hurlèrent derrière les barrières en bois qui longeaient l'allée entre l'endroit où nous nous étions garés et l'entrée de la salle de ce soir. Un petit visage angélique se révéla ressembler beaucoup à Luca.

— Salut, toi, lançai-je en me baissant pour être à son niveau. Comment tu t'appelles ?

Elle devait avoir six ou sept ans et aurait vraiment pu passer pour la fille de Luca avec ses longs cheveux foncés, ses grands yeux verts et ses cils noirs et épais.

— Frankie.

— Frankie, hein ? C'est un chouette prénom. C'est un diminutif ?

Elle acquiesça.

— Francine.

— Elle connaît toutes les paroles de vos chansons, nous interrompit sa mère. Sérieusement, on a hésité à vous écrire pour vous demander de lui chanter les tables de multiplication.

— C'est vrai, Frankie ? demandai-je en souriant. Tu aimes ma musique ?

Elle hocha rapidement son adorable petite tête.

— Est-ce que tu penses pouvoir me chanter quelque chose ? Quelle est ta chanson préférée ?

— *I Stand Still.*

Waouh. C'était une chanson intense pour une petite fille. La plupart des gens présumaient que je l'avais écrite pour une fille sur qui je craquais, alors qu'en fait, elle était pour ma mère. C'était une ballade lente en solo, et elle parlait du fait que je n'avais pas pris conscience de l'importance qu'elle avait dans ma vie avant son départ.

— Est-ce que tu peux m'en chanter un petit morceau ?

La petite regarda sa mère, qui l'encouragea à essayer.

— Vas-y, trésor. Tu peux le faire.

Frankie sembla nerveuse, alors je me dis que j'allais l'aider.

— Tu sais quoi... Je vais commencer et tu peux te joindre à moi dès que tu es prête, d'accord ?

Elle acquiesça.

Je me mis à chanter doucement le premier couplet. À la fin de la première phrase, la petite Frankie commença à se balancer d'avant en arrière en affichant un grand sourire. Elle était sacrément adorable. Je pouvais facilement imaginer Luca et moi avoir une fille qui lui ressemblerait, alors je poursuivis la chanson. Une fois arrivé à la fin du premier couplet, je m'arrêtai.

— Tu es prête à te joindre à moi ?

Elle hocha de nouveau la tête. Cette fois, quand je me mis à chanter, elle fit tout de suite de même. Je haussai brusquement les sourcils en entendant sa jolie voix. J'ignorais pourquoi, mais je ne m'étais pas attendu à ce qu'elle chante aussi bien. Sa voix était fluette, mais elle était parfaitement en rythme. C'était le plus joli son que j'avais entendu depuis longtemps. Je chantai moins fort pour mieux l'entendre, et elle continua. Je finis par me taire pour me contenter de l'observer prendre la relève.

La ressemblance avec Luca était vraiment troublante, et je me dis que ma copine apprécierait aussi de voir Frankie chanter. Alors je sortis mon téléphone de ma poche, fis signe à sa mère pour lui faire comprendre que j'aimerais la filmer, et elle me donna sa bénédiction. Honnêtement, je n'aurais jamais pu tomber sur une meilleure partie de chanson à avoir en vidéo que celle que je capturai en appuyant sur le bouton d'enregistrement.

Since the day that you left
(Depuis le jour où tu es partie)
I felt a hole in my heart.
(Je ressens un vide dans mon cœur.)
Going through the motions

(Je suis le mouvement)
Through the window I thrive
(En apparence, je m'épanouis)
But behind the curtain I only survive.
(Mais en coulisses, je ne fais que survivre.)

Je changeai l'objectif de mon appareil et me penchai pour me joindre à Frankie sur le refrain, tout en tendant mon bras pour continuer à filmer.

The world keeps spinning without you.
(Le monde continue de tourner sans toi.)
The world keeps spinning round and round.
(Le monde continue de tourner encore et encore.)
The world keeps spinning, but I stand still
(Le monde continue de tourner, mais je reste figé)
I stand still
(Je reste figé)
I stand still
(Je reste figé)

Après avoir terminé, la foule se mit à applaudir autour de nous. Je tendis la main pour serrer celle de Frankie, puis déposai un baiser sur le dessus de sa tête, avant de faire de même sur la joue de sa mère.

— Restez ici, ordonnai-je. Je vais vous envoyer mon manager dans quelques minutes pour qu'il vous donne des laissez-passer pour les coulisses. Vous pourrez rencontrer les autres membres du groupe et voir le concert au premier rang.

— Oh, mon Dieu ! s'exclama la mère de Frankie en se couvrant la bouche. Merci beaucoup.

— Non, merci à vous d'avoir partagé votre fille avec moi aujourd'hui.

Je signai quelques autographes en rejoignant l'entrée, puis trouvai mon manager pour l'envoyer à l'extérieur et m'assurer que Frankie reçoive un traitement VIP. Puisque le test du son pour lequel j'étais venu plus tôt n'était pas encore prêt, je me rendis dans ma loge et m'assis pour rejouer la vidéo que je venais d'enregistrer.

La regarder me fit prendre conscience à quel point être avec Luca avait changé les choses pour moi. Il fut un temps où monter sur la scène d'une salle remplie de fans en délire me rendait euphorique, mais à présent, je ressentais la même chose en imaginant avoir une petite fille avec Luca un jour. L'argent et la gloire ne pouvaient pas acheter le bonheur, et je commençais à penser que j'échangerais bien des milliers de femmes affichant mon visage sur leur poitrine contre une seule femme posant sa tête sur mon torse le soir venu. C'était vraiment dingue.

Toutefois, Luca avait connu quelques journées difficiles. Doc et elle étaient sortis afin d'acheter de la nourriture pour Hortencia, et elle avait fait une crise de panique au magasin. Apparemment, elle avait réussi plus facilement ce genre de petites virées avant l'incident de Chicago, alors elle n'avait pas trop le moral ces derniers temps. La vidéo était le message parfait pour la réconforter.

Enfin, c'était ce que je pensais.

Je tapai un texte avant d'y attacher l'enregistrement.

Griffin : Cette petite beauté s'appelle Frankie. Elle ressemble trait pour trait à l'image que je me fais de la petite fille qu'on pourrait avoir ensemble. C'est elle qui a choisi la chanson qu'on allait chanter, mais ces mots n'auraient pas pu tomber mieux pour exprimer ce que je ressens quand tu n'es pas à mes côtés, ma belle. Je reste figé. Le monde continue de tourner, mais je reste figé sans toi. Je t'appelle après le concert. Bisous.

J'appuyai sur le bouton d'envoi juste au moment où l'ingénieur du son frappa à ma porte.

— C'est quand tu veux, Cole.

— Ça me va. J'arrive dans une minute. J'attends juste des nouvelles de ma copine.

Je vis le message passer de « envoyé », à « reçu », puis « lu ».

La vidéo durait probablement une minute ou deux, alors je ne m'attendais pas à une réponse immédiate. Mais après dix minutes, je ne voulus pas faire attendre l'équipe plus longtemps, alors je me rendis sur scène. Je vérifiai mon téléphone une dernière fois avant de commencer.

Toujours rien.

Luca devait être occupée à écrire. Je savais comment j'étais en plein milieu de la composition d'une chanson. Je me mettais parfois dans ma petite bulle, et tout contact extérieur pouvait la faire éclater. Je me dis que j'aurais de ses nouvelles après les balances.

Visiblement, je me trompais.

— C'est quoi ce bordel, Luca ?

Je faisais les cent pas dans ma chambre d'hôtel, après l'avoir appelée pour la dixième fois. Luca ne m'avait toujours pas répondu après les balances. Elle n'avait toujours pas répondu non plus au moment où le concert devait commencer. En voyant que je n'avais toujours rien une fois la soirée terminée, j'avais commencé à m'inquiéter, alors je lui avais envoyé un message pour prendre de ses nouvelles. Tout comme la vidéo, elle l'avait lu, mais n'avait pas répondu. Je lui avais aussi laissé quelques messages vocaux.

Est-ce que cette fameuse vidéo avait pu la contrarier ? Y avait-il quelque chose qui aurait pu la mettre en colère ou la rendre triste ? Je ne pensais pas que c'était le cas, mais juste pour être sûr, je la revisionnai deux fois et relus le message qui l'avait accompagnée. De ce que je voyais, je ne faisais que lui rappeler tendrement que je pensais à elle.

Puisque rien n'aurait dû provoquer cette réaction, mon esprit se mit à inventer des scénarios bien pires. Je commençai à m'inquiéter que quelque chose lui soit arrivé. Évidemment, des choses horribles me passèrent par la tête.

Quelqu'un s'est introduit chez elle et elle est inconsciente.

Pourtant, mes messages étaient lus. Peut-être que l'intrus les lisait, même si ça paraissait ridicule, malgré mon imagination débordante.

Elle est tombée et elle s'est cogné la tête.

Encore une fois, était-elle allongée par terre à lire ses messages en se vidant de son sang ?

Malheureusement, il ne restait plus qu'une seule hypothèse logique.

Ses derniers jours compliqués pesaient grandement sur elle et elle ne voulait pas me parler.

Un sentiment de déjà vu me frappa. Je connaissais ça. Huit ans plus tôt, j'avais ressenti une angoisse terrible quand j'allais à la boîte aux lettres tous les jours et qu'il n'y avait aucune lettre de Luca. Nous avions peut-être changé de moyen de communication, mais mon instinct me disait que tout allait partir en vrille. Ma copine était en train de s'éloigner de moi.

Le lendemain matin, nous devions partir à huit heures pour nous rendre à l'étape suivante. J'étais épuisé comme jamais, car lorsque j'avais fini par réussir à m'endormir hier soir, je m'étais réveillé toutes les demi-heures pour regarder mon téléphone dans l'espoir d'y trouver un message de Luca. En vain.

Je m'accrochais au dernier espoir qu'elle se soit endormie tôt hier et qu'elle ait fait la grasse matinée ce matin. J'attendis notre premier arrêt pour faire le plein, et que les gars soient descendus du bus pour prendre leur petit déjeuner, avant d'appeler du renfort.

— Allô ?

— Bonjour, c'est Griffin. Désolé de vous déranger, Doc, mais je suis inquiet à propos de Luca. Elle ne répond pas au téléphone, que ce soit aux appels ou aux messages.

Il soupira au bout du fil.

— Cette situation est compliquée pour moi, fiston. Je dois respecter le secret médical concernant Luca, mais je tiens à elle.

Putain, j'avais peur qu'il me réponde ça.

— Pouvez-vous simplement me dire si elle va bien ? demandai-je. Quand l'avez-vous vue pour la dernière fois ?

— J'ai passé une heure avec elle ce matin.

Je me sentis soulagé de savoir qu'elle allait bien, mais j'eus mal au cœur en ayant la confirmation qu'elle ne voulait juste pas me parler.

— Elle va bien ? Elle n'est pas blessée physiquement ?

— Physiquement, elle n'a rien. Tu ne devrais pas t'inquiéter pour ça.

— Je sais que vous ne pouvez pas parler de ses problèmes, mais je ne sais pas quoi faire, avouai-je, en me sentant impuissant si loin d'elle. Je suis sur la route et je ne peux pas venir la voir pour l'instant. Pouvez-vous me dire comment je devrais me comporter avec quelqu'un qui a des phobies extrêmes ? Que diriez-vous à un mari ou une épouse qui viendrait vous voir pour obtenir des conseils sur la façon d'agir avec quelqu'un souffrant d'anxiété qui prendrait ses distances ?

— Je leur dirais qu'il n'est pas possible de gérer quelqu'un souffrant d'anxiété extrême. On peut les soutenir et les aimer, mais il faut beaucoup de patience si on veut s'engager à long terme. Quand quelqu'un se coupe une jambe, le docteur la recoud, mais il faut quand même beaucoup de temps avant qu'elle soit complètement guérie. Même après des mois, il reste encore une cicatrice. Et bien après la disparition de cette cicatrice, si un choc survient à l'endroit où se trouvait la blessure, la peau s'ouvrira plus facilement qu'ailleurs. C'est pareil pour l'anxiété.

— Oui, je vois, répondis-je en soupirant.

— Sois patient, Griffin, me conseilla-t-il. Je sais que c'est plus facile à dire qu'à faire, mais je ne pense pas briser le secret médical en affirmant que Luca t'aime. On dit que le temps guérit les blessures, mais je crois que lorsqu'on parle de cœur brisé, l'amour est tout aussi important.

Je hochai la tête et déglutis.

— Merci, Doc.

Après avoir raccroché, je restai assis à réfléchir pendant un moment. Luca allait bien sur le plan physique et elle avait Doc. Je savais qu'elle était en difficulté et j'aurais aimé pouvoir faire quelque chose pour qu'elle aille mieux, mais si c'était de temps qu'elle avait besoin, alors je n'avais pas d'autre choix que de lui laisser un peu d'espace en lui faisant savoir que je serais toujours là.

Elle lisait mes messages, alors je lui en envoyai un autre.

Griffin : Salut, ma belle. Je voulais juste te dire que je pense à toi aujourd'hui. Je vais te laisser un peu respirer, plutôt que de t'appeler et de t'envoyer un million de messages, et d'ajouter du stress à tout ce que tu traverses déjà. Je suis là si tu as besoin de moi, et je crois en ce que nous partageons. Prends soin de toi, bébé.

Je jetai le téléphone sur le petit lit et m'allongeai en

posant un bras sur mes yeux. Je fus choqué d'entendre mon téléphone biper une minute plus tard.

Luca : Merci. Prends soin de toi aussi, Griffin.

CHAPITRE 29

Luca

Je pris la photo encadrée sur ma table de nuit, celle que j'avais sortie de mon tiroir quelques jours plus tôt, et passai mon doigt sur le visage d'Isabella.

— Salut, Izzy. Je suis désolée de t'avoir enfermée pendant si longtemps. Ce n'est pas que je ne voulais pas te voir. Loin de là. J'adore ton visage souriant. C'est juste que... c'est compliqué, tu comprends ? Tu te souviens quand tu es sortie avec Tommy Nystrom en première ? Vous étiez tellement mignons ensemble. Et puis son père a été muté et il a déménagé en Arizona. Tu avais accroché des photos de vous deux partout dans ta chambre, et tu as été triste pendant des mois après son départ. Je t'ai poussée à les retirer, et deux semaines plus tard, tu rencontrais Andrew Harding. Ce n'était pas que tu n'aimais plus Tommy. C'est juste qu'il n'était pas là et que le rappel constant de son absence te rendait triste. Eh bien, c'est un peu la raison pour laquelle j'ai dû retirer tes photos. Je ne l'ai pas fait pour pouvoir rencontrer une nouvelle meilleure amie, tout comme tu n'as pas enlevé les photos de Tommy pour pouvoir trouver un nouveau petit copain. Mais parfois, on doit arrêter de vivre dans le passé pour nous permettre d'être heureux.

Je ne m'étais pas rendu compte que des larmes coulaient sur mon visage, jusqu'à ce que l'une d'entre elles tombe sur le verre du cadre dans ma main. La semaine qui venait de s'écouler avait été éprouvante. Au départ, j'allais bien après notre retour de Chicago. J'étais triste parce que je pensais que mon couple ne s'en sortirait pas, mais je n'avais pas encore pris conscience de ce que j'avais vécu avec l'alarme incendie. *Jusqu'à ce que ça me frappe.* Quelques jours plus tard, je m'étais réveillée en pleine nuit en ayant du mal à respirer. J'avais entendu si clairement des alarmes incendie retentir que j'étais sortie en courant de la maison, totalement paniquée, à deux heures du matin. Il m'avait fallu vingt bonnes minutes avant de réussir à me convaincre de rentrer, même après avoir compris qu'aucune alarme ne s'était déclenchée. Les choses étaient devenues incontrôlables après ça. Une crise d'angoisse à l'animalerie, une transpiration excessive en essayant d'écrire, et une impression constante qu'un malheur allait arriver. Pour couronner le tout, la peur de faire un autre cauchemar intense m'avait rendue insomniaque.

Doc disait que ma réponse physiologique tardive était une forme de stress post-traumatique. Nous avions passé plusieurs jours à discuter de la soirée du concert, chose que je n'avais en réalité pas faite depuis quelques années. Hier, il m'avait fait rédiger les détails de ce qui était arrivé ce soir-là. Cette démarche était censée m'aider à déterminer la façon dont je pensais à ce drame pour pouvoir trouver un nouveau moyen de vivre avec. Pour résumer, j'étais revenue en arrière dans ma thérapie, et j'avais l'impression d'avoir fait un bond de *trois ans* dans le passé.

La seule bonne chose dans tout ça, c'était que d'écrire à propos de l'incendie m'avait aussi donné envie de me remémorer les bons moments avec Izzy. Alors aujourd'hui, j'avais ressorti mon coffre de rangement du grenier et j'avais passé en revue certains de mes souvenirs. Il y avait des cartes d'anniversaire, des photos, des vidéos de nous en train de faire les imbéciles, et même un croquis représentant le soleil, la lune et des étoiles, qu'Izzy voulait que nous nous fassions tatouer toutes les deux.

Je sortis mon album de lycée de la boîte, et tournai les pages jusqu'à trouver sa photo. Elle était tellement belle avec son grand sourire. Rien ne lui avait laissé entendre ce qui l'attendait quand ce cliché avait été pris. J'étais sur le point de ranger l'album quand il m'échappa des mains et atterrit à l'envers, le rabat de la couverture s'ouvrant au passage. L'écriture d'Isabella recouvrait les pages. J'avais oublié la longue lettre qu'elle m'avait écrite à l'intérieur.

Chère Luca,

On dit que nos deux meilleurs amis sont censés écrire sur les couvertures avant et arrière de nos albums de lycée. Je veux que tu saches que ma quatrième de couverture restera vierge parce que je n'ai qu'une seule meilleure amie et c'est toi, Luca Vinetti.

J'ai l'impression que c'était hier qu'on s'est rencontrées lors du premier jour de grande section de maternelle. J'attendais que le bus passe à l'arrêt. Bon sang, je flippais comme jamais. Enfin, et si tout le monde me détestait ? Et si je ne me faisais aucun ami ? Et si tout le monde me trouvait bizarre ?

Bon, il faut dire que cet été-là, le grand épi qui restait constamment dressé à l'avant de ma tête m'avait vraiment contrariée. J'avais eu la brillante idée de le couper jusqu'aux racines, en me disant que personne ne remarquerait rien. Donc j'attendais le bus alors qu'il me manquait une grosse mèche de cheveux sur le côté droit. Pour résumer, j'étais bizarre, alors nos camarades auraient eu sacrément raison de m'éviter.

Bref, je suis montée dans ce bus en portant un grand chapeau de cow-boy, en pensant que personne ne remarquerait mes cheveux si j'assumais mon nouveau style tendance. Le seul problème, c'était que les chapeaux de cow-boy n'étaient pas cool du tout, et tous les enfants ont commencé à se moquer de moi. Leur dire que mon père était fermier – en plein Manhattan – ne m'avait pas vraiment aidée. Mais tu t'es levée de ton siège et tu es venue t'asseoir à côté de moi. Tu m'as dit de les ignorer, mais je n'y suis pas arrivée. Cette journée a été absolument horrible, et j'appréhendais d'y retourner le lendemain. Jusqu'à ce que je monte dans le bus et que je te voie assise là avec ton grand sourire, un vieux chapeau de cow-boy sur la tête. C'est à ce moment-là que j'ai pris conscience que j'étais bizarre, mais que ma nouvelle meilleure amie m'aimait quand même.

Les albums de lycée sont censés rappeler aux gens tous les bons moments partagés ensemble. Puisqu'il n'y a pas assez de pages dans ce livre pour commencer à énumérer nos souvenirs, je vais plutôt te dire pourquoi je t'aime.

Tu ris toujours à mes mauvaises blagues.

Tu es la personne la plus gentille que je connaisse.

Tu m'as appris à suivre mes rêves en t'observant poursuivre les tiens.

Tu as hâte d'être au lendemain pour profiter de la vie.

Tu as toujours le sourire.

Tu n'as peur de rien.

Ces douze dernières années ont été géniales, mais ce n'est que le début pour nous. Tu vas conquérir le monde, Luca Vinetti. Mille-six-cents kilomètres nous sépareront peut-être quand on ira à l'université, mais *peu importe la distance que la vie mettra entre nous, je serai toujours derrière toi.*

Ta meilleure amie à jamais,

Izzy

Griffin : Bonjour, ma beauté. Pourquoi du sperme traverse-t-il la rue ?

Un autre message arriva quelques secondes plus tard.

Griffin : Parce que j'ai enfilé les mauvaises chaussettes ce matin.

Je ne savais pas pourquoi, mais sa blague me fit éclater de rire. Peut-être que c'était fou, je n'en étais pas sûre, mais j'avais l'impression d'en avoir besoin. Griffin m'avait envoyé des messages deux fois par jour au cours de la semaine qui venait de s'écouler, depuis que j'avais commencé à l'éviter. Tous les matins, il m'envoyait une blague, et tous les soirs, il me racontait les choses qui lui avaient fait penser à moi dans la journée. Je lui répondais parfois, mais ce n'était rien de plus qu'un simple merci ou un emoji minable. Ce n'était pas parce que je ne voulais pas avoir de contacts avec lui, mais plutôt parce que je ne savais pas quoi dire. J'avais honte d'avoir sombré dans les ténèbres, et je ne savais pas non plus comment lui parler de nous, comment faire le point sur notre relation. J'avais agi de façon immature et m'étais éloignée sans explication.

Je relus son message et ne pus m'empêcher de rire de nouveau à sa blague. Dans ma tête, je l'imaginais vraiment en train d'enfiler une chaussette usagée. Puis je me souvins de la lettre d'Izzy que j'avais lue hier dans mon album.

Tu ris toujours à mes mauvaises blagues.

J'avais effectivement un penchant pour les blagues nulles. Elle ne se trompait pas là-dessus. Mais pour le reste, je n'en étais pas si sûre.

Tu n'as peur de rien.

Bon sang, est-ce que ça avait vraiment été le cas un jour? Parce que je n'arrivais pas à me souvenir d'une époque où je n'avais peur de rien.

Tu as hâte d'être au lendemain pour profiter de la vie.

Profiter de la *vie*. Je m'étais créé un monde qui était complètement à l'opposé de ce qu'était la vraie vie. J'habitais au milieu de nulle part, j'écrivais des histoires à propos de personnages qui n'existaient que dans mon imagination, et souvent, la seule personne à qui je parlais durant la journée était Hortencia.

Mille-six-cents kilomètres nous sépareront peut-être quand on ira à l'université, mais peu importe la distance que la vie mettra entre nous, je serai toujours derrière toi.

Elle n'aurait jamais pu se douter de la distance qui allait vraiment nous séparer, mais curieusement, aujourd'hui, j'avais l'impression qu'elle était *réellement* derrière moi. Je ressentais sa présence plus que jamais, seulement sur le moment, elle me donna un peu de courage, alors je décidai de répondre à Griff.

Luca : Quel est le point commun entre le tofu et un gode ?

Sa réponse arriva deux secondes plus tard.

Griffin : Quoi donc ?

Luca : Ils remplacent tous les deux la viande.

Griffin : LOL. Comment appelle-t-on une rockstar de vingt-cinq ans qui ne se masturbe pas alors qu'il n'a pas vu sa copine depuis deux semaines entières ?

Luca : Je ne sais pas.

Griffin : Un menteur.

J'éclatai de rire une nouvelle fois.

Luca : Pourquoi les femmes se grattent la tête le matin ?

Griffin : À toi de me le dire.

Luca : Parce qu'elles n'ont pas de testicules.

Griffin : D'accord, celle-ci m'a fait cracher mon eau par le nez.

C'était la première fois que je souriais depuis deux semaines. Je tournai les yeux vers la photo qui se trouvait toujours sur ma table de nuit.

— Merci, Izzy.

Je pris une grande inspiration, approchai mon doigt du prénom de Griffin à l'écran, puis appuyai sur le bouton d'appel au lieu de lui écrire.

— Salut, lança-t-il en décrochant à la première sonnerie.

— Salut. Je ne te dérange pas ? J'avais besoin d'entendre ta voix.

— Tu ne me déranges jamais, ma belle.

CHAPITRE 30

La conversation ne resta pas légère longtemps.

— Je suis désolée d'avoir été si distante ces derniers temps, s'excusa-t-elle. J'ai l'impression d'avoir fait quelques pas en arrière depuis que tu es parti.

Je détestais le fait qu'elle puisse culpabiliser.

— Ne t'excuse jamais de ce que tu ressens. Tu sais que je t'accepte telle que tu es. Tu n'es pas tenue de te sentir ou d'agir d'une certaine façon, mais j'ai besoin qu'à un moment donné, tu répondes à mes messages pour que je sache que tu vas bien.

— Je suis désolée de t'avoir inquiété.

Une peur inexplicable s'empara de moi.

— Luca... commençai-je. Dis-moi à quoi tu penses. S'il te plaît.

— Je ne veux plus te retenir, Griffin, déclara-t-elle, après un moment de silence qui sembla durer une éternité.

— Tu ne me retiens pas... Je...

— Tu dis ça parce que tu m'aimes, mais la vérité, c'est que... j'ai raison et je... je ne peux pas...

Elle ne peut pas.

Mon cœur s'emballa.

— Tu ne peux pas quoi ? Dis-le, Luca. J'ai besoin de l'entendre, affirmai-je d'un ton presque furieux. Il faut que ce soit clair. *Très* clair.

— Je ne peux pas être la personne dont tu as besoin, finit-elle par lâcher. Du moins pas pour l'instant. Je ressens la pression de dépasser mes peurs à une vitesse qui n'est juste pas réaliste. Je n'arrête pas d'avoir l'impression que je t'empêche d'avancer... et cette pression est trop difficile à supporter. C'est trop lourd à porter et je... je n'arrive plus à respirer.

Putain. C'était vraiment en train de se passer.

J'étais réellement en train de la perdre.

Je me sentais impuissant.

Comment pourrais-je tenter de me battre pour elle, alors qu'elle me disait que ça l'étouffait ? Je m'étais toujours dit que je saurais si je devais la laisser partir, si on en arrivait au point où j'avais l'impression que notre couple lui faisait plus de mal que de bien. Même si mettre un terme à notre relation ne me semblait pas naturel, j'avais le sentiment de ne pas avoir d'autre choix que de l'écouter.

— Tu veux qu'on se sépare ? C'est ce que tu es en train de me dire, Luca ? J'ai besoin que tu sois franche avec moi.

— Je pense que c'est ce qu'il y a de mieux à faire pour l'instant, confirma-t-elle d'une voix tremblante. Je pense qu'il vaut mieux qu'on se sépare.

Elle poussa un soupir qu'elle semblait avoir retenu.

Eh bien, ça ne pouvait pas être plus clair. J'avais *entendu* ces mots, mais je n'arrivais toujours pas à y croire.

— D'accord, repris-je en déglutissant. Comment on fait ? Est-ce que ça veut dire qu'on ne se parle plus ?

Je pouvais l'entendre pleurer à l'autre bout du fil, et je me doutais que c'était parce qu'elle venait d'être rattrapée par la réalité de la situation. Quant à moi, j'étais sous le choc, et je ne voulais toujours pas croire à ce qu'elle me disait.

— Je ne sais pas, répondit-elle. Je ne sais pas ce qui serait le mieux à faire, parce qu'avoir de tes nouvelles me ferait du mal, mais ne pas en avoir serait encore plus douloureux.

La colère monta davantage en moi. J'étais déçu de la vie, d'elle. De tout.

— Et si on avisait un jour à la fois ? Je n'ai même pas commencé à digérer ça. Mais je t'ai bien comprise, Luca, d'accord ? J'ai bien compris.

Le silence se fit à nouveau.

— Je suis désolée, Griffin, murmura-t-elle.

— Moi aussi je suis désolé, ma belle. Vraiment. Plus que tu ne peux l'imaginer.

Je n'avais jamais annulé un concert de toute ma carrière, mais je n'avais tout simplement pas pu jouer à Minneapolis ce soir-là. J'avais simulé un syndrome grippal et avais créé un vrai cauchemar logistique pour le manager de la tournée et mon attachée de presse. Mais ça n'avait aucune importance. Plus rien n'en avait. Demain, je savais que j'allais trouver un moyen de me relever pour jouer dans la prochaine ville, mais j'avais besoin de cette soirée pour faire mon deuil. C'était la première fois que je faisais semblant d'être malade. J'avais mérité ce craquage.

Je dus prendre sur moi pour ne pas appeler Luca afin de prendre de ses nouvelles. Toutes les heures, mon doigt s'attardait au-dessus de son prénom dans ma messagerie. Finalement, je choisis d'appeler Doc à la place. Au moins, grâce à lui, je pouvais m'assurer qu'elle allait bien sans la perturber. Je ne savais même pas si elle lui avait dit qu'elle avait rompu avec moi.

— Allô ? répondit-il.

— Doc, c'est Griffin.

— Oh... Griffin. Est-ce que tout va bien ?

Les mots ne voulaient pas sortir. Pour la première fois depuis très longtemps, probablement depuis le décès de ma mère, les larmes me montèrent aux yeux. Je me doutais que ça allait arriver. Même si je ne disais rien, il pouvait clairement entendre que quelque chose n'allait pas.

— Raconte-moi ce qui s'est passé, fiston. Est-ce que c'est Luca ?

— Elle a mis fin à notre relation tout à l'heure.

Il eut le souffle coupé.

— Je voulais vous tenir au courant au cas où elle ne vous l'aurait pas encore dit, pour que vous puissiez prendre soin d'elle et vous assurer qu'elle aille bien, poursuivis-je en essuyant mes yeux pour retenir mes larmes. Parce que je sais que ça n'a pas été facile pour elle.

— Je suis navré de l'apprendre. Vraiment. Je sais à quel point tu as essayé de la rendre heureuse et de faire en sorte que ça fonctionne entre vous.

— Apparemment, ce n'était pas suffisant.

— Je n'ai jamais vu quelqu'un se donner autant pour sauver une relation, Griffin. Tu as fait tout ce que tu as pu. Luca n'est simplement pas prête, même si elle aurait aimé l'être. Même si je sais qu'elle t'aime sincèrement.

— Je sais qu'elle m'aime... énormément. Voilà pourquoi c'est encore plus douloureux d'accepter ça. Je ne souffre pas seulement pour moi, mais parce que je sais qu'elle souffre encore plus. Je sais que ça n'a pas été simple pour elle... de me quitter.

— Non, j'imagine bien, confirma-t-il. Je suis content que tu m'en aies parlé parce que je n'ai pas eu de ses nouvelles aujourd'hui, alors maintenant, je sais pourquoi.

— J'ai annulé mon concert de ce soir, Doc. Des milliers de personnes ont payé pour venir me voir, et je leur ai fait faux bond parce que je ne pouvais pas supporter l'idée de chanter alors que je me sens détruit à l'intérieur.

Je soupirai.

— Vous savez, j'ai écrit une chanson sur elle à l'époque où je lui en voulais, avant qu'on se retrouve. Est-ce qu'elle vous l'a déjà dit ?

— Oh, oui, je l'ai écoutée plusieurs fois.

J'ignorais pourquoi ça me fit rire un peu. Bizarrement, je n'arrivais pas à imaginer Doc en train d'écouter ma musique.

— Cette chanson est toujours difficile à chanter, mais je ne me sens pas capable de prononcer ces paroles ce soir. Elles feraient mieux de trouver un moyen de sortir dans la prochaine ville, parce que je ne peux pas me permettre d'annuler une seconde fois.

— Il est parfaitement acceptable de prendre soin de soi de temps en temps. Ne t'inquiète pas pour les fans que tu déçois. Accorde-toi ce moment pour reprendre des forces.

— Bon sang, voilà que je me demande si je vous ai appelé pour elle... ou pour moi.

— Les deux me vont. Tu es un homme bien, Griffin. Je n'aimerais voir ma Luca avec personne d'autre. Je vais te confier un secret. Je suis peut-être son psy... mais en vérité, si je dois être honnête... elle est comme une fille pour moi. Notre partageons bien plus qu'une relation entre un médecin et son patient. Rien ne m'aurait fait plus plaisir que de voir les choses fonctionner entre vous, et j'ai le cœur lourd de savoir que vous souffrez tous les deux.

— Vous êtes un homme bien aussi, Doc. S'il vous plaît, prenez soin d'elle, ajoutai-je en passant mes doigts dans mes cheveux.

— Tu peux compter sur moi, assura-t-il, avant de marquer une pause. Griffin ?

— Oui ?

— Peut-être que tu pourrais mettre à profit ce que tu ressens. Peut-être qu'il est temps d'écrire une nouvelle chanson. Ce n'est qu'une idée comme ça, mais j'imagine que t'exprimer à travers ta musique doit être thérapeutique.

— Je ne me vois pas écrire pour l'instant. J'ai le cœur brisé.

— Mon instinct me dit que tu ne devrais pas tirer un trait sur Luca. Je suis convaincu qu'elle se rendra compte de son erreur un jour, mais il pourrait se passer un long moment avant que ça n'arrive. Je sais qu'il n'est pas juste de te demander d'attendre.

— Je pourrais attendre une éternité si je pensais vraiment qu'elle changerait d'avis. Mais là ? Je suis trop brisé pour y croire. Je n'ai jamais envisagé qu'elle me quitterait vraiment, Doc. Pour être honnête... je suis carrément sans voix.

— Fais confiance au destin, Griffin. Regarde jusqu'où il vous a menés jusqu'à présent. Continue ta vie, mais sois confiant sur le fait que si Luca et toi êtes faits pour être ensemble... alors un jour, ce qui vous a réuni fera à nouveau son œuvre.

— Vous êtes un bon ami, Doc. Pas seulement pour Luca, mais pour moi aussi. Si je peux faire quoi que ce soit pour vous, n'hésitez pas à me le faire savoir.

Mon hypothèse initiale selon laquelle je ne serais pas capable d'écrire se révéla fausse. Les deux jours suivants, alors que nous nous rendions à notre prochaine destination, Des Moines, je rédigeai des paroles comme un forcené, ainsi que la musique pour les accompagner.

Ça finit par devenir une thérapie pour moi, et même si une grande partie était inutilisable, j'avais avancé sur une chanson que je prévoyais de jouer lors de notre dernière représentation, si les autres membres du groupe pouvaient l'apprendre assez vite.

C'était très compliqué de ne pas contacter Luca, mais je me disais que le faire maintenant ne rendrait pas les choses plus faciles. Honnêtement, une partie de moi était toujours en colère qu'elle ait fait une croix sur notre couple. Je ne voulais pas me défouler sur elle. Je finirais par l'appeler pour prendre de ses nouvelles, mais il me fallait plus de temps pour digérer tout ça. J'avais non seulement perdu ma copine, mais également ma meilleure amie. Encore une fois.

Après une pause repas, je revins dans le bus avant que nous ne reprenions la route. À ma grande surprise, je trouvai une fille allongée sur mon lit, vêtue uniquement d'une culotte en dentelle et d'un soutien-gorge.

— Euh… Qu'est-ce que tu fais là ? lui demandai-je.

— Buddy a dit que tu voudrais peut-être de la compagnie ce soir.

Putain.

Mais d'où venait-elle ? Était-elle dans le bus depuis Minneapolis ? Buddy était mon guitariste et le seul de mes camarades à qui je me confiais en règle générale. Il s'en était pris à moi après l'annulation du concert, et j'avais fini par lui avouer ce qui s'était passé. Il avait dû se dire que coucher avec une autre serait la solution pour oublier Luca ce soir. Il en était hors de question. C'était bien trop tôt. Peut-être que le temps viendrait où je n'aurais plus l'impression d'être infidèle, mais à cet instant, mon corps avait toujours l'impression d'appartenir à Luca. Et c'était tordu.

— Eh bien, Buddy se trompait. En réalité, j'aimerais beaucoup être seul, mais merci d'avoir pensé à moi.

— Tu es sûr ? s'enquit-elle, l'air déçue.

— Oui.

Elle se leva et disparut dans une autre partie du bus. Après son départ, le véhicule se mit à avancer, alors j'éteignis la lumière et m'endormis.

CHAPITRE 31

Luca

Je n'avais pas fait une seule bonne nuit de sommeil depuis que j'avais mis fin à ma relation avec Griffin. Je m'étais fait du mal en l'imaginant noyer son chagrin dans l'alcool et les femmes. Et qui pourrait lui en vouloir après ce que je lui avais fait ? J'étais dans un état étrange depuis cette rupture, comme une sorte d'apathie. Ne plus pouvoir attendre ses appels, ses lettres, sa voix, son contact, me donnait l'impression de me ficher de tout, y compris que le monde puisse s'écrouler autour de moi.

Cependant, au beau milieu de tout ça, j'avais fait quelque chose que j'avais repoussé pendant des années. Je m'étais rendue au salon de tatouage le plus proche, et je m'étais fait tatouer le soleil, la lune et les étoiles qu'Isabella voulait que nous nous fassions graver de façon permanente sur l'intérieur de mon avant-bras. J'avais « parlé » plus souvent à Izzy ces derniers temps, et je m'étais dit qu'il était temps de concrétiser ce projet d'encrage.

Doc venait juste d'arriver chez moi et allait le voir pour la première fois.

— Il faut que je vous montre quelque chose, annonçai-je lorsqu'il s'assit à la table de la cuisine.

— Est-ce que tu as enfin trouvé le temps de peindre le macareux moine ?

— Non, il est relégué au second plan, comme la peinture en général pour l'instant.

Je relevai ma manche et exposai la nouvelle œuvre sur ma peau.

— Je me suis fait tatouer.

— Oh, waouh ! s'exclama-t-il en écarquillant les yeux.

— Isabella et moi l'avions dessiné ensemble, et nous avions prévu d'avoir ce tatouage en commun. Je n'avais pas été capable de regarder ce croquis, et encore moins d'envisager de passer à l'acte, jusqu'à récemment. Je suis allée le faire il y a deux jours.

Doc pencha la tête pour l'examiner.

— C'est très joli. Pourquoi penses-tu avoir été soudain capable de le faire ?

— Tout me semble différent depuis que j'ai quitté Griffin. Peut-être que c'est un effet secondaire quand on a le cœur brisé. J'ai comme l'impression... que je n'ai plus rien à perdre.

— Eh bien, marquer ta peau de façon permanente avec un souvenir d'Isabella est certainement un pas énorme en direction de la guérison et de l'acceptation. Je suis très fier de toi.

— Oui, je suis d'accord. Moi aussi je suis fière de moi, avouai-je en souriant.

— Quant à ta nouvelle façon de voir les choses après ta rupture avec Griffin, je pense qu'on ne se rend jamais vraiment compte à quel point un événement traumatisant va nous atteindre avant de le vivre.

— C'est vraiment comme si plus rien ne m'importait, comme si je me fichais de vivre ou de mourir.

Son expression changea.

— Tu n'as pas d'envies suicidaires, n'est-ce pas ? Parce que, Luca, il faut que tu m'en parles si ça t'arrive.

— Non, pas d'envies suicidaires. Je ne pourrais jamais m'ôter la vie. J'aurais bien trop peur. C'est juste une sensation de torpeur.

— Est-ce que tu lui as parlé ?

— Non, je ne l'ai pas contacté et il ne l'a pas fait non plus. Je suis presque sûre qu'il doit me détester.

Les yeux de Doc s'agitèrent. Il avait l'air un peu coupable, comme s'il me cachait quelque chose.

— C'est quoi ce regard ? demandai-je.

— Il ne te déteste pas.

— Et comment vous le savez ?

— Il m'a appelé plusieurs fois pour prendre de tes nouvelles. Il s'inquiète pour toi.

— Vous avez parlé à Griffin ?

— Il ne m'a jamais vraiment dit de garder ça pour moi, mais je ne savais pas si je devais le faire ou non. Alors je te le dis maintenant. Étant donné que tu as tiré les mauvaises conclusions en ce qui concerne son attitude actuelle envers toi, j'ai eu l'impression que c'était nécessaire.

— Est-ce qu'il a dit autre chose ?

— Il veut principalement savoir si tu vas bien. Je lui raconte ce que je peux sans violer le secret professionnel.

Je ne savais pas si je me sentais encore plus mal de savoir que Griffin avait appelé Doc. Il me manquait énormément, mais en même temps, une partie de moi espérait qu'il n'était pas accroché à moi et qu'il pourrait avancer dans sa vie, comme il le méritait. Pourtant, une partie encore plus grande de moi était soulagée qu'il ne me déteste pas et qu'il tienne assez à moi pour prendre de mes nouvelles. Même alors que nous n'étions plus ensemble, Griffin me connaissait. Il savait que me contacter m'enverrait dans un tourbillon émotionnel.

— Merci de l'avoir tenu au courant, et désolée que vous vous retrouviez au milieu.

— Aucun souci, Luca. Je considère Griffin comme un ami. Évidemment, je te serai toujours loyal, alors si tu me demandes de ne plus lui parler, je respecterai ton choix.

— Non, je ne ferais jamais ça.

J'avais envie d'ajouter « dites-lui que je l'aime », mais je ne pouvais pas.

Je ne savais pas ce qui m'était passé par la tête pour aller jeter un coup d'œil sur le site d'Archer ce soir-là. Je savais que la tournée toucherait bientôt à sa fin. Toutes les dates passées étaient indiquées, et je ne pus m'empêcher de remarquer que celle de Minneapolis avait été annulée. Je regardai la date et me rendis compte qu'elle correspondait à celle de notre rupture. Mon cœur se serra. Je ne pouvais pas en être certaine, mais mon instinct me disait que Griffin avait été trop bouleversé pour chanter. Puisqu'il était d'un professionnalisme exemplaire, ça en disait beaucoup sur ce que je lui avais fait.

Je vis que le concert de Los Angeles aurait lieu demain soir. Je me souvins que Griffin m'avait parlé d'un live disponible en ligne sur leur site. C'était un cadeau à destination de leurs fans internationaux ne pouvant pas se déplacer à l'une de leurs représentations. Je savais que ce serait incroyablement douloureux à regarder, mais une partie de moi avait besoin de savoir qu'il allait bien. Il fallait que j'entende sa voix et que je voie son visage, même si ça me tuait. Je posai les yeux sur le tatouage au niveau de mon avant-bras. Je pouvais entendre les mots qu'avait écrits Lizzy dans mon album. « Tu n'as peur de rien. » C'était l'image qu'elle avait de moi, et ça n'avait rien à voir avec la réalité... mais je pouvais au moins *essayer* d'en être digne de temps en temps. Regarder Griffin demain serait une vraie épreuve de force.

Le lendemain soir, mon cœur se mit à battre plus vite que jamais. Je n'étais pas prête pour ce qui allait suivre, mais je ne le serais jamais. Un message sur le site m'invitait à cliquer sur un lien pour suivre le concert de Los Angeles en direct. Je devais être en avance. Ils disaient que ça devait commencer à vingt heures, heure de la côte Ouest, ce qui signifiait qu'il me restait environ dix minutes à attendre. J'avais les mains moites et mes genoux ne cessaient de remuer.

L'attente me parut durer une éternité, avant que l'écran ne change subitement. Mon cœur s'emballa. Le concert allait commencer. J'entendis des milliers de personnes hurler au moment où l'éclairage changea. Ensuite, une caméra zooma lentement sur la scène. Griffin était assis sur un tabouret, un projecteur braqué sur lui. Il commença à chanter doucement a cappella, et ça me donna aussitôt la chair de poule. Mon cœur s'éveilla en l'entendant fredonner. Puis les instruments finirent par se joindre à lui. Je reconnus cette chanson, qui était l'une des plus populaires.

Un énorme sentiment de fierté se forma dans ma poitrine. *Bon sang, tu es génial, Griffin.* Sa voix rocailleuse n'était pas différente des versions enregistrées de leurs chansons. Il était excellent en live. Je me retrouvai complètement scotchée à l'écran, captivée par cet homme, comme si je faisais partie du public. Je mourais d'envie d'y être. Je mourais d'envie de ressentir l'énergie de cette pièce, la chaleur, la vibration de la musique. Je mourais d'envie de regarder ça depuis les coulisses, de me jeter dans ses bras et de lui dire à quel point j'étais fière de lui une fois que le concert serait terminé. Les larmes me montèrent aux yeux. Plus je le regardais, plus ce sentiment inexplicable qui m'habitait ces derniers temps s'amplifia. Je l'avais décrit à Doc comme de l'apathie, comme le fait de me ficher d'être en vie ou non, mais à présent, je comprenais exactement ce que c'était. *Rien n'avait d'importance sans lui.* Si quelqu'un m'avait demandé il y a un an la pire chose qui pouvait m'arriver... j'aurais répondu avoir une crise d'angoisse et mourir. Si on me reposait la question aujourd'hui, la réponse serait différente. La pire chose qui pouvait m'arriver *s'était produite*. C'était de vivre chaque jour en sachant que Griffin était là, et ne pas pouvoir partager cette vie avec lui. Il m'avait demandé si je pensais que l'amour était suffisant, si je serais prête à endurer les aspects négatifs pour être avec lui. À l'époque, je ne connaissais pas vraiment la réponse. À présent... elle me semblait claire. L'amour représentait *tout*. Il était plus important que la peur, plus important que la mort. Il traversait le temps. Je ferais absolument tout pour qu'il revienne dans ma vie, même si ça me tuait.

Même si ça me tue.

Cette prise de conscience était énorme.

Pour réellement dépasser une peur, il faut, au moins d'une certaine manière, être prêt à mourir pour ce qu'il y a de l'autre côté. J'étais sans aucun doute prête à mourir pour Griffin.

Je ne savais pas quoi faire de cette révélation.

Les premières notes de *Luca* retentirent, et je me souvins du moment où Griffin m'avait avoué à quel point c'était bizarre de la chanter maintenant que nous nous étions retrouvés, étant donné qu'elle avait été écrite sous le coup de la colère. J'étais sûre qu'il y associait des sentiments encore plus douloureux désormais. La caméra se focalisa sur son visage, et je le vis fermer bien fort les yeux avant de commencer à chanter. C'était comme s'il devait se préparer à prononcer ces premiers mots et se lancer. J'imaginais à peine ce qu'il devait ressentir en étant obligé de chanter à mon sujet encore et encore, alors que ça lui faisait beaucoup de mal.

Il réussit à terminer la chanson, et le public se déchaîna. Vu la durée des applaudissements, il était évident que *Luca* était leur titre le plus populaire. Il me l'avait toujours dit, mais maintenant, je comprenais vraiment. Il m'avait souvent raconté qu'ils finissaient les concerts avec celui-ci, mais visiblement, ce n'était pas le cas aujourd'hui.

Griffin reprit le micro au milieu des acclamations de la foule qui scandait son prénom.

Sa voix résonna dans la salle.

— Je me demandais si vous seriez d'accord pour entendre une dernière chanson ce soir...

Le public répondit en applaudissant et en criant encore plus fort.

— Ce titre est nouveau... n'a jamais été enregistré... et ne sera peut-être jamais rechanté ensuite. Il s'appelle *You're in Me*, et je le dédie à mon grand amour. Tu te reconnaîtras.

J'eus les larmes aux yeux.

La foule était en délire.

Je peinai à écouter les paroles lorsqu'il se mit à chanter.

The day you walked away
(Le jour où tu m'as quitté)
You never really left.
(Tu n'es jamais vraiment partie.)
You may not know it
(Tu ne le sais peut-être pas)
But you're still here.
(Mais tu es toujours là.)

You say you're scared…
(*Tu dis que tu as peur…*)
But I'm scared, too,
(*Mais j'ai peur aussi,*)
To live in this world without you.
(*De vivre dans ce monde sans toi.*)

You can leave, but you'll always be here.
(*Tu peux partir, mais tu seras toujours là.*)
In my heart and soul… everywhere.
(*Dans mon cœur et mon âme… partout.*)
You're in me.
(*Tu es en moi.*)
Till the end,
(*Jusqu'à la fin,*)
It will always be you, my friend.
(*Ce sera toujours toi, mon amie.*)

They tell me to move on.
(*Ils me disent de passer à autre chose.*)
But if I do,
(*Mais si je le fais,*)
When I look at her, I'll only see you.
(*Quand je la regarderai, je ne verrai que toi.*)
You're in me.
(*Tu es en moi.*)
Till the end,
(*Jusqu'à la fin,*)
It will always be you, my friend.
(*Ce sera toujours toi, mon amie.*)

Even though you've left scars...
(Même si tu as laissé des cicatrices...)
You're still my sun, moon, and stars.
(Tu es toujours mon soleil, ma lune, et mes étoiles.)

Quoi?

Je n'entendis plus rien d'autre après ces paroles. *Mon soleil, ma lune, et mes étoiles.* Le reste de la chanson me sembla flou, et je restai figée, submergée par l'émotion. Je n'avais jamais parlé du tatouage représentant le soleil, la lune et les étoiles à Griffin. Il ne pouvait pas être au courant, pourtant ces mots se trouvaient dans son cœur. J'étais quasiment certaine que d'une certaine manière, *lui* vivait à l'intérieur du mien. Je baissai les yeux sur mon tatouage, et je compris sans l'ombre d'un doute qu'Izzy m'envoyait son plus grand message.

CHAPITRE 32

Luca

Cinquième jour et toujours rien.

Je ne savais pas à quoi je m'étais attendue, mais j'allais tous les jours vérifier ma boîte aux lettres, et la voir vide à chaque fois me faisait un peu plus perdre espoir.

Griffin avait ouvert son cœur dans une chanson, alors j'avais décidé d'en faire autant à ma propre manière, en faisant ce que je faisais de mieux : écrire. J'étais restée éveillée toute la nuit après le concert de L.A., et j'avais laissé mon cœur saigner sur le papier. Je lui avais avoué que j'avais eu peur et que je pensais que le quitter était la meilleure chose à faire, mais que j'avais fini par me rendre compte que le perdre me terrifiait encore plus que tout le reste. Je craignais d'être prise au piège physiquement, mais ce n'était rien comparé au fait de devoir vivre ma vie en ayant le cœur prisonnier.

Aux alentours de la page quatorze de ma longue lettre, je lui avais également exposé des idées pour que notre relation puisse fonctionner. J'avais recherché les endroits possibles où je pourrais vivre, pas très loin de Los Angeles. Il y avait de très belles zones rurales dans un périmètre de moins de quatre-vingts kilomètres de la ville. J'étais triste de quitter Doc, mais il avait dit que nous pourrions faire des séances en visio, et il avait promis que si je décidais de déménager, il viendrait me rendre visite plusieurs fois par an. Hier soir, il était même venu chez moi avec une liste d'oiseaux aperçus récemment dans la zone de Topanga Canyon, l'un des endroits que j'avais cités parmi ceux pouvant me correspondre en Californie. Et puis, Martha et lui discutaient déjà de se revoir.

Mais à présent, je commençais à avoir l'impression de m'être un peu trop précipitée. J'avais toujours l'emploi du temps de Griffin, et on m'avait confirmé que la lettre que j'avais envoyée à son hôtel lui avait été remise en main propre trois jours plus tôt. Lorsqu'il n'avait pas répondu immédiatement, j'avais refusé de croire qu'il en avait fini avec moi. Alors je m'étais convaincue que je n'avais pas encore eu de ses nouvelles parce qu'il voulait me répondre à l'écrit. *Si ça, ce n'est pas s'accrocher à de faux espoirs...* Toutefois, je me rendais progressivement compte que la vraie raison pourrait être qu'il ne prévoyait pas du tout de me répondre.

Et je ne pouvais pas lui en vouloir. Tous mes soucis psychologiques étaient déjà problématiques, mais ensuite, je l'avais quitté. Combien de fois un homme était-il capable d'offrir son cœur et de se le faire piétiner par la femme qu'il aimait ? À un moment donné, il avait fini par ouvrir les yeux, et malheureusement, je l'avais peut-être forcé à le faire la dernière fois que je l'avais repoussé.

Un sentiment de mélancolie m'envahit alors. Je n'avais pas l'énergie d'écrire ni d'être productive en quoi que ce soit, alors je commandai des plats chinois et me laissai tomber sur le canapé avec des baguettes et un récipient en carton. Hortencia était couchée sur son lit à l'autre bout de la pièce, et elle regarda sa maîtresse qui n'était même pas douchée, avant d'avoir l'air de secouer la tête et soupirer.

— Oui, je sais. Mais qu'est-ce que tu veux ? Tu ne sens pas toujours très bon non plus.

Génial. Voilà que je parlais avec une fille morte et que je me disputais avec un cochon.

J'allumai la télévision et cherchai quelque chose à regarder. Où étaient les films mélodramatiques quand on avait besoin d'eux ? *Cher John, Mes vies de chien,* peut-être même *Avant toi.* On aurait dit qu'il n'y avait rien d'autre que les informations et la télé-réalité. J'abandonnai et jetai la télécommande à côté de moi, avant de piocher dans mon plat pour me consoler dans la nourriture.

J'avais la bouche tellement pleine que je faillis m'étouffer en entendant le nom de Cole Archer à la télé. Je levai les yeux, et mon estomac se retourna en voyant le visage magnifique de Griffin à l'écran.

— Je suis ravie de vous voir, commença la journaliste.

— Je suis ravi aussi, Maryanne.

Griffin et une jolie journaliste, qui avait de grands yeux et des cheveux foncés, se tenaient devant un stade. Un groupe d'adolescentes et de femmes se trouvaient en arrière-plan et criaient son nom.

— On dirait que vos fans sont excités à l'idée d'assister à votre dernière représentation de la tournée ce soir, déclara Maryanne en leur jetant un coup d'œil.

Il afficha un sourire laissant apparaître sa fossette à l'attention de la foule, et leur fit un signe de la main.

— Je suis tout aussi excité qu'eux.

Bon sang, tout un tas d'émotions m'envahit en voyant son sourire. L'excitation, la tristesse, *le manque.*

— Alors, Cole... Vous avez dévoilé une nouvelle chanson il y a quelques jours. Est-ce que vous pouvez nous en parler ? Qui est cette femme mystérieuse, et depuis combien de temps êtes-vous ensemble ?

Je retins ma respiration en fixant la télévision. Mon cœur se mit à cogner dans ma poitrine, mais s'arrêta lorsque le sourire de Griffin disparut.

— Il n'y a aucune femme. Ce n'était que le fruit de mon imagination.

— Alors vous n'êtes pas en couple avec une certaine Luca ?

Griff détourna les yeux et secoua la tête.

— Parfois, quand on veut vraiment croire que quelqu'un existe, on s'invente tout un scénario à propos d'une relation. Voilà ce que c'était.

J'eus l'impression d'avoir reçu un coup de poing dans le ventre. *Oh, bon sang, Griffin. Ce qu'il y a entre nous est réel. Je te le jure.*

Maryanne se tourna vers la caméra en souriant.

— Vous avez bien entendu, mesdames. Il n'y a *aucune* Luca. Ce qui signifie que Seattle compte toujours l'un des célibataires les plus convoités.

La femme embrassa Griff sur la joue, après quoi il se dirigea vers l'entrée du stade sans regarder en arrière.

Je fixai mon écran, tandis que je commençais à intégrer l'énormité de ce qui venait de se passer. Les larmes se mirent à couler sur mon visage. Je l'avais vraiment perdu.

Accepter que tout soit terminé entre Griffin et moi me fit presque le même effet que de perdre Izzy. Je passai par les différentes étapes du deuil. Je me réveillais chaque matin en pensant que c'était un mauvais rêve. Le *déni*. Puis je me rendais compte que je l'avais vraiment perdu, et la douleur revenait de plus belle. Je savais que j'avais beaucoup hésité au sujet de notre relation, mais en début d'après-midi, le fait qu'il n'ait pas répondu à ma lettre me mettait en *colère*. Je l'avais cru quand il disait qu'il m'aimait, qu'il me laisserait du temps et qu'il serait là à m'attendre si les choses changeaient. Il fallait croire que je n'avais pas réalisé que ce temps en question... était limité à deux semaines. Le soir venu, je mangeais de la glace à la menthe aux pépites de chocolat directement à cuillère dans le pot de deux litres pour oublier ma tristesse. La *dépression*. Puis quand je n'arrivais pas à m'endormir, je restais allongée dans mon lit pendant des heures à fixer le plafond, en imaginant un plan insensé pour le faire changer d'avis. Le *marchandage*. Il m'avait fallu huit ans pour arriver à la dernière étape pour Izzy, *l'acceptation*, et j'avais l'impression que ça pourrait être encore plus long cette fois-ci.

Doc arriva pour notre séance matinale, et je peinai à me traîner. Je dus me forcer à m'habiller pour notre balade dans les bois, mais je me dis que l'air frais pourrait me faire du bien.

— Vous avez eu des nouvelles de Griffin ? demandai-je, incapable de cacher l'espoir dans ma voix.

Il fronça les sourcils et secoua la tête.

— Je suis désolé, Luca, mais non.

— Mais vous me le diriez si c'était le cas, pas vrai ?

— Oui, je te le dirais.

Ce n'était pas comme si je restais encore assise à attendre que Griff m'appelle ou réponde à ma lettre. Huit jours étaient passés depuis qu'il avait reçu mon cœur sur un plateau, et trois depuis qu'il avait dit au monde entier qu'il n'y avait aucune Luca. Pourtant, je gardais toujours une sorte d'espoir stupide qu'il veuille au moins prendre de mes nouvelles, qu'il s'en soucie un peu.

— Laissez-moi vous poser une question, Doc. Pensez-vous que je serais ridicule si j'allais à L.A. pour lui parler, même s'il a été plutôt clair dans le fait qu'il ne veuille pas avoir de contact avec moi ?

— Je pense qu'il faut parfois foncer dans la vie, et si les gens ne trouvent pas qu'on agit de façon ridicule, alors c'est qu'on n'en fait pas assez.

Je hochai la tête.

— J'ai juste l'impression d'avoir besoin de mettre un point final à tout ça. J'ai passé les huit dernières années à être obsédée par ce qui aurait pu se passer si je n'avais pas acheté ces deux billets pour ce concert. Je ne peux pas passer les huit prochaines à me demander ce qui se serait passé si j'étais allée lui parler une dernière fois.

— Nos peurs sont temporaires. Elles vont et viennent au cours de la vie. Mais le regret est permanent, on le porte à jamais. Si tu y vas et que ça ne se passe pas comme tu le voudrais, tu seras triste, mais tu pourras tourner la page en sachant que tu as essayé de regagner son cœur.

— Vous avez raison. Il faut que je le fasse. Même s'il me claque la porte au nez, je crierai à travers en y mettant tout mon cœur.

Doc sourit.

— Ma sœur passe le reste de l'été avec sa fille au Nouveau-Mexique, alors j'ai toujours le camping-car. Je pourrais faire le plein, et on pourrait partir ce soir.

J'appréciais sa proposition. Vraiment. Et avoir un compagnon de route pour ce long trajet rendait le voyage tellement plus supportable. Et pourtant, je sentais que c'était quelque chose que je devais faire toute seule. Je devrais juste prendre deux fois plus de temps et y aller doucement. Je m'étais assez reposée sur Doc. Je devais faire ça pour Griffin et moi, mais c'était aussi quelque chose que je devais faire uniquement pour moi-même.

— Merci beaucoup pour cette proposition. Ça me touche bien plus que vous ne pouvez l'imaginer. Mais est-ce que vous pensez que ça dérangerait votre sœur si j'empruntais le camping-car toute seule ?

Doc se figea.

— Toute seule ? Tu veux parcourir quatre mille huit cents kilomètres sans être accompagnée ?

— Oui, confirmai-je en espérant ne pas l'avoir vexé. Je ne peux pas l'expliquer, mais j'ai l'impression que c'est quelque chose que je dois faire seule.

Il prit une grande inspiration, puis expira et sourit.

— Voilà qui est intéressant. Fonce, Luca.

Je n'arrivais pas à croire que je faisais ça. J'avais passé une journée et demie à me préparer. J'avais enregistré l'itinéraire que Doc et moi avions suivi la dernière fois, et je l'avais également imprimé. Puisque j'allais voyager seule, j'avais réduit mon temps de conduite à cinq cents kilomètres par jour. J'avais recherché des endroits sûrs où me garer chaque soir – des lieux sécurisés et bien notés, réservés aux camping-cars – et j'avais rempli le véhicule de tous les produits essentiels dont j'aurais besoin pendant deux semaines. Le réservoir était plein, l'huile était changée, et Doc avait démonté et retiré le siège passager pour que le lit d'Hortencia puisse être posé par terre à l'avant, avec moi.

Le soleil venait juste de commencer à se coucher, et je fis le tour de ma maison pour vérifier que j'avais bien tout éteint et débranché pour éviter tout risque d'incendie. Je m'arrêtai dans ma chambre et posai la main sur l'interrupteur, lorsque la photo encadrée d'Isabella et moi attira mon attention sur la table de nuit. Je m'approchai et la récupérai.

— J'ai l'impression que tu devrais venir avec moi, mais au fond de moi, je sais que je dois faire ça toute seule. Même si ce n'est pas vrai, n'est-ce pas, Izzy ? Je n'ai pas besoin de la photo pour t'avoir avec moi, parce que tu seras toujours dans mon cœur.

Je pris une grande inspiration et passai mon doigt sur son visage.

— Je n'aurai peur de *rien*. On se voit dans quelques semaines.

Je reposai le cadre sur ma table de nuit, et cette fois-ci, je lui souris avant de fermer la porte. Dans la cuisine, j'attrapai la laisse d'Hortencia et me penchai pour ramasser sa gamelle d'eau. En me relevant, une lumière m'aveugla à travers les stores. La fenêtre au-dessus de l'évier donnait sur l'avant de la maison, alors j'écartai deux lamelles pour jeter un coup d'œil à l'extérieur. En apercevant des phares, je souris en secouant la tête. Doc avait voulu venir me voir avant mon départ, mais je lui avais dit qu'il serait tard et qu'il n'était pas obligé de le faire. J'aurais dû me douter qu'il allait quand même passer. Je pris mon sac et quelques petites choses de dernière minute, puis je sortis.

À la seconde où j'ouvris la porte, Hortencia se mit à courir en grognant en direction des phares. Elle adorait Doc. Je verrouillai la porte et me protégeai les yeux avant de me retourner. Il avait dû garder ses pleins phares pendant tout le trajet, car on aurait dit qu'un projecteur était braqué sur moi.

— Doc... coupez vos phares !

J'avançai de quelques pas et les lumières s'éteignirent.

Il me fallut dix bonnes secondes pour que ma vue s'adapte à l'obscurité, mais lorsque je parvins à voir de nouveau, je me figeai. Ce n'était pas la voiture de Doc dans mon allée, et ce n'était définitivement pas lui.

Griffin descendit du côté conducteur d'un énorme camping-car et claqua la portière. Nous restâmes là à nous fixer pendant un long moment.

— Qu'est-ce… Qu'est-ce que tu fais là ? finis-je par demander.

Il désigna d'un signe de tête le véhicule de la sœur de Doc, garé à côté de celui dont il venait de sortir. Je l'avais démarré pour le faire chauffer.

— Tu vas quelque part ?

Je déglutis.

— J'allais… venir te voir en Californie.

— Est-ce que Doc est déjà à l'intérieur ? m'interrogea-t-il, alors qu'aucun de nous ne bougeait.

Je secouai la tête.

— J'allais faire le voyage seule.

— Tu allais parcourir quatre mille huit cents kilomètres toute seule ? s'étonna-t-il en haussant les sourcils.

— J'avais besoin de te voir, acquiesçai-je.

Il glissa ses mains dans ses poches.

— Eh bien, je suis là. Tu voulais me dire quelque chose ?

J'avais passé des jours à réfléchir à ce que j'allais dire en arrivant devant chez lui, pourtant, maintenant que je me tenais à cinq mètres de lui, je ne savais même plus par où commencer.

Griffin fit quelques pas vers moi, le gravier crissant sous ses pieds. Il sortit quelque chose de sa poche et le leva.

— J'ai eu ta lettre.

— Je sais. Le suivi m'a informé que tu avais signé pour l'avoir.

Il secoua la tête.

— Styx a signé. Pas moi.

— Ton batteur ?

— J'avais trop bu et je m'étais écroulé dans ma chambre. Celle de Styx était juste à côté. Il a entendu le gérant de l'hôtel frapper à ma porte et il a pris la lettre pour moi. Quand il a vu de qui elle venait, il a décidé qu'avoir de tes nouvelles était la dernière chose dont j'avais besoin.

Il marqua une pause.

— Tu m'as mis dans un sale état, Luca.

J'avais l'impression d'avoir une balle de tennis coincée dans la gorge. J'avais beau avaler, elle ne voulait pas s'en aller.

Griffin réduisit la distance entre nous et me tendit ma lettre, qui était toujours scellée.

— Tu... Tu ne l'as pas ouverte ?

Il secoua doucement la tête.

— Je me rendais à l'aéroport quand Styx a fini par se décider à me la donner. Je ne voulais pas que ce que tu as écrit à l'intérieur me fasse changer d'avis avant que je vienne te voir, alors je ne l'ai pas lue.

Je fronçai les sourcils. Je l'avais fait souffrir, mais il était venu sans avoir lu ma lettre.

— Où allais-tu quand il t'a donné l'enveloppe ?

— Ici.

— Mais… Mais pourquoi ?

— Je suis en colère contre toi. Je suis furieux. Je suis fatigué de ne pas dormir. Je ne veux plus chanter une seule foutue chanson qui comporte ton prénom. Je suis agacé au possible. Mais ça n'empêche pas que je veuille passer chaque instant de colère, de rage, de fatigue et d'agacement à tes côtés. Alors je me fous complètement de ce que contient cette lettre. Je suis là, et je ne partirai pas tant qu'on n'aura pas réglé les choses. Je ne suis attendu nulle part pendant trois mois, alors si tu ne veux pas me laisser entrer, mon nouveau camping-car amélioré qui m'a coûté plus cher que ma maison en Californie va rester garé un sacré moment devant chez toi.

Oh, mon Dieu. Nous avions bouclé la boucle. J'avais arrêté de lire ses lettres des tas d'années auparavant, et voilà qu'il me tendait aujourd'hui en personne celle qu'il n'avait pas ouverte. J'avais pris un risque fou en garant mon camping-car devant chez lui, et voilà qu'il était prêt à en faire de même ce soir pour que je lui laisse une chance.

Je lui pris l'enveloppe des mains, l'ouvris, et commençai à lire d'une petite voix tremblante :

Cher Griffin,

Pendant huit ans, j'ai eu peur du noir.

Pendant huit ans, j'ai eu peur de lâcher prise.

Pendant huit ans, j'ai eu peur d'être prise au piège.

Pendant huit ans, j'ai eu peur du feu.

Pendant huit ans, j'ai eu peur de tenter ma chance.

Ton amour m'a fait prendre conscience que je n'ai jamais vraiment eu peur du noir, mais plutôt de ce qui se cachait dans l'ombre.

Je n'avais pas peur de lâcher prise, mais plutôt d'accepter ce que j'avais déjà perdu.

Je n'avais pas peur d'être prise au piège, mais plutôt d'être libre.

Je n'avais pas peur du feu, mais plutôt de me brûler.

Je n'avais pas peur de tenter ma chance, mais plutôt de souffrir.

Je connaissais les quelques vers suivants par cœur, alors je baissai ma lettre et m'adressai à lui en le regardant dans les yeux.

— Je ne dis pas que je vais mieux parce que j'ai encore un long chemin à parcourir, mais j'en ai assez de laisser la peur diriger ma vie. T'aimer me terrifie, Griffin. J'ai peur de ce qui se passerait si je m'autorisais à t'aimer et que je te perdais.

Je levai les yeux et vis les siens pleins de larmes.

— Mais je suis plus terrifiée encore à l'idée de vivre ma vie sans ton amour que de prendre ce risque. Alors s'il te plaît, pardonne-moi. J'ai tout gâché. Et il m'arrivera sûrement de faire d'autres erreurs.

Je tendis ma main.

— Je t'en prie, Griffin, redonne-moi une chance. Parce que je t'aime plus que le total de toutes mes peurs réunies.

— Que fait une rockstar anglaise de vingt-cinq ans qui a rencontré la fille de ses rêves lors d'un échange de lettres en CE1, et qui revient chez elle après s'être fait larguer? demanda-t-il, ses yeux rivés aux miens.

— Je ne sais pas, répondis-je en riant. Un geste impulsif?

Griff prit mes mains dans les siennes.

— Il rentre auprès de la femme de sa vie.

CHAPITRE 33

Griffin

Je jetai mes clés sur la table en entrant dans la maison.

— Je suis rentré et j'ai le magazine, ma belle.

Luca avait profité que je sois parti faire quelques courses pour écrire. J'avais hiberné avec elle pendant plusieurs mois, avant d'être obligé de m'envoler pour la partie européenne de la tournée.

Il était prévu qu'elle reste dans le Vermont pendant mon absence. Après mon retour, nous allions rejoindre la côte Ouest grâce à la maison sur roues que j'avais achetée, puis nous diviserions notre temps entre la Californie, le Vermont et la route.

Je jetai la revue sur le lit. Luca l'attrapa et examina la couverture. Il s'agissait d'un cliché de nous deux où je la prenais dans mes bras, et où nous souriions pour la photo. Le titre disait : *Cole Archer : Rencontrez la vraie Luca.*

— Oh, mon Dieu. J'ai l'air photoshoppée, observat-elle en passant sa main sur l'image de son visage. Ça me plaît bien.

Elle se mit à rire.

— Tu es magnifique, photoshoppée ou non. Moi, en revanche, je ressemble au derrière d'Hortencia.

— Tu penses qu'on a pris la bonne décision ? Enfin, on ne peut plus revenir en arrière à présent.

— C'était le seul choix possible. Si tu veux que la presse te fiche un peu la paix, il faut régler les choses dès le début et prendre le contrôle de la situation. Tu leur donnes ce qu'ils veulent selon *tes* conditions pour qu'ils n'aient plus rien à essayer de découvrir.

— Tu l'as lu ? demanda-t-elle en le feuilletant.

— Oui. Je devais m'assurer qu'il n'y ait aucune surprise avant de te laisser le voir. Ils ont fait du bon travail. Je suppose que mes menaces de poursuites judiciaires s'ils ne faisaient que déformer un seul de tes propos ont aidé.

Nous avions vendu les droits de notre histoire d'amour, racontée du début à la fin, à un magazine national réputé. Poser pour la couverture nous avait rapporté trois millions de dollars, que nous avions donnés au nom d'Isabella à un hôpital traitant les grands brûlés.

Si Luca allait réellement intégrer mon quotidien, je savais que je ne pourrais pas la cacher. Les gens allaient découvrir son identité, que je le veuille ou non. S'il y avait bien une chose que j'avais apprise au fil des années, c'était qu'il ne fallait pas les fuir, mais aller vers eux et leur donner ce qu'ils voulaient avant même qu'ils sachent qu'ils le désiraient.

— Tu vas le lire tout de suite ? m'enquis-je.

— Peut-être tout à l'heure. Il faut d'abord que je m'y prépare.

— D'accord. Ça tombe bien parce que je voulais te montrer quelque chose.

Elle écarquilla les yeux.

— Quoi donc ?

Je relevai ma manche pour révéler l'encre fraîche que je venais de me faire tatouer sur l'avant-bras. J'étais allé chez le même artiste qui lui avait tatoué le soleil, la lune et les étoiles sur le bras, et je lui avais demandé de me faire la même chose.

Elle couvrit sa bouche, surprise.

— Je ne sais pas si tu aimes ou si tu es totalement paniquée, avouai-je en examinant son visage.

— Oh, mon Dieu. Non, je l'adore, me rassura-t-elle en riant. Il est parfait. Et identique au mien. Il a fait du bon boulot.

— J'ai vraiment l'impression que ton Izzy a joué un rôle déterminant dans nos retrouvailles. Je voulais lui rendre hommage. Je sais que c'est elle qui était censée partager ce tatouage avec toi, mais j'espère que je peux le faire à sa place... en son honneur.

— Elle t'aurait adoré, Griff.

— Ah oui ?

— Tu sais... je lui parlais beaucoup de toi, et elle me disait « je crois que cet Anglais est ton âme sœur ». Je n'en étais pas si certaine à l'époque, puisque je n'aurais jamais imaginé avoir l'occasion de te rencontrer. Je savais avec certitude que nous partagions un lien, mais je ne te voyais pas comme mon âme sœur. Mais aujourd'hui, je sais qu'elle avait raison. Elle ressentait quelque chose que j'ignorais.

— Merci d'avoir partagé ça. Je l'apprécie encore plus à présent.

Elle passa son doigt sur le bandage transparent, avec un air pensif.

— À quoi tu penses ?

— Quand on était séparés… est-ce que tu as…

Elle hésita à terminer sa question qui me troubla. Cependant, je savais ce qu'elle voulait savoir.

— Est-ce que j'ai couché avec quelqu'un d'autre ?

Elle hocha la tête.

J'avais eu l'occasion de m'envoyer en l'air avec d'autres femmes pendant notre séparation. Je ne pouvais pas mentir en lui disant que je n'avais jamais envisagé de le faire pour tenter d'oublier la douleur de m'être fait larguer. Mais au fond, je ne désirais personne d'autre, et mon instinct me disait que je finirais par le regretter.

— Une partie de moi le *savait*, Luca. Je savais que d'une manière ou d'une autre, on se retrouverait. Je ne voulais pas avoir à te regarder dans les yeux pour te dire que j'avais couché avec quelqu'un d'autre. S'il t'avait fallu des années pour changer d'avis, j'ignore si j'aurais pu rester seul aussi longtemps, mais je suis ravi que tu ne m'aies pas fait attendre tant que ça. Honnêtement, je n'ai jamais eu l'impression que tu ne faisais plus partie de moi, même lorsqu'on était séparés. Je n'ai jamais désiré une autre femme que toi, et non, je n'ai fréquenté personne. Je suis heureux de t'être resté fidèle.

Un soupir de soulagement lui échappa.

— J'avais peur d'aborder le sujet, mais ça me tracassait, alors il fallait que je sache.

— Tu as bien fait de poser la question. Est-ce que ça aurait changé les choses entre nous si j'avais couché avec une autre ? demandai-je par curiosité.

— Non. J'aurais compris, même si ça m'aurait contrariée. Mais je suis soulagée.

— Et toi? l'interrogeai-je. Est-ce que je dois tuer quelqu'un?

— Personne, mis à part un Furby.

J'étais très fier de Luca ces derniers temps. L'autre jour, elle était venue avec moi à l'animalerie en plein milieu de l'après-midi, et aujourd'hui, nous allions nous rendre au supermarché pour la première fois pendant la journée.

Ce qui semblait être une chose simple pour la plupart des gens était en réalité un énorme pas en avant pour elle. Mais depuis que nous nous étions remis ensemble, elle était plus déterminée que jamais à affronter ses peurs. J'espérais qu'un jour, elle serait capable de prendre l'avion et d'assister à l'un de mes concerts, mais nous allions faire un pas à la fois. Je savais que je ne la forcerais jamais à faire une chose à laquelle elle n'était pas prête.

— Comment tu te sens? lui demandai-je, alors que nous approchions du magasin depuis le parking.

— Nerveuse, avoua-t-elle en expirant. Mais même si je fais dans mon pantalon, je ne vais pas m'enfuir.

— Ma belle, si tu fais dans ton pantalon, c'est moi qui m'enfuirais, répliquai-je en lui faisant un clin d'œil.

Elle parvint à rire malgré sa nervosité.

Je lui serrai la main et m'accrochai à elle au moment où nous passâmes les portes vitrées coulissantes. Les néons lumineux nous accueillirent. C'était l'après-midi, alors même si c'était plus fréquenté qu'au beau milieu de la nuit, le supermarché n'était pas non plus bondé.

— Ça va ?

— Oui, répondit-elle d'une voix tremblante en hochant la tête.

— Très bien.

— Et maintenant ? ajouta-t-elle.

— Maintenant ? On met un pied devant l'autre et on fait des courses.

Voilà ce qu'était notre objectif. Un pas à la fois. J'étais ravi qu'elle ait dit à Doc de ne pas venir et qu'elle s'en sortirait en restant seule avec moi. Ce n'était pas que je n'appréciais pas tout ce qu'il avait fait pour elle, mais elle allait bientôt quitter le Vermont et devait apprendre à se reposer sur moi. Jusqu'à ce qu'elle puisse se débrouiller seule.

Nous arrivâmes devant les pastèques.

— C'était quoi le truc, bébé ? Tu peux me remontrer comment choisir la meilleure ?

Je n'avais pas vraiment envie qu'elle me l'explique à nouveau, mais c'était un bon moyen de lui faire penser à autre chose.

Elle en souleva une et me fit une démonstration.

— Il faut que tu l'approches de ton oreille et que tu tapes dessus avec ton doigt. Si ça sonne creux, c'est parfait.

Je l'attirai contre moi et enfouis ma tête dans son cou pour inspirer son odeur. Ma joue atterrit sur sa poitrine, et je pus sentir son cœur battre contre moi. Ensuite, je tapai doucement contre son sein et posai mon oreille sur son cœur.

— Qu'est-ce que tu fais ? demanda-t-elle en riant.

— C'est bon, j'ai trouvé celle qui est parfaite pour moi. Je suis certain d'avoir choisi la meilleure.

ÈPILOGUE

Luca

Deux ans plus tard

Chère Luca,

On pourrait penser qu'après toutes ces années, après toutes les lettres que je t'ai écrites, celle-ci serait facile à rédiger. Mais bizarrement, j'ai l'impression d'être redevenu un garçon de treize ans qui a peur de dire ce qu'il ressent à la fille dont il est tombé amoureux. Beaucoup de choses ont changé depuis cette époque. Je t'ai fait l'amour. J'ai pu t'aimer de manières que je n'aurais jamais crues possibles. Et pourtant... j'ai l'impression qu'hier encore, j'étais ce garçon londonien qui attendait l'arrivée d'une lettre. Je n'aurais jamais pu imaginer tout ce qu'on allait devoir vivre pour en arriver là aujourd'hui. Non seulement le courage dont tu fais preuve pour vaincre tes peurs m'inspire, mais il me prouve également chaque jour à quel point tu m'aimes. Me permettre de te tenir la main pendant que *tu avances dans la vie en t'agrippant à moi, et te voir subir cette peur pour qu'on puisse être ensemble, est la preuve ultime de ton amour.*

Avant la mort de ma mère, elle me disait que son plus grand souhait pour moi était que je trouve un jour quelqu'un qui m'aimerait autant qu'elle. Ça me procure du bonheur de savoir qu'elle me regarde aujourd'hui et qu'elle voit ce que j'ai. Elle peut reposer en paix en sachant que je suis aimé et bien entouré. J'espère que ton père et Doc nous regardent aussi et qu'ils en pensent autant en voyant que leur fille est chérie. Je suis heureux d'être l'homme qui a la chance de t'aimer. Ces deux dernières années, tu as prouvé que tu ferais tout pour moi. Et je veux que tu saches que je ferais tout pour toi aussi. Je pourrais mourir pour toi, Luca. Tu es la seule personne à qui je peux dire ça. Bon sang, est-ce que cette lettre pourrait être PLUS mièvre? (Il fallait que je fasse intervenir Chandler Bing de Friends *pour cette occasion.) Quoi qu'il en soit... il n'y a pas d'autre façon de le dire. Luca Vinetti, l'amour que je ressens pour toi dépasse le soleil, la lune, et les étoiles. Il ne connaît aucune limite. Notre histoire n'est pas digne d'un conte de fées... Elle est brute et authentique, mais d'un amour véritable. Je me demandais si tu me ferais l'honneur de devenir ma femme. Épouse-moi, Luca. Quand tu auras fini de lire cette lettre, tu lèveras les yeux vers moi, et je poserai un genou à terre. Je te redemanderai de m'épouser. Si tu acceptes, tu feras de moi l'homme le plus heureux du monde. Si tu refuses, je t'aimerai quand même, et je me ficherai qu'il y ait un anneau à ton doigt ou non pour le prouver. Je t'aime, Luca. Pour l'éternité.*

Ton amour, Griffin.

P.S. : S'il te plaît, dis oui.
P.P.S. : Épouse Mimi.

Je pliai la lettre et fermai les yeux, en me remémorant le jour où Griffin m'avait demandée en mariage un an plus tôt. Nous étions en train de parcourir le pays en camping-car après son retour de la tournée européenne. Pendant que Griffin était en Europe, Doc était mort subitement d'une crise cardiaque. J'étais allée prendre de ses nouvelles dans sa petite maison, et je l'avais trouvé inconscient dans son lit. Ce fut le deuxième moment le plus difficile de ma vie, et il m'avait prouvé toute la force que j'avais, parce que je n'aurais jamais cru pouvoir survivre après l'avoir trouvé comme ça. Cependant, je *savais* que je devais être forte pour lui, et qu'il ne voudrait jamais être la cause de mon chagrin. Je lui devais d'utiliser ce qu'il m'avait enseigné à bon escient après son décès.

Juste après sa mort, Griffin avait quitté l'Europe pour être avec moi, en évoquant une urgence familiale. La tournée fut mise sur pause pour que nous puissions avoir le temps de faire notre deuil correctement. Ensuite, il était reparti là-bas pour terminer les quelques concerts reportés, avant de rentrer dans le Vermont. À ce moment-là, notre nouvelle vie avait commencé, et nous avions pris la route avec Hortencia. C'était pendant ce voyage, garés quelque part en Floride, que Griffin m'avait tendu sa lettre de demande en mariage, avant de poser un genou à terre. Évidemment, j'avais accepté.

À présent, un an plus tard, nous étions chez nous, à Los Angeles, et le jour de notre mariage était venu. Ce matin, Griff avait accepté de se préparer dans le camping-car pour que je puisse avoir un peu d'intimité. Nous avions prévu de faire une séance photo avant la cérémonie, alors il me verrait bientôt.

Puisque j'avais tout l'étage de notre maison pour moi toute seule, je profitai de ce moment pour savourer le calme, en dehors des grognements occasionnels d'Hortencia. Même si je m'étais fait quelques amis ici, j'avais choisi de ne prendre aucune demoiselle d'honneur. Personne ne pouvait remplacer Izzy aujourd'hui, qui était présente par la pensée en tant que témoin. Ce serait une petite cérémonie, avec seulement quelques-uns de nos plus proches amis. Le père de Griffin était venu de Londres avec sa nouvelle femme. Je savais que c'était stressant pour Griff, mais j'étais fière qu'il ait franchi le pas de l'inviter.

Notre mariage aurait lieu à la volière Docteur Chester Maxwell, ici, à Los Angeles. Griffin leur avait fait un don important, et ils l'avaient renommée en souvenir de Doc. C'était un jour très émouvant pour moi. Bien plus encore que je ne l'aurais imaginé. Les deux hommes que je voulais auprès de moi pour me conduire à l'autel – mon père et Doc – n'étaient plus de ce monde. Alors Griffin me ferait cet honneur.

J'ouvris la fenêtre pour laisser l'air frais entrer, avant de devoir enfiler ma robe. Vêtue d'un peignoir en soie, je fixai le ciel californien dégagé et pris une grande inspiration.

Ce fut à ce moment-là que j'aperçus un cardinal rouge perché sur le balcon en fer forgé. Évidemment, dès qu'un oiseau volait près de moi, ça me faisait penser à Doc, mais celui-ci était différent. Il ne voletait pas partout et ne chantait pas comme ses congénères qui erraient dans le jardin. Celui-ci était *stoïque*. Il avait l'air de me fixer.

— Bonjour, lançai-je.

Il inclina la tête en réponse.

Je me souvins que Doc m'avait dit quelque chose à propos du cardinal rouge. Les gens pensaient souvent qu'ils étaient les messagers des êtres chers que nous avions perdus.

Je m'attendais à ce qu'il s'envole, mais au lieu de ça, il vint se poser sur le rebord de la fenêtre, juste à côté de moi. Les larmes me montèrent aux yeux, principalement car je me trouvais pathétique d'espérer que Doc soit en train de me passer un message, ou même que ce soit Doc lui-même. J'avais terriblement envie que ce petit oiseau soit lui, mais je ne le saurais jamais, alors je me mis à pleurer.

J'imaginai à quoi ressemblerait ma vie sans Doc et Griffin. C'était ironique, puisque sans mon psy, je n'aurais jamais repris contact avec Griffin, car le voyage en Californie n'aurait jamais eu lieu. Et sans Griffin, je ne savais pas comment j'aurais fait pour gérer la mort de Doc, la seule famille qu'il me restait. J'avais tellement de chance d'avoir eu des hommes si importants dans ma vie, qui m'avaient profondément marquée.

— Bonjour, mon ami, repris-je à l'attention de l'oiseau. Je vais prétendre que c'est vous, parce que ça me rend heureuse de penser que vous vous êtes peut-être transformé en l'une des créatures que vous chérissiez tant. Mais par-dessus tout, j'ai envie de croire que vous êtes avec moi aujourd'hui, que vous êtes là où est votre place. Vous m'auriez conduite à l'autel, vous savez ?

J'essuyai mes yeux.

— Je suis désolée de ne pas avoir pu vous dire au revoir, mais je sais que vous êtes toujours là avec moi. Quand j'ai peur, j'entends toujours votre voix m'encourager. Je vous emporte partout avec moi. Je suis là grâce à vous, Chester Maxwell.

L'oiseau s'envola soudain. Sans un au revoir. Sans prévenir. Sans rien. Là encore, c'était comme ça qu'il était parti, pas vrai ?

Un coup résonna à la porte.

— Oui ? demandai-je en essuyant de nouveau mes yeux.

— Bonjour, mademoiselle Vinetti. Est-ce que je peux entrer ?

C'était Leah, la photographe.

— Bonjour, la saluai-je en ouvrant la porte. Bien sûr. Je dois juste retoucher mon maquillage et enfiler ma robe. Ça ne vous dérange pas de m'aider ?

— Pas du tout.

J'aurais préféré que ce soit ma mère ou Izzy qui remonte la fermeture de ma robe plutôt que Leah, mais je me consolais en me disant que je serais bientôt aux côtés de Griffin, et que ce sentiment de solitude serait remplacé par la joie de notre mariage.

Une fois habillée, Leah prit quelques photos de moi en train de me regarder dans le miroir pour me remaquiller.

Il était maintenant l'heure de retrouver Griffin à l'extérieur.

— Monsieur Archer a demandé à ce que vous puissiez partager un moment d'intimité tous les deux dans le jardin avant que la séance photo commence. Alors je vais capturer l'instant où il vous découvre, puis je disparaîtrai pendant environ dix minutes avant de revenir pour réaliser des clichés extérieurs.

— D'accord, merci.

Lorsque je sortis de la maison, Griff me tournait le dos, alors qu'il se tenait sous un Flamboyant bleu.

— Griffin ?

Au moment où il se retourna et qu'il m'aperçut, il se mit aussitôt à pleurer. Je l'avais rarement vu verser des larmes, du moins, pas des larmes de joie, mais il n'y avait certainement pas de plus grande preuve d'amour que de les voir couler sur son visage en cet instant.

— Tu es encore plus belle que j'aurais pu l'imaginer.

— Merci. Tu es magnifique aussi, observai-je en ajustant sa boutonnière et en tapotant son torse. J'adore ce veston.

J'avais l'impression que j'aurais dû pleurer, mais je devais avoir déjà épuisé ma réserve de larmes. Ce qui ne voulait pas dire que j'étais on ne peut plus soulagée à présent.

Je remarquai que Griffin tenait un petit sac cadeau.

— Qu'est-ce que c'est ?

— Je ne savais pas si tu avais quelque chose de vieux, quelque chose d'emprunté, quelque chose de bleu...

— Je ne me souvenais même pas de cette tradition, avouai-je en souriant. Eh bien, non, je n'ai rien de tout ça. Tu t'en es chargé pour moi ?

— Exactement.

Il me fit un clin d'œil, puis sortit le premier objet du sac.

— Quelque chose de vieux, annonça-t-il en me montrant un médaillon en argent. Il appartenait à ma mère. Quand j'en ai hérité après sa mort, il était vide. Alors j'ai pris ta photo d'Izzy et j'en ai fait une copie pour pouvoir la glisser dedans.

Bon, eh bien, voilà que je pleurais.

— Mon maquillage va couler, le prévins-je lorsqu'il l'attacha à mon cou.

— On arrangera ça.

Il n'y avait rien que Griffin ne puisse arranger ou améliorer.

Mon cœur se mit à battre la chamade quand il sortit l'objet suivant.

— Quelque chose d'emprunté, indiqua-t-il, avant d'ouvrir un écrin de velours.

Les plus belles boucles d'oreilles en diamant de chez Harry Winston se trouvaient à l'intérieur. Elles devaient coûter une fortune.

— Oh, mon Dieu. Elles sont superbes.

— J'espère que tu les aimes. Tu n'es pas obligée de les porter si ce n'est pas le cas.

— Je les adore, affirmai-je en souriant. Vraiment. Merci.

Je retirai les diamants plus petits que je portais, avant qu'il ne m'aide à mettre les nouvelles boucles. Elles étaient magnifiques, pendantes, et devaient valoir aussi cher que ce mariage.

— Quelque chose de bleu.

Il afficha un sourire espiègle, puis sortit un petit porte-clés Furby. C'était celui que j'avais laissé chez lui lors de ma première visite. Il s'avérait qu'il était d'un bleu roi. Il avait ajouté une petite épingle à nourrice au bout, et il se pencha pour l'accrocher au revers de ma robe.

— C'est parfait, déclarai-je d'un air rayonnant.

— Et on pourra l'utiliser plus tard jusqu'à vider les piles, ajouta-t-il en me faisant un clin d'œil.

Il mit le sac de côté, et je me rendis compte qu'il avait oublié « quelque chose de neuf ».

— Il n'en manque pas un ? Quelque chose de neuf ?

— Si, mon amour. Mais il n'est pas dans le sac. Il est à l'intérieur de *toi*.

Griffin s'agenouilla et embrassa mon ventre.

La plus belle récompense pour avoir affronté mes peurs était que nous avions fabriqué un petit humain. J'étais enceinte de quatre mois, et mon ventre n'était pas encore assez arrondi pour avoir à porter une robe de grossesse. Heureusement, la coupe de celle que j'avais choisie cachait plutôt bien cette petite bosse. D'ici quelques mois, nous allions accueillir un petit garçon, que nous avions prévu d'appeler Griffin Chester Marchese. Et ma vie serait à nouveau changée à jamais.

Est-ce que j'étais terrifiée à l'idée de devenir mère ? Absolument. Mais j'allais me plonger dedans et je gèrerais les choses au fur et à mesure, tout comme j'avais essayé de le faire avec tout le reste. Cette approche m'avait déjà menée loin. Elle m'avait menée *ici*, au jour le plus important de ma vie.

Griffin prit ma main, et nous traversâmes son jardin en savourant le calme avant la cérémonie.

— Tu sais, répondre à ta première lettre est la meilleure chose que j'aie jamais faite, affirma-t-il.

— La meilleure chose que j'aie jamais faite, c'est de l'envoyer, répondis-je en lui serrant la main.

— En parlant de cette première lettre, j'ai récemment fouillé tous mes cartons et je suis tombé dessus. Je l'ai glissée dans ma poche aujourd'hui, en tant que mon « quelque chose de vieux ».

— C'est vrai ?

Il la sortit, avant de la déplier, et il prit un air choqué.

— Bon sang.

— Quoi ? demandai-je.

— Je n'avais jamais remarqué ça. Regarde la date, Luca. Mince alors. Regarde la date !

C'était la date d'*aujourd'hui*. Exactement vingt ans plus tôt.

J'en restai bouche bée.

— On se marie deux décennies après que je t'ai écrit pour la première fois.

— Et on n'en avait aucune idée quand on a choisi cette date pour le mariage. Je dirais que c'est sacrément incroyable.

Je ne me souvenais pas du tout de ce que j'avais écrit dans ce tout premier courrier. Je posai les yeux sur cette missive décisive, et je souris en la lisant.

Cher Griffin,

Tu ne me connais pas, mais ma maîtresse m'a donné ton nom.

Je m'appelle Luca. Je crois que tu cherches une correspondante. Est-ce que tu veux bien être le mien ?

J'ai sept ans, j'habite à New York, j'aime la réglisse et danser.

J'aimerais bien savoir à quoi ressemble l'Angleterre. Est-ce qu'il y a de la réglisse là-bas ? J'ai entendu dire que les gens conduisent de l'autre côté de la route. C'est trop bizarre !

Ta correspondante (?),
Luca

P.S. : Madame Ryan m'a montré une liste d'enfants, et j'ai choisi ton nom, Griffin Quinn. Je ne sais pas pourquoi. Peut-être parce que ma mère regarde une série qui s'appelle Docteur Quinn, femme médecin. *Mais tu es sorti du lot. J'ai juste eu l'impression que c'était toi mon correspondant. Mon père me dit toujours de suivre mon instinct. Mon instinct aime la réglisse, et il me dit aussi qu'on va être amis, Griffin. J'espère vraiment que tu me répondras.*

Chers lecteurs,

J'espère que vous avez aimé l'histoire de Griffin et Luca ! Afin d'être informés de notre actualité, n'hésitez pas à rejoindre notre groupe Facebook!

Rejoignez le groupe des lectrices de Vi Keeland
https://www.facebook.com/groups/841227192640345

Rejoignez le groupe des lectrices de Penelope Ward
https://www.facebook.com/groups/715836741773160

Inscrivez-vous à sa liste de diffusion pour être informé·e de ses prochaines publications !
https://www.subscribepage.com/
vi-keeland-penelope-ward-french

À PROPOS DE L'AUTEURE

Vi Keeland est une auteure de best-sellers n° 1 au classement du *New York Times*, n° 1 au classement du *Wall Street Journal* et figurant au classement de *USA Today*. Avec des millions d'exemplaires vendus, ses titres sont mentionnés dans plus d'une centaine de listes de best-sellers et sont actuellement traduits en vingt-cinq langues. Avec son mari et ses trois enfants, elle habite à New York où elle vit son propre conte de fées avec le garçon qu'elle a rencontré à l'âge de six ans.

À PROPOS DE L'AUTEURE

Penelope Ward est auteure de best-sellers au classement du *New York Times*, *USA Today* et *Wall Street Journal*.

Elle a grandi à Boston avec cinq grands frères et a été présentatrice de journaux télévisés quand elle avait une vingtaine d'années. Aujourd'hui, Penelope vit à Rhode Island avec son mari, leur fils et leur jolie fille atteinte d'autisme.

Auteure de plus de vingt-cinq romans, elle a vendu plus de deux millions de livres et a fait partie de la liste de best-sellers du *New York Times* vingt et une fois. Ses livres ont été traduits dans plus d'une douzaine de langues et sont disponibles dans les librairies du monde entier.

REMERCIEMENTS

Merci à tous les blogueurs géniaux qui ont parlé de nos livres. Sans vous, des tas de lecteurs ne nous auraient peut-être pas découvertes. Nous sommes très reconnaissantes de votre travail acharné et de votre soutien.

À Julie, merci pour ton amitié, ton soutien quotidien et tes encouragements. Nous avons hâte de voir ce que tu nous réserves !

À Luna, merci de nous faire profiter de ton incroyable talent créatif et d'être là pour nous chaque jour.

À notre super agent, Kimberly Brower, merci d'être notre associée et de nous aider à nous entourer des bonnes personnes dans tout le processus d'édition. Tu es bien plus que notre agent, et on apprécie que tu sois toujours là pour nous – même à six heures du matin.

À notre incroyable éditrice de chez Montlake, Lindsey Faber, et à Lauren Plude, ainsi qu'à toute l'équipe de Montlake. Peu d'auteurs ont la chance de dire que le processus de révision a été un vrai plaisir, mais ce fut vraiment le cas. Merci de nous faire confiance et d'avoir sublimé ce roman.

Et pour finir en beauté, merci à nos lecteurs de nous porter dans votre cœur. Nous savons que vous avez l'embarras du choix, et nous sommes honorées que vous continuiez à nous lire. Merci pour votre amour et votre fidélité. Sans vous, il n'y aurait aucune réussite !

Avec toute notre affection,
Penelope et Vi

www.ingramcontent.com/pod-product-compliance
Lightning Source LLC
Chambersburg PA
CBHW060949190726
48286CB00005B/1491